Rena Hardt Hardtloff

Männer

sind

Frauensache

Roman

Männer sind Frauensache

Rena Hardt Hardtloff

Ein ReMa-Buch

*Und einmal mehr möchte ich
meiner Lektorin, Grafikdesignerin und
lieben Freundin Manuela Lohse danken.
Ohne sie wäre dieses Buch niemals möglich gewesen.*

Danke, dass Du immer da bist ...

Mr. Right nimmt zärtlich mein Gesicht in seine Hände und beugt sich zu mir herunter. Erwartungsvoll schließe ich meine Augen und spitze meine Lippen. Gleich wird er mich leidenschaftlich küssen, unsere Zungen werden sich einem nie da gewesenen Züngelspiel hingeben … Ich bebe vor Erregung …

Wenn es spannend wird … Wenn man voller Vorfreude auf ein Ereignis wartet, das jede Sekunde eintreffen wird … Wenn einem ein Gänsehautschauer den Rücken runterläuft und man es vor Spannung kaum aushalten kann, klingelt entweder das Telefon oder der Wecker. Meiner holte mich just in diesem Moment in die Realität zurück und hinterließ eine quälende Frage: Gibt es die wahre Liebe denn nur in meinen Träumen?

Okay, ich gebe zu, das ist eine sehr kitschige Frage. Aber mal ehrlich, immer nur davon zu träumen, frustet auf Dauer schon.

Name: Benita Duehr
Wohnort: Potsdam
Alter: 29 Jahre
Beruf: Grafikdesignerin
Familienstand: Single

Das waren die Eckdaten meiner Person, und mit zweien davon haderte ich. Bei meiner Arbeit in einer Werbeagentur kam ich täglich mit dutzenden Leuten zusammen und dennoch war ich Single so wie hunderttausend andere Menschen auch.

Nicht, dass sich noch keiner für mich interessiert hätte, da gab es in der Vergangenheit schon den einen oder anderen, der für eine gewisse Zeit ganz brauchbar gewesen war. Aber längerfristig passte eben noch keiner in mein Leben.

Mein letzter Freund, Fitnesstrainer Mark, war der krönende Abschluss. Er war so sehr in sich selbst verliebt, dass ich neben ihm verblasste. Nach sechs Monaten gab ich ihm den Laufpass. Dann doch lieber allein, als immer nur die zweite Geige zu spielen. Seitdem war diese Seite meines Lebens lange Zeit sehr unausgefüllt. Oh Gott, sah man mir etwa mein Alter schon an?!

Ein Blick in den Spiegel bestätigte mir, dass dem nicht so war. Schließlich war ich noch keine dreißig. Ganz im Ernst, ich hatte eine ganz brauchbare Figur, wenn man die paar Problemzonen am Bauch nicht beachtete, langes blondes – wohlgemerkt nicht gefärbtes – Haar, gesunde Zähne und ein hinreißendes Lächeln. Das zumindest behauptete mein bester Freund Christoph – ein Bild von einem Mann. Gut aussehend, braun gebrannt, groß und schlank – der perfekte Mann für mich, wenn er nicht stockschwul wäre.

Ja, ja, ich weiß, Klischee, aber so war es, ich konnte es nicht ändern. Wir hatten jede Menge Spaß, vor allem weil sich Chris meist die verrücktesten Sachen ausdachte. Er war immer für eine Überraschung gut und mit ihm an meiner Seite wurde das Leben nie langweilig.

Chris und ich arbeiteten in derselben Agentur und trafen uns jeden Morgen zum Frühstück. Wir hockten meist von acht bis neun Uhr im Café Heider, dem Eckhaus am Nauener Tor. Es lag direkt am holländischen Viertel und war für Chris nur einen Steinwurf von seiner Wohnung entfernt.

Eigentlich war das Café Heider mehr als nur ein Café. Neben Kaffee konnte man auch Speisen und alkoholische Drinks bekommen. Jeder, der etwas auf sich hielt, ging ins Heider. Das war so, und das würde so bleiben. Auch wenn ich mich wohl nie an die unzähligen Kaffeesorten gewöhnen würde, die dort zur Auswahl standen. Nun, mir war ein normaler Milchkaffee eh am liebsten.

Und hier begann meine Geschichte … an einem Montagmorgen im Café Heider.

Zickenalarm!

Ein Blick auf meine Uhr sagte mir, dass ich spät dran war an diesem Montag. Ich hastete zum Café und schlüpfte Punkt acht Uhr durch die Eingangstür. Die Glocke über selbiger klingelte und für den Bruchteil einer Sekunde lagen alle Blicke auf mir. Um diese Zeit war es schon recht voll, doch die meisten Leute holten sich nur ihren Coffee to go und gingen dann ihrer Wege. Im Grunde waren es jeden Morgen dieselben vertrauten Gesichter, aber dennoch alles Fremde.

Chris saß schon an unserem Stammtisch im Eck am Fenster. Er mochte diesen Platz. Da konnte man so schön Tucken gucken, wie er zu sagen pflegte.

»Hi Engelchen. Na, ausgeschlafen?«

Ich bekam wie immer mein Guten-Morgen-Küsschen auf die Wange. Ein zarter Moschushauch streichelte meine Geruchsnerven. »Wow, du riechst wieder gut. Was hast du denn heut' noch vor?« Ich sog den Duft genüsslich ein und ließ mich auf den Stuhl fallen.

»Schätzchen, du weißt, wie unsagbar wichtig es ist, einen gepflegten Eindruck auf seine Umwelt zu machen. Man kann schließlich nie wissen, wer einem so über den Weg läuft«, antwortete Chris und beobachtete dabei verträumt durchs Fenster, wie ein Paketbote ein Päckchen aus seinem Lieferwagen holte und auf den Eingang zulief.

»Was darf ich euch bringen?«, fragte Claudio, einer der Kellner, der mittlerweile am Tisch stand.

»Ich hätte gern einen Milchkaffee und ein Croissant«, sagte ich und holte Chris mit einem Seitenhieb aus seiner Paketbotenträumerei. »Hey, was willst du?«

»Eine Latte«, sagte er verträumt.

»Auch was zum Essen?«, hakte ich belustigt nach.

Endlich schenkte Chris mir seine Aufmerksamkeit. Der Paketbote hatte sein Päckchen abgegeben und saß bereits wieder in seinem Lieferwagen. Allerdings klebte Chris' Blick nach wie vor an der Fensterscheibe, als er mir ein irritiertes »Was?« zuwarf.

»Möchtest du zu deiner Latte etwas frühstücken?«, fragte Claudio und grinste mich an.

»Nur ein trockenes Brötchen.« Endlich riss Chris sich von seiner Postbotenträumerei los und schaute zu Claudio auf. »Heute ist dein letzter Tag hier, nicht wahr?«

»Ganz recht, ich schreibe meine Doktorarbeit, da muss ich die Zeit nutzen«, erwiderte Claudio.

»Ich wünsche dir alles Glück der Erde, Claudio. Du wirst sehen, aus dir wird ein guter Anwalt werden«, versicherte ich ihm.

»Staatsanwalt, ich werde Staatsanwalt. Sofern alles gut geht«, verbesserte Claudio lächelnd.

»Beni, denk dir nur, dieser schmucke Junge wird dann alle bösen Buben ins Gefängnis stecken.«

»So ist es, Chris. Also immer hübsch brav sein.«

Während Claudio lachend hinter dem Tresen verschwand, wandte sich Chris an mich. »Schätzchen, du siehst müde aus. Hast du nicht gut geschlafen?«

»Ich hatte heute Nacht einen komischen Traum.«

»Lass mich raten: Es kam ein Mann darin vor!«

»Wenigstens verirrt sich mal einer in meinen Traum, wenn sich die Kerle im richtigen Leben schon nicht blicken lassen.«

»Benita!«, rügte Chris und betonte meinen Namen auf eine Art, die ich hasste.

Claudio kam zurück und stellte wortlos unsere Bestellung auf den Tisch. Er wusste, wann die Kundschaft mit ihm plaudern wollte und wann nicht. Ich vermisste ihn jetzt schon.

Ich brach ein Stück von meinem Croissant ab und tunkte es missmutig in meinen Milchkaffee.

»Beni, Engelchen, du solltest aufhören, deinen Träumen nachzujagen. Die Welt ist riesengroß und voll von jungen, dynamischen Männern. Sicher ist einer für dich darunter. Sei doch nicht so ungeduldig.«

»Was redest du da?«, gab ich bissig zurück. »Ich bin nicht ungeduldig, aber mal ehrlich, ich bin neunundzwanzig und meine biologische Uhr tickt so laut, dass ich an manchen Tagen mein eigenes Wort kaum verstehe. Seit über einem Jahr hatte ich keine Verabredung mehr. Vom Sex brauchen wir gar nicht erst zu reden. Ein One-Night-Stand ist nicht mein Ding. Wer weiß, was man sich da ins Bett holt. Nein, ich will einen Mann. Einen, der am Morgen danach nicht nur bemerkt: Aber dein Kaffee, der war gut.«

»Touché«, bemerkte Chris etwas angesäuert.

»Tut mir leid. Bei dir ist das was anderes«, sagte ich rasch.

»Wie soll ich das denn jetzt verstehen? Glaubst du, nur weil ich schwul bin, hab ich keine Gefühle? Denkst du wirklich, dass ich nur auf eine schnelle Nummer aus bin?«

»Nun, wenn ich ehrlich sein soll – ja.« Chris war mein bester Freund und doch war ich stets der Meinung, dass Liebe und große Gefühle nicht seine Sache waren.

»Dann bist du nicht besser als die meisten Ignoranten, die mich schief anschauen.«

Sein anklagender Blick verletzte mich. »Tu das nicht, Chris. Du weißt, dass ich nicht so denke. Du bist doch immer der Realist und weichst nie ab von dem, was dir wichtig ist. Für dich zählt nur die Realität. Jedenfalls sagst du das immer. Ich dachte bisher tatsächlich, dass du nicht der Typ für Romantik und so 'n Kram bist.«

Nun war er sichtlich irritiert, so dass ich eine Erklärung hinzufügte: »Glaubst du denn ernsthaft daran, dass es da draußen jemanden gibt, der nur für dich bestimmt ist?«

»Was ist das denn jetzt für eine Frage?«

»Beantworte sie einfach, Chris. Glaubst du daran, ja oder nein?«

Trotz meiner klaren Aufforderung, schwieg er und friemelte an seinem Brötchen herum.

»Chris, ich hab dich was gefragt.«

»Ja, vielleicht, vielleicht auch nicht. Was weiß denn ich?«

»Weich mir nicht aus. Komm schon. Sag mir, was dich bewegt.« Ich schaltete in den Verständnisvolle-Freundin-Modus, denn ich wollte nicht locker lassen, und hoffte, dass er diesmal mit der Sprache rausrücken würde, wenn ich nur tief genug bohrte.

Statt einer ehrlichen Antwort lenkte er ab: »Ich denke, du brauchst Urlaub. Nimm dir ein paar Tage frei, setz dich in deinen Käfer und fahr ins Grüne.«

Okay, er wollte tatsächlich nicht reden, und das machte mich ärgerlich. »Ich dachte immer, wir könnten uns alles erzählen, aber da habe ich mich offenbar getäuscht. Ich hätte es eigentlich wissen müssen. Das ist so typisch für dich. Wenn es um deine Gefühle geht, machst du dicht. Und jetzt kommst du mir mit solch blödsinnigen Vorschlägen.« Ich spürte, wie meine Halsschlagader zu trommeln begann. Das tat sie immer, wenn ich wütend wurde. Ungeduldig suchte ich in meiner Handtasche nach meinem Portemonnaie.

»Ich will mich jetzt nicht streiten«, wandte Chris ein und beobachtete mein hektisches Gewühle. »Ich meine das vollkommen ernst, Benita. Du arbeitest wie ein Tier und gönnst dir nix.«

Endlich hatte ich meine Geldbörse gefunden. »Ich muss los, die Arbeit wartet«, sagte ich knapp und legte einen Fünfer auf den Tisch.

»Beni, jetzt sei nicht beleidigt.« Nun klang er wie eine verständnisvolle Freundin, doch ich ließ mich nicht erweichen.

»Ich muss hier raus, bevor ich noch Dinge sage, die ich hinterher bereue.« Ohne ein weiteres Wort zu verlieren, eilte ich nach draußen. Schwul oder nicht, dachte ich, er blieb eben doch ein Kerl.

Am nächsten Morgen nach einer Tasse Kaffee hatte sich mein Groll gegen Chris wieder gelegt. Im Grunde konnte ich nie lange so richtig böse auf ihn sein. Dennoch waren wir uns den ganzen gestrigen Tag im Büro aus dem Weg gegangen.

Okay, ich war sauer. Aber das lag auch daran, dass ich gerade meine speziellen Tage hatte. Da bin ich dann bisweilen ein wenig unentspannt, um es mal ganz sachte auszudrücken. Ich kannte Chris seit der Grundschule und liebte ihn so, wie er war. Einen besseren Freund konnte sich eine Frau nicht wünschen.

Chris war liebenswert, witzig, einfühlsam und man konnte so richtig gut mit ihm tratschen. Diese Eigenschaften suchte man bei einer Hete, wie Chris heterosexuelle Männer meist zu nennen pflegte, vergebens. Nach unserer gestrigen Auseinandersetzung war ich mir ganz sicher, dass er tief in seinem Inneren ein Romantiker war, wie er im Buche stand. Nur redete er nicht gern darüber. Das hatte ich gestern begriffen und ich akzeptierte es. Und wenn ich recht darüber nachdachte, lag er gar nicht so daneben, mit dem, was er gesagt hatte.

Urlaub! Eine gute Idee. Seit fast einem Jahr arbeitete ich nun schon durch. Hier und da mal einen oder zwei freie Tage zwischendrin, aber mehr hatte ich mir wirklich nicht gegönnt. Ja, ich werde Urlaub machen! Aber Chris sollte mich begleiten. Ich griff zum Telefon und wählte seine Nummer.

»Wer stört?«, hörte ich ihn am anderen Ende. Er schien noch ganz schön sauer zu sein.

»Ich bin's Beni. Biste noch dolle sauer wegen gestern?«, fragte ich reumütig.

Eine Weile hörte ich nur seinen Atem, dann antwortete er: »Nicht wirklich, aber verdient haste es nicht.«

»Ach Chris, du weißt doch, wie ich bin, wenn ich mein Zeugs habe«, versuchte ich mich zu rechtfertigen. »Es tut mir leid, hörst du. Und damit du siehst, dass es mir auch ernst ist, will ich dich nachher zum Essen einladen.«

»Mit einem schnöden Essen ist es diesmal nicht getan«, erwiderte er mürrisch.

13

»Okay, was muss ich tun, um deine Gunst wiederzuerlangen? Dir einen Minnesänger besorgen, der vor dein Fenster tritt und die Weise *Reich mir die Hand, mein Leben* singt? Sag jetzt nix Falsches, du weißt, ich bin durchgeknallt genug, das zu tun, mein Lieber.«

Einen Moment war es still, dann prusteten wir beide los.

»Minnesänger klingt sehr verlockend. Ich komme eines Tages darauf zurück. Wir sehen uns im Büro, du verrücktes Huhn«, lachte er und legte auf.

Erleichtert ging ich hinüber zum Fenster und zog das Rollo nach oben. Es regnete in Strömen.

»Na bravo«, stöhnte ich und widmete mich meinem Kleiderschrank. Ich hab nix anzuziehen!, jammerte ich, als ich die vollgepackten Kleiderbügel von einer Seite zur anderen schob.

Ein Blick auf meinen Wecker verriet mir, dass die Klamottenwahl etwas beschleunigt vonstattengehen sollte. Also entschied ich mich für Jeans und Pulli, was fürs Büro völlig ausreichte. Von den Mannsbildern, die dort ein und aus gingen, war eh keiner dabei, den ich hätte beeindrucken wollen. Als ich eine halbe Stunde später im Büro eintraf, saß Chris bereits an seinem Schreibtisch und nickte mir zu. Die beiden anderen Redakteure Jochen Kleist und Werner von Thul waren heute im Außendienst unterwegs, was mir ganz recht war, denn so stand einem lockeren Arbeitstag nichts im Wege.

Plötzlich drang lautes Stimmengewirr aus dem Chefbüro an mein Ohr.

»Was ist passiert?«, wandte ich mich an Chris.

Noch ehe er antworten konnte, donnerte die Stimme von Herrn Feuchtenbeiner durch die geschlossene Tür. »Es ist mir scheißegal, wie das passieren konnte, ich will den, der das verbockt hat!«

Die Tür ging auf und Conny, unsere völlig eingeschüchterte Praktikantin, trat heraus. »Frau Duehr, ich glaube, Herr Feuchtenbeiner möchte mit Ihnen reden«, stammelte sie und wagte es kaum, mir in die Augen zu schauen.

»Was ist hier los, Chris?«, fragte ich ihn erneut.

»Das Style-Sheet von Crocter ist wohl total zerschossen«, antwortete er besorgt. Crocter war unser größter Kunde.

»Und was hab ich damit zu tun?« Ich war bei diesem Auftrag nur für das Layout der Seite zuständig, nicht fürs Style-Sheet. Dafür musste man

HTML, CSS, XSL und lauter so 'n Zeug beherrschen, aber ich hatte von Computersprachen keine Ahnung und kannte nicht einmal den Unterschied zwischen diesen Dingern. Außerdem hatte diese Aufgabe der Chef höchst persönlich in die Hand genommen, um niemanden von den Dilettanten da ranzulassen.

Herr Feuchtenbeiner erschien in seiner ganzen fetten Pracht im Türrahmen. Er erinnerte mich immer an das Schwein aus dem Film *Animal Farm*. Allein der Name war schon zum Schießen. Feuchtenbeiner gehörte zu dieser besonderen Sorte von Chefs, die, wenn man sie genauer betrachtete, übelste Rachephantasien in einem wecken konnten. Er sah sehr wütend aus, wie er da so stand und mit seinen Schweinsritzen durch seine bescheuerte Brille glotzte. Seine Halbglatze glänzte im Bürolicht. Er hatte sein Sakko ausgezogen und man sah zwei große Schweißflecke unter seinen Achseln hervorprangen. Ein Kaffeefleck zierte seine Krawatte, die schief um seinen Hals hing.

»Guten Morgen, Chef«, sagte ich so freundlich wie möglich.

Feuchtenbeiner starrte mich an. Dann blickte er auf seine Armbanduhr. »Frau Duehr. Spät dran, wie immer«, bemerkte er bissig. Im selben Moment fiel Chris' Locher vom Schreibtisch.

Feuchtenbeiner fuhr herum.

»Ups«, sagte Chris.

»Haben Sie nichts zu tun, Köster? Heben Sie das Ding gefälligst auf!«, polterte Feuchtenbeiner. Dann blickte er wieder zu mir.

Ich konnte mir gerade eben noch ein Lachen verkneifen und gluckste in meine Hand.

»In fünf Minuten in meinem Büro, klar!« Die Tür fiel krachend ins Schloss.

»Auweia, Beni, zieh dich warm an. Unser Grunzi ist stinksauer.« Chris konnte nicht verbergen, wie froh er war, dass es diesmal nicht ihn traf.

»Na wenn schon«, erwiderte ich, legte meine Sachen ab und begab mich dann in die Höhle des Löwen.

Ich klopfte an die Tür.

»Ja!«

Ich atmete noch mal tief durch, blickte siegessicher zu Chris und trat ein.

Feuchtenbeiner saß selbstgefällig an seinem Schreibtisch und drehte eine frische Zigarre in seinen speckigen Händen.

»Sie wollten mich sprechen …« Ich ließ die Tür einen Spalt breit offen stehen und ging langsam auf ihn zu.

»Tür zu!«, bluffte er.

»Wie Sie meinen.« Mit dem Fuß gab ich der Tür genauso viel Schwung, dass sie verhältnismäßig leise ins Schloss fiel.

»Setzen Sie sich!«

»Danke, ich stehe lieber, wenn's recht ist.«

»Wie Sie wollen. Es wird eh kein sehr langes Gespräch.« Er zog eine Schublade auf, holte eine Schachtel Streichhölzer hervor und zündete seine Zigarre an.

Obwohl ich jegliche Art von Rauch verabscheute, so war mir der Geruch, den diese Zigarre verbreitete, allemal angenehmer als der unerträgliche, süßsaure Schweißgestank, der von Feuchtenbeiner ausging. Dieser Kerl war ein einziger Schmierlappen und er roch auch so.

»Sie haben Crocter in den Sand gesetzt!«, warf er mir vor.

»Ich? Das kann nicht sein. Ich war fürs Layout und die Texte zuständig«, gab ich zurück.

»Halten Sie den Mund! Crocter ist kurz davor, den Auftrag zurückzuziehen. Das Style-Sheet ist komplett zerschossen und Sie waren zuletzt an der Seite dran. Von Thul bestätigte mir, dass er Ihnen den Redaktionstext mit der Bitte gemailt hat, ihn auf die Seite zu laden. Das haben Sie gründlich versaut. Ich habe gestern Abend zwei Stunden gebraucht, um unseren Kunden zu beschwichtigen. Ich muss Ihnen nicht erklären, wie überaus wichtig Crocter und Partner für unsere Agentur ist.«

Tatsächlich hatte ich gestern Abend noch an der Seite gearbeitet, aber ich konnte mich nicht daran erinnern, am Quellcode etwas verändert zu haben. »Herr Feuchtenbeiner, ich kann mir das nicht erklären. Ich habe lediglich den Text und eine Grafik hochgeladen. Mehr nicht. Es ist schier unmöglich, dabei das Style-Sheet der kompletten Seite zu zerstören«, versuchte ich, mich zu verteidigen. »Außerdem waren Sie für den Quelltext zuständig«, fügte ich etwas leiser hinzu.

Feuchtenbeiner schnaubte jetzt wie ein Walross. Ich hatte mich gerade sehr weit aus dem Fenster gelehnt, das war mir durchaus bewusst. Dennoch fühlte ich mich gut dabei. Ich wusste, dass ich hier meinen Job aufs Spiel setzte und es war mir einerlei. Sicher würde er gleich hochgehen wie eine V1-Rakete, doch zu meiner großen Verblüffung tat er das nicht.

Stattdessen beugte er sich zu mir vor, drückte die Zigarre im Aschenbecher aus und grinste.

»Es gäbe da etwas, womit Sie mich allerdings milde stimmen könnten.« Der Sabber lief ihm schon förmlich die Mundwinkel hinunter.

Okay, du dreckiger, ekelhafter Mistkerl …

Was ich als Nächstes tat, hätte ich mir noch vor zehn Minuten niemals zugetraut, doch augenblicklich spürte ich den unbändigen Drang, etwas zu tun, was normalerweise nicht zu mir passte. Lächelnd näherte ich mich dem Schreibtisch und räkelte mich lasziv in seine Richtung.

»Ja, du kleine Wildkatze. Du willst es doch auch«, freute er sich.

Ich griff langsam nach seiner Krawatte und zog ihn sachte zu mir rüber. Sein Mundgeruch war widerlich und ich musste mich redlich bemühen, den Würgereflex zu unterdrücken. Morgen früh würde an meinem Mund ganz sicher eine hässliche Herpesbeule blühen, doch das war mir jetzt egal.

»Hör zu, du kleine wabbelnde Speckschwarte«, hauchte ich ihm ins Gesicht.

Er grinste mittlerweile noch breiter. »Komm schon her, du kleines Luder. Hier auf meinen Schoß, da kannst du spüren, wie sehr ich mich freue«, keuchte er in freudiger Erwartung.

»Ja, das hättest du gern, du notgeiler Bock. Selbst wenn man mich auf dich drauf schweißen würde, glaub mir, ich würde mich von dir losrosten«, zischte ich scharf und gab ihm einen kräftigen Stoß, dass er beinahe samt Stuhl hinten überkippte.

Ich hatte die Tür schon einen Spalt geöffnet, drehte mich aber noch einmal um. Er war wütend, oh ja, und das ging mir runter wie Öl.

Er bäumte sich zu seiner vollen Größe auf – auch wenn er nur eben einen Kopf größer als ein Turnbeutel war – und holte tief Luft.

Bevor er nur einen Ton von sich geben konnte, kam ich ihm zuvor: »Ach so, bevor ich's vergesse, Sie brauchen mich nicht zu feuern, ich kündige.« Meinen Triumph bis ins Letzte auskostend verließ ich hoch erhobenen Hauptes sein Büro.

»Alles okay mit dir?« Chris war offensichtlich geschockt, als ich an meinen Schreibtisch trat und meinen Kram zusammenraffte.

»Mir ging es nie besser, Chris. Glaub mir.«

»Hab ich eben richtig gehört, Beni? Du hast gekündigt?«

»Ganz recht. Das hätte ich schon viel früher tun sollen. Dieser Schmierlappen glaubt, er könne sich alles erlauben. Ich habe ihn gerade vom Gegenteil überzeugt.« Ich gebe zu, dass ich nicht ganz so gelassen war, wie ich Chris und der Praktikantin weismachen wollte, aber darüber konnte ich mir später Gedanken machen.

In diesem Moment schoss Feuchtenbeiner aus seinem Büro. Sein Gesicht war hochrot und er prustete, als hätte er einen Hundert-Meter-Lauf absolviert. »SIE!«, brüllte er und zeigte mit seinem Wurstfinger auf mich.

Ich schaute auf und bemühte mich, meine Gelassenheit noch einen Moment aufrechtzuerhalten. Innerlich war ich aufgewühlt und mein Herz hämmerte gegen meinen Hals. So wie dieser Kerl aussah, musste ich auf alles gefasst sein.

»Was glauben Sie eigentlich, wen Sie hier vor sich haben?«, schnaubte er und kam wie eine Dampframme auf mich zu.

Doch plötzlich sprang Chris auf und stellte sich Feuchtenbeiner in den Weg. »Tun Sie nichts, was Ihnen hinterher leidtun könnte!«, warnte er mit fester Stimme.

»Gehen Sie mir aus dem Weg, Sie … Sie …!« Feuchtenbeiner sah sich gehetzt im Raum um.

Conny stand völlig verschüchtert an der Kaffeemaschine und knüllte die Filtertüte in ihrer Hand zusammen.

»Raus hier!«, schrie Feuchtenbeiner und zeigte immer noch auf mich. »Gehen Sie mir aus den Augen und nehmen Sie den da gleich mit!«

Eine halbe Stunde später saßen Chris und ich im Heider. Chris war sichtlich geschockt, als ich ihm davon berichtete, was sich in Feuchtenbeiners Büro abgespielt hatte.

»Beni, du solltest dieses Schwein anzeigen«, riet er mir.

»Chris, selbst wenn ich das tun würde, es würde nichts ändern. Ich bin meinen Job los. Du hättest dich raushalten sollen. Jetzt sitzen wir beide auf der Straße.«

»Dieser Kerl hätte dich wie 'ne Dampframme überrollt, glaub mir. Job hin oder her, das war es mir wert. Was machen wir jetzt?« Chris sah mich etwas unsicher an.

»Urlaub!«, brach es aus mir heraus.

»Bitte?«

»Ja, du und ich. Wir packen ein paar Sachen, tanken den Käfer und machen Urlaub. Ich habe ein bisschen was gespart. Ich lade dich ein. Neue Arbeit suchen wir uns, wenn wir wiederkommen. Oder wir eröffnen eine eigene Agentur. Wir bleiben ja nicht Monate weg, nur ein oder zwei Wochen ausspannen.« Meine Spontanität überraschte mich selbst, aber es fühlte sich unheimlich gut an und hatte keinen faden Beigeschmack. Es war einfach das Richtige.

»Benita, hör auf zu spinnen!«

»Wieso denn? Immerhin bin ich schuld, dass du keinen Job mehr hast, und du selbst hast mir geraten, in den Urlaub zu fahren, also machen wir uns ein paar schöne Tage«, bestimmte ich aus tiefster Überzeugung. »Komm schon, lass jetzt nicht die Diva raushängen.«

»Du bist völlig durchgeknallt.«

Ich glaubte, ein wenig Bewunderung in seiner Stimme zu erkennen und schmunzelte innerlich. Dann zuckte ich mit den Schultern. »Ja und?«

Nun grinste mein Freund und ich wusste, dass ich ihn auf meiner Seite hatte. »Wozu in die Ferne schweifen, wenn das Gute liegt so nahe?«, rezitierte er, was mich verwirrte, denn ich hatte keine Ahnung, warum er ausgerechnet jetzt diesen Spruch hervorkramte.

Meinem Gesichtsausdruck sah er offenbar an, dass ich mal wieder im Wald stand, und erklärte mir mit seinem Ich-hab-da-schon-was-ausbaldowert-Blick: »Schätzchen, wir leben in Potsdam, einer der schönsten Städte Deutschlands. Was wir suchen, finden wir ganz sicher hier.«

»Und was suchen wir?«, fragte ich vorsichtig. Eigentlich wollte ich die Antwort darauf gar nicht so genau wissen.

»Deinen Traumprinzen!«

Ich starrte ihn an, doch bevor ich auch nur einen Satz des Widerstandes hervorbringen konnte, plapperte er schon fröhlich weiter. »Ich habe schon 'ne ziemlich genaue Vorstellung, wie wir das anstellen werden. Oder besser du … Also ich werde natürlich immer in deiner Nähe sein. Na ja, so in der Art.«

Mir schwante Übles. Sachte klopfte ich gegen seinen Kopf. »Was geht da drin schon wieder vor, alter Freund?«

»Hey, lass das, du ruinierst noch meine Frisur«, entgegnete er und grinste schelmisch.

»Raus damit, Chris!«

»Okay«, gab er nach, winkte die Bedienung zu uns herüber und schaute mich wieder an. »Prosecco, Süße? Ach, was frag ich, du wirst ihn brauchen.«

Eine junge Frau, die Ersatzkellnerin für Claudio, kam an unseren Tisch. Ihr bunt gefärbtes Haar, das sie seitlich zu einem hohen Zopf gebunden hatte, erinnerte mich an die 1980er Jahre. Es schimmerte wie ihr Gesicht in allen Farben. Auch wenn sie, wie jede der Kellnerinnen hier, in schwarzer Bluse und Bistroschürze gekleidet war, so passte sie nicht in das Ambiente des Cafés Heider.

Block und Stift gezückt stellte sie sich vor: »Ick bin Jacqueline und für heute ihre Bedienung. Wat darf's sein?«

»Schätzchen! Bringen Sie uns eine Flasche Prosecco und zwei Gläser! Und wo es nicht glatt ist, können Sie rennen.«

»Chris!«, sagte ich vorwurfsvoll. »Musste das sein?«

»Beni …«, er beugte sich zu mir rüber. »… mal im Ernst, der kannste doch beim Loofen die Schuhe besohlen. Und dieser Jargon, grauenvoll. Ich sag dir was, die Kleine wird hier nicht alt. Die würde besser als Schlüsseltante in einen dieser Girlietoaster passen.«

»Wenn du meinst«, pflichtete ich ihm bei. Auch wenn es mir zutiefst widerstrebte, über fremde Menschen voreilig zu urteilen, so musste ich mir eingestehen, Chris hatte nicht ganz unrecht. Gedankenversunken blickte ich Jacqueline hinterher, die ganz gemächlich das Tablett vor sich her balancierend Richtung Tresen schlurfte.

Ja, da ist wohl was dran, an diesem Klischee, dachte ich. Dann erwachte ich aus meiner kurzweiligen Abwesenheit. »Jetzt sag endlich, was du vor hast«, wandte ich mich wieder an Chris, der dasaß und mit seinem Bierdeckel spielte. Ein wenig beunruhigt war ich schon, kannte ich Chris doch zu gut. Ich ahnte, dass sein Vorhaben nur eine Schnapsidee sein konnte.

Er reagierte nicht sofort, daher folgte ich seinem Blick, der geradewegs zu einem Tisch führte, an dem zwei Bauarbeiter saßen und die Karte studierten.

»Chris, was ist jetzt?«

»Traummann«, brabbelte er abwesend.

»Was?«

Endlich drehte er sich wieder zu mir um. »In vier Wochen zum Traummann – was hältst du davon?«

Just in diesem Augenblick hallte ein Scheppern durch den Raum. Alle Augenpaare blickten zum Tresen. Jacqueline hatte das Tablett, auf dem unser Prosecco stand, fallen gelassen. Das war eine schöne Sauerei. Die beiden Bauarbeiter klatschten amüsiert Beifall, während andere Gäste peinlich berührt ihre Köpfe abwandten. Pablo, der Chef des Ladens, betrat den Gastraum, drückte Jacqueline einen Besen in die Hand und schaute ziemlich angesäuert zu, wie sie die restlichen Scherben aufkehrte. »Estiércol maldito, Jacqueline, was zum Henker …? Klar, dass ich Ihnen die Flasche von Ihrem Lohn abziehe.«

Dass er sie so lautstark und vor allen Gästen rüffelte, fand ich persönlich jetzt nicht gerade sehr taktvoll. Irgendwie tat sie mir ein bisschen leid.

»Was für ein Trampel, die gute Jacqueline«, hörte ich Chris sagen.

Das brachte mich schließlich wieder zurück zu unserem Gespräch und zu der Information, die ich dringend von ihm haben wollte. »So, jetzt sag schon! Was war das, mit diesem Vier-Wochen-Ding?«

Der gute Chris konnte seinen Blick nur schwer von den beiden Bauarbeitern lösen. Doch urplötzlich sah er mich an und wie aus der Kanone geschossen antwortete er: »Ja, vier Wochen, vielleicht auch nur drei, mal sehen! Also pass auf, Engelchen. Ich denke, das ist angemessen für unser Projekt.«

»Projekt?« Meine Begeisterung hielt sich in Grenzen.

»Ja, jetzt hör zu! In dieser Zeit wirst du dich mit den verschiedensten Männern verabreden. Alle Kandidaten werden wir in einer Liste erfassen und am Ende auswerten. Sofern du nicht vorher schon dein Herz verlierst.«

Ich glaubte, mich verhört zu haben. »Spinnst du jetzt total?«

Seinem Gesichtsausdruck zu folgen war das sein voller Ernst.

»Wie soll das denn gehen, Chris? Wo soll ich denn …, ich meine, wann und vor allem wen …?«

»Beni, es gibt so viele Möglichkeiten, Männer zu treffen. Partnerbörsen im Internet zum Beispiel.«

»Partnerbörsen im Netz? Ja nee is' klar, Chris. Einfallsloser geht's nicht?«

»Wieso nicht? In den modernen Zeiten des Internets sind die Möglichkeiten für Singles, andere Singles kennenzulernen, erheblich umfassender geworden. Und so ein Blind-Date hat doch etwas Aphrodisierendes, findest du nicht?«

Ich konnte in diesem Moment nichts erwidern. Jacqueline stellte den Prosecco und zwei Gläser auf den Tisch und schenkte ein.

»Schade um die schöne Flasche«, sagte Chris zu ihr, nahm sein Glas und nippte daran.

»Is' nich mein Tach heute. Ick arbeite sonst in Sonnenstudio. Da muss ick keene Tabletts durch de Jegend tragen. Aba Jeld stinkt ja nich, wa«, antwortete Jacqueline und verschwand schnell wieder.

»Was hab ich dir gesagt? Girlietoaster«, triumphierte Chris. »Und diese Kodderschnute passt zu unserer Jacqueline wie die Faust aufs Auge.«

»Hier reden die Leute doch fast alle so«, erwiderte ich. Ich für meinen Teil versuchte allerdings, das so gut es ging zu vermeiden.

»Wie dem auch sei. Wo waren wir? Ach ja. Denk nur, Benilein, wie viel Spaß wir in den nächsten Wochen haben werden. Wir werden bei Powerdatings mitmachen, Singlepartys besuchen, ins Kino und ins Theater gehen. Wir werden intellektuell tun und uns in Museen rumtreiben. Ich werde all meine Beziehungen spielen lassen und uns auf die angesagtesten Partys bringen. Die öffentlichen Verkehrsmittel darf man auch nicht außer Acht lassen. Und denk erst, was für tolle Männer man beim Tanken antrifft. Allein die Typen, die an den Wochenenden in diesen Selbstwasch-Boxen ihre prolligen Schlitten auf Hochglanz polieren. Einfach lecker. Und du, mein Engel, hast die Ehre, sie allesamt zu testen.« Er nahm sein Glas und prostete mir zu.

Chris hatte recht, ich brauchte jetzt einen großen Schluck Alkohol. In einem Zug kippte ich den Inhalt meines Glases in mich hinein. Nachdem das eben Gesagte dann auch den letzten Winkel meines Hirns erreicht hatte und mir langsam bewusst wurde, dass Chris es tatsächlich ernst meinte, holte ich zur Gegenwehr aus. »Bist du von allen guten Geistern verlassen? Nie im Leben werde ich mich auf eine solche Chose einlassen. Powerdating, Onlinechats und was weiß ich nicht noch alles. Du glaubst doch nicht allen Ernstes, dass ich mich für so was hergebe? Fehlt bloß noch, dass du eine Anzeige in die Tagespresse setzt.«

»Das wäre meine nächste Idee gewesen.« Er grinste frech.

Meine Halsschlagader pochte heftig gegen meinen Hals. Ein deutliches Zeichen dafür, dass ich alles andere als entspannt war.

»Beni, bleib locker, das sind doch nur Anregungen. Natürlich werden wir jeden einzelnen dieser Vorschläge genau unter die Lupe nehmen.«

»Ohne mich, Chris. Ganz ehrlich. Das ist mir 'ne Spur zu blöde.«

Eine Weile sagte keiner etwas. Was auch daran lag, dass Jacqueline von einem älteren Herrn, der am Nachbartisch saß, aufs Heftigste angepöbelt wurde. Anscheinend hatte sie ihm das falsche Essen gebracht.

Doch dieses Mal ließ Chris sich nicht ablenken und schaute mich eindringlich an. »Glaubst du daran, dass es da draußen jemanden gibt, der nur für dich bestimmt ist? Das hast du mich gestern gefragt. Ich sag dir was, Benilein. Ja, ich glaube ganz fest daran. Jedoch liegt die Wahrscheinlichkeit bei eins zu einer Million, dass dieser jemand an deine Tür klopft. Du musst dich schon auf die Suche nach ihm machen. Ich will dir dabei helfen, weil ich dein Freund bin. Okay, ich gebe zu, dass auch ein wenig Eigennutz dahinter steckt. Ich hätte auch gern jemanden an meiner Seite. Einen der, wie sagtest du gestern so trefflich, am Morgen danach nicht nur sagt: Du, dein Kaffee, der war aber gut!« Er nahm die Flasche und schenkte nach.

»Für mich nicht, danke. Ich brauche jetzt was Hochprozentiges«, wehrte ich ab und winkte Jacqueline zu uns an den Tisch.

Sie war sichtlich erleichtert, vom Nachbartisch wegzukommen. »Oller Zausel. Stellt sich wat an. Wat kann ick bringen?«

»Einen doppelten Wodka auf Eis!«

Während Chris genüsslich an seinem Prosecco schlürfte, brauchte ich einen Augenblick, um das eben Gehörte sacken zu lassen. Ja, ich hatte das Single-Dasein satt. Und verdammt noch mal ja, ich wollte mal wieder Schmetterlinge im Bauch haben und mit der rosaroten Verliebtheitsbrille gegen Laternenpfähle laufen. Wenn ich damals allerdings auch nur den Hauch einer Ahnung gehabt hätte, was mich alles erwarten würde, ich hätte dieser Sache niemals zugestimmt.

Nach ein paar Minuten des Schweigens rückte ich mich auf dem Stuhl zurecht und fiebrig erwartete Chris meine Antwort. Ich wusste genau, wie rappelig er jetzt wurde. Er rutschte dann immer auf seinem Hintern hin und her und konnte die Spannung kaum aushalten. Es war, als würde er vor einem Geschenk sitzen und auf den Startschuss zum Auspacken warten.

Ich kostete diesen Augenblick aus. »Nun …«, begann ich.

Nachdem die gute Jacqueline es letztlich geschafft hatte, den Wodka vom weißen Rum zu unterscheiden, brachte sie mir meinen Drink.

»Momentchen noch«, sagte ich, friemelte in aller Ruhe die Zitronenscheibe vom Glasrand und legte sie ihr aufs Tablett.

»Hätten se ja och gleich sagen könn, datt se keene Zitrone woll'n.« Sie zockelte wieder los.

»Die ist ja echt zum Kullern«, sagte ich zu Chris und nahm einen Schluck.

»Beni, jetzt spann mich nicht so auf die Folter. Sag schon, was hältst du von meiner Idee?«

»Ich bin dabei.« Mehr musste ich nicht sagen.

Es war jedes Mal ein Hochgenuss zu beobachten, wie sich Chris freuen konnte, wenn etwas so lief, wie er sich das vorgestellt hatte. Gleich würde er beginnen, wie wild mit den Händen zu winken, so als ob er sich Luft in die Augen wedelt, um diese zu trocknen. Obwohl ich diese Geste recht lächerlich fand, sie passte zu Chris. So war er eben, tief im Innern ein Mädchen halt.

»Oh Beni«, strahlte er und dann begann er zu wedeln.

Ich lächelte ihn nachsichtig an.

»Das ist, hach ich freu mich so.«

»Es gibt da nur noch ein Problem«, warf ich ein.

Chris' Stirnrunzeln zeigte mir, dass er in Gedanken seinen Plan noch einmal auf Fehler prüfte, aber keinen fand.

»Du sagtest, dass wir gemeinsam 'ne Menge Spaß haben werden.«

»Ja genau.« Noch immer war er verwirrt, da ihm nichts Fehlerhaften an seiner Idee einfallen wollte.

»Versteh mich jetzt nicht falsch, Chris. Es ist nicht so, dass ich dich nicht dabei haben will. Aber mal im Ernst, glaubst du, dass sich auch nur ein Mann für mich interessiert, wenn du mich begleitest? Ich meine, hey, schon vergessen, du bist ein Mann und ein gut aussehender noch dazu. Schließlich steht nicht *Ich bin schwul!* auf deiner Stirn. Verstehst du, was ich meine?«

Seine Miene hellte sich auf und ein eigenwilliges Lächeln umspielte sein Gesicht. »Benilein, du solltest den guten alten Chris nicht unterschätzen.«

Nun standen mir die Fragezeichen im Gesicht und ich wurde unruhig.

»Lange Rede, kurzer Sinn …«, Chris winkte Jacqueline herbei und machte dabei die Bitte-Zahlen-Geste.

»Zusamm' oder jetrennt?«, fragte sie.

»Das geht auf mich«, gab Chris zurück.

»'ne Flasche Prosecco und een doppelten Wodka, dett macht fünfzehn vierzich«, sagte sie und legte Chris die Quittung auf den Tisch.

»Stimmt so, Schätzchen«, sagte Chris und reichte Jacqueline einen Zwanziger.

»Ui, danke och und 'n schönen Tach noch.« Glücklich über das üppige Trinkgeld verschwand sie.

»So großzügig, obwohl man ihr beim Laufen die Schuhe besohlen kann?«, fragte ich verwundert.

»Na ja, ich gebe zu, sie war sehr amüsant. Hör zu, Benilein …« Chris erhob sich, schaute auf die Uhr und schlürfte den letzten Prosecco aus seinem Glas. »Es ist gleich zwei Uhr. Wir sollten keine Zeit verlieren. Wir haben noch 'ne Menge vorzubereiten. Ich denke, wir treffen uns um acht bei mir.«

»Um acht? Warum so spät?«

Geheimbündlerisch blickte er mich an. »Ich muss noch ein paar Besorgungen machen und dafür benötige ich ausreichend Zeit.«

»Gut, dann bis nachher.« Ich gab ihm einen Kuss auf die Wange und entschied mich, aufgrund meines Alkoholspiegels doch lieber die Straßenbahn zu nehmen. Diese fuhr bis zum Luisenplatz, und von dort aus konnte ich zu Fuß gehen. Es war ein schöner Spätsommertag und ich könnte durch den Park Sanssouci nach Hause schlendern.

Charmanter Dreispitz

Die Idee, den Weg durch den Park zu nehmen, war ausgezeichnet. Überhaupt war ich glücklich, in Potsdam geboren zu sein und dort auch zu leben. Wer einmal hier war, der konnte sich dem Reiz der Stadt nicht verschließen. Doch so schön und malerisch sich Potsdam heute zeigte, so war es nicht immer.

Ich spazierte über den neu angelegten Luisenplatz, in dessen Mitte eine Fontäne sprudelte. Ich konnte mich noch gut an die Zeiten erinnern, in denen dieser Ort Platz der Nationen hieß, und wenn nicht gerade eine Kundgebung oder der 1.-Mai-Marsch stattfanden, dann war dieser Platz nichts weiter als ein Parkplatz. Heute gab es zwar auch Parkmöglichkeiten für die vielen Touristen, jedoch hatte man diese unter dem Platz in Tiefgaragen angelegt.

Schließlich kam ich am Grünen Gitter an, einem der romantischsten Zugänge zum Park. Da fiel er mir auf! Ein junger, äußerst attraktiver Mann in einer Uniform, die wohl aus dem 19. Jahrhundert stammte. In den Sommermonaten traf man hier im Park oft kostümierte Leute, meist waren das Studenten, die sich im Auftrag der Stadt ein paar Euro dazu verdienen konnten. Sie wurden zeitgenössisch eingekleidet und hatten nichts weiter zu tun, als durch den Park zu wandeln, um die Touristen zu unterhalten.

Dieser junge Mann war einer von ihnen. Der Dreispitz, den er trug, und der lange blaue Mantel mit den goldfarbenen Knöpfen und dem Wappen Sanssoucis auf der Brust standen ihm ausgesprochen gut. Seine Gesichtszüge waren eher etwas jungenhaft als männlich markant, aber genau das war es, was meinen Blick so fesselte.

Er ist zu jung für dich, ermahnte ich mich, als er lächelnd auf mich zusteuerte.

»Darf ich Ihnen eine Wegbeschreibung anbieten, gnädiges Fräulein? Nur, damit Sie sich im weitläufigen Parkgelände nicht verirren.« Er zwinkerte mir kokett zu, womit er mich noch mehr in seinen Bann zog.

Er flirtete mit mir und ich spürte, wie mir das Blut ins Gesicht schoss. Er war sicher nicht älter als fünfundzwanzig, aber dennoch genoss ich es, wieder einmal angeflirtet zu werden.

Ich blieb stehen und lächelte ebenfalls. »Sie denken also, ich könnte mich ohne Ihre Hilfe verlaufen?«, fragte ich zurück.

»Ich wollte keineswegs anmaßend sein. Bitte verzeihen Sie mir meine Aufdringlichkeit.« Er spielte seine Rolle perfekt, das fand ich sehr amüsant und so ließ ich mich darauf ein.

»Nun, ich denke, es kann nicht schaden, ein Papier in der Tasche zu haben, welches den Weg beschreibt. Nur für den Fall natürlich. Was soll es denn kosten?«

Er öffnete die große Posttasche, die er über der Schulter trug, und holte einen der Parkpläne heraus, die es an jedem Kiosk zu kaufen gab.

»Natürlich werde ich von einem so liebreizenden Geschöpf, wie Sie es sind, kein Geld nehmen«, erwiderte er charmant. Bevor er mir den Plan in die Hand drückte, schrieb er eine Notiz darauf und faltete das Papier zusammen.

Hinter uns hörte ich Stimmengewirr. Mir blieb keine Gelegenheit für eine Erwiderung, denn er zog seinen Dreispitz, nahm meine Hand und gab mir mit einer tiefen Verbeugung einen Handkuss. Als seine Lippen zart meinen Handrücken berührten, durchströmte ein wohliger Schauer meinen ganzen Körper.

Während ich mir wünschte, dass dieser Moment ewig andauerte, schritt er galant auf die Touristengruppe zu, die gerade am Grünen Gitter ankam. Einen Augenblick lang stand ich nur da und versuchte, dieses Gefühl festzuhalten, doch es entglitt mir wie ein glitschiger Fisch.

Langsam faltete ich den Plan auseinander, um zu sehen, was er darauf geschrieben hatte.

Ich freue mich auf einen Trank mit Ihnen, gnädiges Fräulein.

Darunter standen seine Telefonnummer und sein Name ... Max.

Ich musste schmunzeln, faltete den Plan wieder zusammen und steckte ihn in meine Tasche. Dann drehte ich mich noch einmal zu ihm um, doch er bemerkte es nicht mehr, denn die Touristen hatten ihn in Beschlag genommen.

Ich beschloss, den Haupteingang links liegen zu lassen und stattdessen den kleineren Eingang zu wählen, der den Besucher direkt in den so genannten Marlygarten führte. Beschwingt nahm ich meinen Weg auf und wenig später stand ich vor der Friedenskirche, die zusammen mit dem Friedensteich ein malerisches Bild ergab. Diese kleine Kirche erinnerte mehr an ein Kloster als an eine Kirche, denn es wirkte alles so friedlich.

Gedankenversunken schlenderte ich durch die Säulengänge in den Innenhof. So oft hatte ich als Kind hier gespielt, aber die eigentliche Schönheit und die Magie, die von diesem Ort ausgingen, spürte ich erst jetzt. Etwas Mystisches lag auf diesem Flecken Erde und nur der Hauch einer Ahnung erzählte von den wundersamen Dingen, die sich hier einst zugetragen hatten.

Ich durchquerte einen weiteren Säulengang und entschied mich für den direkten Pfad zum Schloss, um von dort aus dann vorbei am Ruinenberg den Heimweg einzuschlagen. Ich genoss es in vollen Zügen, mal wieder einen so ausgiebigen Spaziergang zu machen.

Normalerweise legte ich jede noch so kleine Strecke mit dem Auto zurück. Ich liebte meinen alten Käfer. Auch wenn der Wagen schon in die Jahre gekommen war, so konnte ich mir kein anderes Auto für mich vorstellen. Ab diesem Tage aber nahm ich mir vor, öfter zu Fuß zu gehen.

Die Zeit verging wie im Flug. Die Sonne stand schon recht tief und ein Blick auf meine Uhr verriet mir, dass es bereits später Nachmittag war. Ich schaute hinauf zum Schloss Sanssouci, das majestätisch über dem Park thronte, und stellte fest, dass ich den schönsten Heimweg der Welt hatte. Als ich eine gute Stunde später meine Wohnungstür aufschloss, klingelte mein Handy. Im Display erkannte ich Chris' Nummer.

»Was gibt es, Chris?« Ich hörte Musik im Hintergrund und Stimmengewirr.

»Schätzchen, ich bin etwas in Eile, deshalb ganz kurz. Bis acht werd ich's nicht schaffen. Ich denke, es ist besser, wenn wir uns morgen treffen«, erklärte er etwas hektisch, dann hörte ich ihn zu einer anderen Person sagen: »Au, jetzt passen Sie doch auf, geht das nicht ein bisschen vorsichtiger?«

»Wer schön sein will, muss leiden, Sie müssen das jetzt aushalten«, erwiderte eine mir unbekannte Stimme.

»Chris?«, rief ich in den Hörer. »Alles okay bei dir? Wo bist du denn?«

»Hach Schätzchen, jetzt ist ganz schlecht. Nur so viel, pack ein paar Sachen, wir fahren für zwei Tage weg. Ich ruf dich später an. Mach's gut. Bussi.« Dann hatte er auch schon aufgelegt.

Hm, wer weiß, was er wieder trieb. Sachen packen? Konnte ich später auch noch. Na gut, dachte ich, dann steht einem gemütlichen Abend zu Hause ja nichts im Wege. Ein heißes Bad, danach ließ ich mir was vom Chinesen kommen, dann ein Glas Rotwein und ein gutes Buch. Perfekter ging's nicht.

Dieser Abend war nur für mich da. In der Wanne ließ ich den Tag noch einmal an mir vorbeiplätschern. Eigentlich war die Kündigung das Beste, was mir passieren konnte. Ich mochte meinen Job schon, aber unsere Agentur war nicht mehr dieselbe, seit Frau Mühlberger sie nicht mehr leitete. Vor vier Jahren hatte dieser Feuchtenbeiner die Agentur übernommen und sofort sein Revier markiert, indem er kaum einen Stein auf dem anderen ließ. Gute Kollegen wurden gleich zu Beginn seiner Amtszeit entlassen, denn Feuchtenbeiner war der Meinung, dass ein Team von wenigen Leuten überschaubarer war. Dass die Arbeit sich nicht von allein machte, das scherte ihn wenig bis gar nicht.

Doch das hatte ich nun alles hinter mir gelassen. Vor mir lag eine zwar ungewisse, aber entspannte Zukunft. Jetzt würde ich erst einmal ein wenig Urlaub machen und von meinem Ersparten leben. Da ich mir in den vergangenen Jahren nie wirklich etwas gegönnt hatte, hatte sich ein ganz ansehnliches Sümmchen auf meinem Konto angehäuft. Wozu sparen? Die Kohle war zum Ausgeben da. Schließlich konnte man den Zaster nicht mit ins Grab nehmen. Einen Kurzurlaub würde ich mir in jedem Fall gönnen. Ich freundete mich immer mehr mit dem Gedanken an, dass das, was Chris da vorhatte, durchaus sehr amüsant und spannend werden konnte. Warum nicht mal die Sau rauslassen? Den Markt abchecken ... Ein bisschen Spaß hat noch niemandem geschadet.

Aber auch der Gedanke an eine eigene Agentur manifestierte sich immer mehr in meinem Kopf. Explizit wollte ich jetzt aber nicht darüber nachdenken. Eins nach dem anderem. Erst Urlaub, dann Zukunftspläne. Nach meinem wohligen Bad schlüpfte ich in meinen Schlafanzug, holte mir einen Schmöker aus meinem Bücherregal und kuschelte mich in mein Bett.

Als ich am nächsten Morgen erwachte, fühlte ich mich so ausgeruht wie schon lange nicht mehr. Heute begann mein neues Leben und ich würde mich in Begleitung meines besten Freundes kopfüber in ein aufregendes Abenteuer stürzen. Was konnte spannender sein als die Vorfreude auf etwas, was man nicht kannte. Neugierig auf Chris' Vorhaben griff ich nach meinem Handy auf dem Nachttisch und wählte seine Nummer.

»Köster«, flötete er am anderen Ende.

»Hi, ich bin's. Bist du schon auf?«

»Ob ich schon auf bin? Engelchen, schau aus dem Fenster. Die Sonne lacht von einem strahlend blauen Himmel. Und du liegst vermutlich noch im Bett. Schwing deinen süßen Arsch unter die Dusche, zieh dir ein hübsches Kleid an und komm ins Heider. Ich freu mich auf dich.«

Ich schaute auf meinen Wecker. 11:30 Uhr!

»Was, schon so spät?! Chris, warum hast du mich nicht geweckt?«

»Ich hatte den Kopf mit anderen Dingen voll. Nun biste ja wach. Jetzt beeile dich, ich hab 'ne Überraschung für dich, die dich umhauen wird«, sagte er geheimnisvoll.

»Gib mir 'ne Stunde, okay?«

»Okay, bis dann. Und vergiss deinen Koffer nicht.«

Ich sprang aus dem Bett und hastete ins Bad. Ich grübelte beim Duschen darüber nach, was das wohl für eine Überraschung sein könnte. Nun, alles Grübeln half nichts. Chris würde es mir sicher gleich verraten.

Als ich eine Stunde später im Heider eintraf, war Chris nicht zu sehen. Ich blickte hinüber zu unserem Stammplatz, doch dort saß eine junge Frau mit dem Rücken zu mir.

Merkwürdig, dachte ich, ging hinüber zum Tresen und wandte mich an Jacqueline, die gerade damit beschäftigt war, neue Kaffeebohnen in die Espressomaschine zu füllen. Ein Großteil der Bohnen landete allerdings neben der trichterförmigen Öffnung.

»Guten Morgen«, versuchte ich, mich bemerkbar zu machen.

»Gleich«, erwiderte sie in ihrer ganz eigenen Art und gab sich Mühe, ihre Aufgabe zu bewältigen. »Ick versteh einfach nich, wie man so große Kaffeetüten für so kleene Öffnungen macht«, schimpfte sie, als sie sich schließlich zu mir umdrehte.

»Guten Morgen«, grüßte ich höflich. »Ich suche meinen Freund, mit dem ich immer hier zum Frühstück herkomme. Er müsste eigentlich schon da sein. Haben Sie ihn vielleicht gesehen?«

»Sie meinen den schnieken Kerl, der aber leider vom andern Ufer is'?«

Empört über so viel Unverfrorenheit erwiderte ich: »Ich habe Ihre letzte Bemerkung mal ganz taktvoll überhört. Aber ja, diesen Herren meine ich.«

»Nee, den hab ick heut noch nich jesehn. Aba vielleicht kommt er ja gleich. Soll ick Ihnen schon mal 'nen Kaffe bring?«

»Ja, danke. Ich setze mich da drüben hin.« Ich deutete auf die gemütlichen roten Sofas an der Wand und begab mich dorthin. Vor jedem Sofa standen ein runder Bistrotisch und auf der gegenüberliegenden Seite ein Stuhl. Die Dame, die sich unseren Fensterplatz geschnappt hatte, bemerkte mich nicht. Sie beobachtete wohl das Treiben auf der Straße.

Jacqueline brachte meinen Kaffee. »Ham Se sonst noch 'n Wunsch?«

»Nein, danke. Erstmal nicht.«

Ich wunderte mich schon etwas darüber, dass Chris nicht hier war. Hatten wir vielleicht doch einen anderen Treffpunkt ausgemacht? Nein, wir trafen uns immer hier. Ich holte mein Handy hervor und beschloss, ihn anzurufen. Gerade als ich die Nummer im Kurzwahlspeicher antippen wollte, drehte sich die Dame am Fenster zu mir um.

»Engelchen, warum sitzt du denn da hinten?«

Erschrocken starrte ich sie an. Ihre Stimme klang so vertraut und passte so gar nicht zu dem, was ich sah. Ich stand auf und ging einen zögerlichen Schritt auf die Frau zu. Sie war äußerst attraktiv, wie ich fand. Man hätte annehmen können, sie war geradewegs einem Katalog entsprungen. Nicht überkandidelt oder so, alles an ihr war einfach nur elegant und fein aufeinander abgestimmt. Ihre Sonnenbrille, die sie lässig auf dem Kopf trug, harmonierte hervorragend mit der sportlichen Lederjacke. Ihre kupferfarben langen Haare wellten sich über die Schultern. Das dezente Make-up ließ ihre Augen strahlen. Augen, die ich zu kennen glaubte.

Ich war mir überhaupt nicht sicher. Konnte das wirklich sein?

»Chris?«, fragte ich ganz leise und vorsichtig. Es hätte durchaus sein können, dass ich mich irrte, das wäre äußerst peinlich gewesen. Doch dann würde ich mich herausreden und ihr sagen, dass ich sie mit jemand anderem verwechselt hätte.

»Christin, wenn ich bitten darf. Jetzt starr nicht so und setz dich schon hin. Ich bin's. Ich hab dir doch gesagt, dass ich 'ne Überraschung für dich habe.«

Fassungslos ließ ich mich auf den Stuhl fallen. »Was zum Teufel …«, mehr brachte ich nicht hervor. Da saß tatsächlich mein bester Freund vor mir, doch anscheinend hatte er über Nacht eine außerordentlich perfekte Geschlechtsumwandlung vollzogen.

Chris grinste. »Gefällt dir, was du siehst? Ich habe den gesamten Nachmittag bis zum späten Abend in diesem Schönheitssalon zugebracht. Ich konnte ja nicht ahnen, dass es so anstrengend und vor allem so schmerzhaft ist, eine Frau zu sein. Ich sag nur, Kaltwachs in der Bikinizone. Schon der Gedanke daran schmerzt. Aber es hat sich gelohnt, oder!«

Ich war noch immer nicht imstande, etwas zu erwidern. Ich saß nur da und konnte meinen Blick nicht abwenden. Dieser Kerl sah so gut aus, dass jede echte Frau neben ihm verblasste wie ein Mauerblümchen im Schatten.

»Beni, jetzt sag doch was.«

»Ich ... ich weiß nicht, was ich sagen soll«, stotterte ich. »Du siehst einfach ... megahammageil aus.« Normalerweise bediente ich mich nicht solcher Ausdrücke, aber in diesem Falle fand ich einfach keine bessere Beschreibung.

Chris lächelte zufrieden. »Ich hoffe, deine Bedenken, ich könnte die Männer abschrecken, mit denen du Kontakt aufnehmen möchtest, sind nun ausgeräumt.«

»Voll und ganz. Ich befürchte fast, dass ich neben dir jetzt wie eine graue Maus wirke.«

»Sei nicht albern, Beni. Wir müssen nur hier und da ein wenig Hand anlegen. Ich habe mir erlaubt, dir für heute einen Termin bei Bernadette zu besorgen. Wir fahren gleich zu ihr und morgen früh bist du ein völlig neuer Mensch.«

»So, wir bleiben also über Nacht? Chris, du machst mir ein wenig Angst. Wer ist Bernadette?«

»Das, meine Süße, ist die Zaubermaus, die mich verwandelt hat.«

Jacqueline kam an den Tisch. »Na, Ihr Freund kommt wohl nich mehr wa. Soll ick noch watt bring'n?«, fragte sie.

»Ach wissen Sie, meine Liebe ...«, sagte Chris und bemühte sich, dabei nicht allzu männlich zu klingen, was ihm erstaunlich gut gelang. »... bringen Sie uns doch ein Fläschchen Prosecco. Aber geben Sie acht, dass der wertvolle Inhalt nicht wieder im gesamten Raum verteilt wird.«

Ich musste mir das Lachen verkneifen, als ich Jacquelines verblüfften Gesichtsausdruck sah. Ich befürchtete schon, dass sie gleich irgendetwas Unüberlegtes von sich gab, aber zu meiner großen Überraschung ging sie einfach. Etwas baff durchaus, aber wortlos.

Chris beugte sich zu mir herüber. »Glaubst du, unsere Jacqueline hat was gemerkt?«

»Ich weiß nicht. Sie schaute eben schon etwas bedrömmelt drein.«

Kosmetiksalon, Schönheitstempel, Beautyfarm, egal wie man es auch bezeichnen mochte, solche Etablissements waren für mich stets Orte, um die ich bisher einen großen Bogen gemacht hatte. Bis zu diesem Tage, an dem sich Chris in seinen Kopf gesetzt hatte, mich einer gründlichen Rundumerneuerung zu unterziehen. Wenn ich ehrlich war, so freute ich mich nicht wirklich darauf, aber ich wollte ihm die Freude nicht verderben und fügte mich meinem Schicksal. Immerhin musste ich mir eingestehen, dass die Verwandlung in Christin überaus gut gelungen war.

Wir hatten meinen Wagen geholt und fuhren schon eine ganze Weile stadtauswärts. Der gute Chris hatte mir vorerst unser Ziel verschwiegen. Ich fuhr ungern, wenn ich keine Ahnung hatte, wohin genau die Fahrt ging.

»Chris, wir sind seit gut einer Stunde unterwegs. Wo liegt dieses Kosmetikstudio?«

»Engelchen, glaubst du allen Ernstes, ich speise dich mit einem profanen Kosmetikstudio ab? Fahr du nur immer hübsch geradeaus.«

»Sag mir wenigstens den Ort, damit ich weiß, auf welche Schilder ich achten muss.«

»Wir fahren nach Beutel, das liegt etwa zehn Kilometer von Templin entfernt. Warst du schon mal dort?«

»Nicht, dass ich wüsste.« Ich war aufs Höchste gespannt, was mich erwarten würde. Immer wieder fiel mein Blick auf Chris.

Man musste wahrlich zweimal hinschauen, um in Christin einen Mann zu erkennen. Diese Bernadette hatte wirklich ganze Arbeit geleistet.

»Stimmt was nicht? Du schaust so?«, fragte Chris etwas unruhig. »Ist die Wimperntusche verschmiert oder gar die Perücke verrutscht? Oh Gott, nicht auszudenken, wenn so etwas passiert.«

Hastig klappte er die Sonnenblende mit dem Schminkspiegel herunter und überprüfte sein Aussehen.

Ich kicherte. »Bleib locker, Christin. Du siehst toll aus. Ich muss mich nur an den Anblick und den Namen gewöhnen.«

»Ehrlich?«

»Ehrlich! Wirklich alles tipptopp. Ich bin begeistert, was diese Bernadette aus dir gemacht hat.« Das war ich in der Tat und dennoch, es fiel mir schwer, den guten alten Chris nun als das zu sehen, was er jetzt verkörperte.

Dass Chris schon immer anders war, das wusste ich seit unserer Schulzeit. Wie oft hatten ihn die anderen Kinder in den Pausen dafür verprügelt und verspottet? Doch er hatte nie versucht, sich zu verstellen. Er ging seinen Weg stets mit aufrechtem Blick und das beeindruckte mich nachhaltig. Bis heute war er mein bester Freund und ich würde ihn für nichts und niemanden eintauschen.

»Meinst du, ich hab's übertrieben? Nein, nicht? Obwohl ich mir mit der Perücke anfangs nicht so ganz einig war. Mir schwebte etwas Blondes vor, aber Bernadette meinte, dieser Kupferton würde meine Augen mehr zum Ausdruck bringen. Wenn man mal von den etwas schmerzhaften Anwendungen absieht, war der gestrige Tag doch ein voller Erfolg.«

Es entstand eine kurze Pause, bevor ich mir einen Ruck gab. »Darf ich dich was fragen, Chris?«

»Du darfst mich alles fragen, Engelchen.«

»Ich will dir keineswegs zu nahe treten, und letztlich ist es ganz allein deine Entscheidung, aber sag, tust du das nur für die Sache oder ziehst du ernsthaft in Erwägung, nun als Frau zu leben? Ich meine, du bist sehr überzeugend als Frau.«

Sein empörter Blick traf mich.

»Okay, vergiss es, Chris. Ich habe mich zu weit vorgewagt. Tut mir leid.«

»Nein, Benilein, das ist eine berechtigte Frage, die ich dir ebenso stellen würde, wäre es umgekehrt. Ich kann dir versichern, nachdem unser kleines Vorhaben vorbei ist, werde ich wieder der alte Chris sein, so wie du ihn kennst und liebst. Ich tue das nur für dich. Ich liebe dich, Engelchen, und glaub mir, wenn ich nicht schwul wäre …«

In diesem Moment fehlten mir die Worte, und ich musste mich zusammenreißen, damit ich nicht losheulte.

Zum Glück passierten wir gerade das Ortseingangsschild von Beutel.

»Da vorn an der Kreuzung müssen wir links abbiegen und dann der Straße folgen, bis wir an einen Waldweg kommen«, sagte Chris und ich gehorchte seinen Anweisungen. Als wir den Waldweg erreichten, stoppte ich den Wagen vor einem Verkehrszeichen.

»Was ist? Warum halten wir?«

»Auf dem Schild steht *Durchfahrt verboten*.«

»Das hat nix zu sagen. Bernadette hat es aufgestellt, damit sich kein ungeladener Gast dorthin verirrt. Hier verkehren nur gut betuchte Leute und damit das so bleibt, steht hier dieses Schild.«

»Gut betuchte Leute, ah ja. So wie wir zwei.« Ich konnte mir ein Grinsen nicht verkneifen.

»Schätzelein, du solltest dich schon mal an den Gedanken gewöhnen, dass wir zwei in den nächsten Wochen auch hin und wieder in etwas anderen Kreisen verkehren werden. Und nun fahr schon, wir sind spät dran.«

Noch einmal klappte Chris den Schminkspiegel herunter und überprüfte sein Make-up und die Frisur.

Ich legte den Gang ein und fuhr los. Nach etwa einem Kilometer gelangten wir an ein riesiges Eingangsportal, dessen pompöses Tor von zwei Marmorsäulen gesäumt wurde. Auf der rechten Säule stand in goldfarbenen Buchstaben *Villa Burgheim – Wellness auf höchstem Niveau*. Auf den Säulen waren Kameras montiert, darunter befand sich eine Sprechanlage.

»Wow«, mehr brachte ich nicht hervor.

»Warte erst, bis wir drin sind, Engelchen«, bemerkte Chris und stieg aus. Er umrundete meinen Käfer, um zu der Sprechanlage zu gelangen, und drückte den Knopf. Die Kameras surrten in unsere Richtung und aus dem Lautsprecher ertönte eine männliche Stimme: »Ja bitte!«

»Mein Name ist Köster, Christin Köster. Wir haben einen Termin mit Frau von Burgheim.«

Nachdem Chris wieder eingestiegen war, nickte ich ihm anerkennend zu. »Respekt, Chris, du überraschst mich immer wieder.«

»Ich bin so aufgeregt und kann's kaum erwarten, mich mit dir ins Getümmel zu stürzen.«

Ehe ich etwas erwidern konnte, öffnete sich das gigantische Tor.

»Was du für Leute kennst«, staunte ich. »Wieso wusste ich bisher nichts von deinen Kontakten?«

»Engelchen, du hattest bisher nichts für diese Art von Verwöhnprogramm übrig. Ich habe dich oft genug gefragt, ob wir mal ein Wellnesswochenende machen wollen, und du hast immer abgelehnt. Für dich gab's nur die Arbeit. Doch das ist ja nun – unserem Grunzi sei Dank – Schnee von gestern.«

Ich steuerte den Käfer über den weißen Kiesweg, der sich in leichten Kurven vor uns her schlängelte. Rechts und links türmten sich gigantische Bäume auf. Schließlich, nach einer letzten Biegung, gaben die Baumriesen den Blick auf eine wunderschöne Villa im Landhausstil frei. Sie lag eingebettet in einem großflächigen Parkgelände und der dichte Wald schottete sie vor neugierigen Blicken ab.

»Das ist ja traumhaft.«

»Nicht war, Engelchen. Hier können wir uns bis morgen entspannen, erholen und verwöhnen lassen.«

Urplötzlich schossen mir alle möglichen Gedanken durch den Kopf. Vor allem aber solche, die mit Geld zu tun hatten.

Abrupt trat ich auf die Bremse. Der Käfer rutschte noch ein ganzes Stück über den Kies. Chris ruckte vor und zurück.

»Pass doch auf! Benita, was ist denn los?«

»Das alles hier kostet doch sicher ein Vermögen, Chris. Ich habe zwar etwas gespart, aber für derart dekadente Dinge wollte ich es eigentlich nicht auf den Kopf hauen, zumal ich ernsthaft darüber nachdenke, einen Großteil meines Gesparten in eine eigene Agentur zu investieren, in der wir zwei unsere Zukunft absichern können.«

»Schätzelein, dies alles kostet uns keinen Cent«, beteuerte Chris.

Kritisch beäugte ich ihn. »Okay, sag schon, wenn wir morgen früh aufwachen, finden wir uns in der Wäscherei wieder, wo wir den Rest unseres Lebens tonnenweise dreckige Handtücher waschen müssen, um die Zeche abzuarbeiten. Oder noch schlimmer, wir werden in enge Fummel gesteckt und müssen alten Schmierlappen wie Feuchtenbeiner vierundzwanzig Stunden Gesellschaft leisten.«

Chris lachte schallend. »Benilein, du bist einmalig. Was du dir immer ausdenkst. Du solltest Bücher schreiben, weißt du das. Nein im Ernst, du hast Talent dafür.«

»Ich denk drüber nach«, erwiderte ich, legte den Gang ein und lenkte den Käfer auf den Kundenparkplatz.

Kaum hatte ich den Motor abgestellt, da stürmte auch schon ein junger Mann auf uns zu. Obwohl er auf mich einen doch eher femininen Eindruck machte, war er sehr attraktiv.

Ich stieß Chris leicht in die Seite. »Na, wenn der nichts für dich ist, weiß ich auch nicht«, flüsterte ich ihm zu.

»Du nun wieder.« Chris legte im nächsten Moment sein verführerischstes Christin-Lächeln auf.

Ich manifestierte meine Meinung exakt in dem Augenblick, als der Mann den Mund aufmachte.

»Herzlich willkommen in der Villa Burgheim. Mein Name ist Holger. Zu Ihren Diensten, wann immer mich die reizenden Damen benötigen …« Der junge Mann überließ den restlichen Satz unserer Fantasie und bat um unser Gepäck.

Holger!?, dachte ich, das passte zu ihm. Kultiviert und höflich. Ein Gentleman, wie er im Buche stand, aber für meine Begriffe ein wenig drüber.

»Wir haben nicht viel Gepäck. Wir bleiben nur eine Nacht«, teilte ich ihm sachlich mit und öffnete den Kofferraum.

Chris warf mir einen vielsagenden Blick zu, schob mich zur Seite und trat an Holger heran. »Ich könnte schon einen starken Arm gebrauchen. Die rechte Tasche gehört mir«, hauchte er ihm entgegen.

»Aber selbstredend, gnädige Frau. Mit dem größten Vergnügen.« Holger nahm die Tasche und ging voraus.

»Benilein, hast du gehört? Er hat gnädige Frau zu mir gesagt.«

»Was hast du erwartet? Du siehst ja auch wie eine aus.«

Chris grinste übers ganze Gesicht, während wir Holger in die Lobby der Villa folgten. Der geräumige Eingangsbereich war luxuriös und sehr geschmackvoll eingerichtet. Gegenüber der Rezeption lud eine gemütliche lederne Sitzlandschaft, die um einen verglasten Kamin angeordnet war, zum Verweilen ein.

»Wenn die Damen im Kaminzimmer Platz nehmen würden. Ich gehe Ihr Eintreffen Frau von Burgheim ankündigen«, schmalzte der gute Holger und eilte davon.

»Was für ein Gentleman, findest du nicht auch? Engelchen.« Chris ließ sich verträumt in einem der Ledersessel nieder.

»Meinem Sülzdetektor fliegt gerade der Deckel weg.« Augenrollend setzte ich mich Chris gegenüber. So viel Geschmalze hatte ich bisher noch nicht erlebt und ich war weiß Gott schon in einigen Läden gewesen. Der gute Holger jedoch übertraf alle.

Ich schaute mich weiter um. Die Gästeliste war sicher sehr überschaubar. Außer uns konnte ich in der Lobby niemanden sonst entdecken. Der gesamte Raum hatte riesige Panoramafenster, sodass man in alle Richtungen einen fast offenen Blick in den wundervollen Garten hatte.

Meine Gedanken verloren sich nach draußen, denn die dort vereinzelt aufgestellten Marmorfiguren erinnerten mich an Sanssouci. Viele schmale Wege schlängelten sich vorbei an üppig blühenden Hecken und Rosensträuchern bis hin zu einem kleinen verträumten See. Am Waldrand sah ich Gewächshäuser, in denen ich eine Blumenzucht vermutete.

Dann erblickte ich doch noch weitere Gäste. Zwei ältere Damen im Dirndl flanierten durch den Garten. Hildi und Hannelore, frisch dem Musikantenstadl entsprungen, dachte ich und musste grinsen.

Auch Chris war sichtlich ergriffen vom Garten, was mich sehr freute, da er für ein paar Minuten mal nicht wild drauf los plapperte.

»Traumhaft schön, nicht wahr.«

Fast synchron fuhren Chris und ich aufgeschreckt herum.

Eine Dame mittleren Alters in perfekter Garderobe stand vor uns. Ihr Teint war ebenmäßig und die schwarzglänzenden Haare waren zu einer eleganten Hochfrisur gesteckt.

»Bernadette, meine Liebe. Wie schön, dass wir uns so schnell wiedersehen.« Chris stand auf und begrüßte die Dame mit angedeuteten Küssen abwechselnd auf die rechte und linke Wange.

Oh Mann, wie ich dieses Bussi-Bussi-Getue hasste. Am liebsten hätte ich auf dem Absatz kehrt gemacht und wäre heimgefahren. Aber ich riss mich zusammen, ich wollte meinem besten Freund nicht die Stimmung verderben.

Nach ihrem ausgiebigen Begrüßungsritual wandten sich beide an mich. Ich hatte mich ebenfalls erhoben.

»Bernadette, dies ist meine liebste Freundin Benita. Ich hatte dir von ihr erzählt.«

»Darf ich mich vorstellen? Mein Name ist von Burgheim, Bernadette von Burgheim. Und in der Tat hat die gute Christin schon von Ihnen geschwärmt.«

»Benita Duehr«, sagte ich höflich, gab ihr die Hand und schob noch rasch hinterher: »Freut mich, Sie kennenzulernen.«

Ich fühlte mich alles andere als wohl in meiner Haut und ich glaubte, dass diese Frau meine Unsicherheit spürte. Chris hingegen stand da und war sichtlich angetan von all dem. »Meinst du, da ist noch was zu retten, Bernadette?«

Nein, das hatte er jetzt nicht wirklich gefragt, dachte ich entsetzt.

Frau von Burgheim entschuldigte sich kurz und ging zur Rezeption.

»Ich hör wohl nicht recht, Chris«, zischte ich, als ich sicher war, dass die Frau uns nicht mehr hören konnte.

»Benilein, ich mach doch nur ein Scherzchen.«

»Ich mach doch nur ein Scherzchen? Ich geb dir gleich Scherzchen. Was fällt dir ein, mich hier als Dorfpomeranze hinzustellen? Außerdem will ich jetzt wissen, wer das alles hier bezahlen soll, Chris.« Meine Halsschlagader pochte wie wild. Dann zuckte ich erschrocken zusammen.

Die Terrassentür öffnete sich. Hildi und Hannelore huschten ans uns vorbei.

»Pssst, nicht so laut«, flüsterte Chris und schaute sich nervös um. »Engelchen, jetzt beruhige dich doch. Keiner von uns zahlt auch nur einen Cent. Ich besorge Bernadette seit Jahren gut betuchte Kunden für die Villa, wenn du verstehst, und ich habe ihre Homepage kostenlos gestaltet. Auf Agenturkosten, wenn du so willst. Und das dankt sie mir eben mit einem gelegentlichen, kostenfreien Aufenthalt. Ich mein's doch nur gut. Lass dich einfach darauf ein und du wirst sehen, wie gut dir das alles hier tut. Vertrau mir. Hey, und hast du die tollen Kerle gesehen? Ich sag dir, hier kannst du schon mal deine Fühler ausfahren, Benilein. Außer diesem Holger arbeiten hier nur Heten.«

Fassungslos schnappte ich nach Luft, doch ehe ich etwas erwidern konnte, kam Frau von Burgheim in Begleitung einer jungen Frau, die ein Klemmbrett trug, zurück.

»Keine Bange, meine Liebe«, sagte Bernadette, legte den Zeigefinger unter mein Kinn und hob mein Gesicht etwas an. Ich sah mich außerstande, mich zu rühren oder anders zu reagieren, also ließ ich sie gewähren.

»Schreiben Sie mit, Viola!«, gebot sie der jungen Frau.

Diese zückte ihren Stift und hielt das Klemmbrett vor sich.

»Erstens Hautbeurteilung, anschließend Tiefenreinigung mit Peeling, danach eine Vapozon-Ampullen-Behandlung.«

»Eine was?« Ich drehte meinen Kopf energisch zur Seite. »Wenn Sie vorhaben, mir irgendwelche Nadeln unter meine Haut zu schieben, dann bin ich weg«, gab ich ihr zu verstehen.

»Keine Sorge, meine Liebe. Es handelt sich hier lediglich um die Bedampfung der Gesichtshaut. Jede der Behandlungen wird für Sie die reinste Erholung und Entspannung sein«, versicherte sie mir und hob nun erneut mein Gesicht ins Licht.

»Gesichts-, Hals-, Nacken- und Dekolleté-Massage, unsere Spezialmaske, Augenbraunkorrektur, Wimpernpflege, Wimpern- und Augenbrauen färben, Algenbad, danach Algen-Ganzkörperpackung.« Sie blickte mich fast mütterlich an. »Das ist gut für die Durchblutung, entschlackt und strafft die Haut«, erklärte sie mir, dann diktierte sie weiter: »Natürlich Enthaarung der Beine, Achseln und der Bikinizone, und zum Abschluss wird Viktor Ihnen seine berühmte Druckpunktmassage angedeihen lassen. Sie werden sehen, danach sind Sie ein vollkommen neuer Mensch.« Sie zwinkerte mir verschwörerisch zu.

Ich schluckte. »Das befürchte ich allerdings auch.«

»Das Abendessen wird dann Punkt sieben Uhr im Weißen Salon serviert. Victor wird Sie dorthin geleiten. Ich muss mich leider schon wieder verabschieden, werde aber später am Abend noch einmal zu Ihnen stoßen.« Sie wandte sich zum Gehen, drehte sich aber noch einmal um. »Viola, sagen Sie meinem Neffen, er soll den Wagen vorfahren, danach zeigen Sie unseren Gästen ihre Zimmer und benachrichtigen Sie Viktor, damit er Frau Duehr zu ihren Anwendungen begleitet!« Frau von Burgheim verabschiedete sich und ging.

Ich stand da wie bestellt und nicht abgeholt. Die Worte Enthaarung und Bikinizone hallten in meinem Kopf nach und ein unangenehmes Gefühl breitete sich langsam aber stetig in meinem Bauch aus.

Chris holte mich aus meiner Starre. »Hach Engelchen, das wird herrlich, glaub mir«, flötete er und legte den Arm um mich. »Während du das volle Programm genießt, werde ich mich unter den Girlietoaster legen und danach am Pool einen Cocktail schlürfen. Wenn du fertig bist, dann werden wir uns an der himmlischen Küche hier erfreuen.«

»Ja, ein wenig Farbe kann dir nicht schaden.« Ich war noch immer ein wenig abwesend.

Viola trat jetzt an uns heran. »Wenn Sie mir bitte folgen möchten.«

An der Rezeption griff sie zum Telefon und wählte eine Nummer. »Hey Max, deine Tante will in die Stadt, du sollst in fünf Minuten mit dem Wagen vorm Haus stehen.« Sie legte auf, nahm die Schlüssel aus zwei nebeneinander liegenden Fächern und führte uns nach oben in den ersten Stock.

Auf dem Weg nach oben begegneten wir noch einmal Frau von Burgheim. Das Unbehagen in meinem Bauch ließ nicht nach. Ich konnte den Gedanken nicht abstellen, dass das volle Programm doch sicher ein kleines Vermögen kosten würde und deshalb sprach ich sie noch einmal an. »Frau von Burgheim, ich will Sie nicht aufhalten, aber meinen Sie nicht, dass ein, zwei Anwendungen völlig ausreichen? Ich denke, so viel Schnickschnack ist nicht erforderlich.«

»Aber Benilein, was redest du denn da?«, warf Chris bestürzt ein.

Frau von Burgheim sah mich prüfend an, dann lächelte sie gequält und erwiderte: »Ein bisschen Schnickschnack, wie Sie es nennen, meine Liebe, ist selbst für die Dame von Welt oftmals nicht zu vermeiden. Vor allem, wenn es darum geht, den Zahn der Zeit, der an uns allen nagt, auszubooten.« Sie lächelte erneut und eilte von dannen.

Auf diese Antwort war ich ganz und gar nicht vorbereitet. Umso weniger gefiel sie mir. Mit neunundzwanzig nagte doch wohl noch lange nicht der Zahn der Zeit an mir!

»Touché, würde ich sagen. Besser hätte ich es nicht ausdrücken können«, bemerkte Chris.

»Was für eine borniere Kuh!«, entglitt es mir und im selben Moment schaute ich peinlich berührt zu Viola. »Sorry, ist mir so rausgerutscht.«

Viola lächelte nachsichtig. »Kein Problem.« Sie kam ein Stück näher und fügte flüsternd hinzu: »Sie haben ja nicht ganz unrecht.«

Mein strenger Seitenblick zu Chris ließ ihn noch im Luftholen verstummen. Ich wusste, dass er es nur gut mit mir meinte. Immerhin hatte ich mich auf diese ganze »Traumann-Sache« eingelassen, aber im Moment wäre ich lieber woanders, als in diesem versnobten Wellnesstempel. Natürlich verlor ich kein Sterbenswörtchen darüber. Das war auch nicht nötig, denn Chris kannte mich besser als sonst irgendjemand. Er ahnte es. Und doch, ich fühlte mich wie ein verlogener Sack voll Hühnerkacke.

Viola zeigte uns unsere Zimmer. Da das gesamte Haus einen sehr eleganten Eindruck machte, waren auch die Zimmer dementsprechend eingerichtet. Neben dem großen, gemütlich wirkenden Bett gab es natürlich einen Flachbildfernseher, ein Telefon und eine Mini-Bar. Sogar ein Laptop stand auf dem Schreibtisch, sodass man jederzeit auch ins World Wide Web abtauchen konnte. Das Badezimmer war ein Traum in cremefarbenem Marmor und der Blick in den Garten war, wie ich schon im Kaminzimmer feststellen konnte, traumhaft schön.

»Benilein, hast du auch ein so wundervolles Zimmer?« Chris stand in der Tür und freute sich wie ein kleines Kind.

»Ja, es ist bezaubernd«, erwiderte ich knapp. Ich hasste mich dafür, dass ich nicht so recht locker wurde. Irgendwie hatte ich mich tags zuvor mehr darauf gefreut.

»Du könntest wirklich ein bisschen mehr Begeisterung zeigen, weißt du. Schließlich tu ich das alles hier nur für dich.« Chris setzte sich aufs Bett, zupfte seinen Rock zurecht und schaute mich eindringlich an.

»Was willst du denn hören? Es ist toll, Chris.«

Er kam nicht mehr dazu, mir eine Antwort zu geben. Im Spiegel sah ich einen jungen Mann im Türrahmen stehen.

»Welche der Damen ist Frau Duehr?«, fragte er. Der Klang seiner Stimme ließ mir einen wohligen Schauer den Rücken hinunterlaufen. Als ich mich zu ihm umdrehte, blieb mir fast die Luft weg. Dieser Kerl sah so gut aus, dass in meinem Kopf sofort Bilder von leidenschaftlichem Sex aufblitzen. Am liebsten hätte ich ihn direkt aufs Bett gezerrt und nach allen Regeln der Kunst vernascht. Ich warf Chris einen verheißungsvollen Blick zu, der ihn sofort versöhnte.

»Leider bin ich es nicht«, sagte er, deutete auf mich und schlenderte zur Tür. »Viel Spaß«, hauchte er mir noch im Vorbeigehen ins Ohr.

»Was … ähm«, stotterte ich los. Oh Mann, wie peinlich, hoffentlich fang ich nicht noch an zu sabbern.

»Mein Name ist Viktor. Frau von Burgheim verriet mir Ihre Zimmernummer. Ich werde Sie heute durch den Tag begleiten.«

»Durch den ganzen Tag?« Ich merkte förmlich, dass ich das Grinsen nur mühselig wieder abstellen konnte.

Er lächelte. »Wenn Sie es wünschen.«

Ja doch, ja, ich wünsche es. Und bitte auch durch die Nacht, wenn Sie es einrichten können, hätte ich am liebsten geantwortet, doch natürlich tat ich das nicht.

Als ich am nächsten Morgen den Frühstückssalon betrat, fand ich Chris angeregt mit Holger plaudernd am Buffet vor. Wieder einmal war ich überrascht, wie gut Chris seine Frauenrolle spielte und wie perfekt er sich bewegte und gestikulierte. Wenn ich nicht gewusst hätte, wer hinter der Maskerade steckte, ich hätte niemals gedacht, dass es ein Mann war. Der gute Holger jedenfalls schien nichts zu bemerken. Ich schaute mich weiter um.

Hildi und Hannelore saßen im Wintergarten an einem Tisch und blickten zu mir herüber. Wahrscheinlich waren sie außer uns tatsächlich die einzigen Gäste an diesem Wochenende. Zumindest nahm ich das an, da ich keine weiteren Leute gesehen hatte, mal abgesehen vom Personal.

Ich grüßte höflich und begab mich zum Buffet. Einmal mehr davon begeistert, wie üppig und reichhaltig die Frühstücksbuffets in der gehobenen Hotel- und Gastronomiebranche waren, nahm ich einen Teller und überlegte, womit ich ihn füllen sollte. Es gab nichts, was es nicht gab. Angefangen von herrlich duftenden Brötchen in allen Formen und Sorten bis hin zu frischem Kaviar, Lachs, Käse- und Wurstaufschnitt, Salaten, Konfitüren, Müslis, Joghurts und alles, was das Herz sonst noch begehrte. All diese Leckereien waren so wundervoll angerichtet, dass man nur sehr zögerlich zugriff, um dieses meisterhafte Ambiente nicht zu zerstören.

»Einen wunderschönen guten Morgen«, sagte ich beschwingt, nahm mir ein Brötchen, etwas Aufschnitt, Konfitüre und ein wenig von dem herrlichen Obst und schlenderte dann ebenfalls zu einem der Tische in den Wintergarten.

Sofort stürzte Chris hinter mir her. Er setzte sich mir gegenüber und sah mich an. »Du meine Güte, Benilein«, platzte es nach einem Augenblick aus ihm heraus.

»Was ist?«, fragte ich etwas nervös und blickte zu den beiden Ladys, die uns beobachteten. »Hab ich Marmelade am Kinn?«

»Engelchen, du strahlst ja förmlich. Na das muss ja 'ne tolle Nacht gewesen sein.«

Augenblicklich merkte ich, wie mir das Blut ins Gesicht schoss.

»Nicht so laut! Hildi und Hannelore machen lange Ohren«, flüsterte ich und deutete mit einem kurzen Kopfnicken auf die beiden Frauen.

Ich spielte die Coole und bemühte mich, auch hübsch lässig zu schauen. Anscheinend gelang mir das recht gut, denn die beiden Schönheiten widmeten sich wieder ihrem Frühstück.

Chris war gespannt wie ein Flitzebogen. Ich ließ ihn noch ein wenig zappeln, schenkte mir Kaffee ein und fügte Milch und Zucker hinzu. Dann rührte ich bedächtig und mit hingeberischer Sorgfalt meinen Kaffee um.

»Jetzt sag schon, Benilein, wie war es? Du bist ja nicht mehr aufgetaucht, also muss es toll gewesen sein«, drängelte er.

Ich beugte mich ein Stück vor und hauchte: »Happy-End-Massagen gibt es nicht nur in Thailand.« Ich lehnte mich zurück und nippte an meiner Tasse.

Der gute Chris brauchte einen Moment, dann blickte er sich im Raum um und vergewisserte sich, dass Hildi und Hannelore mit sich selbst beschäftig waren.

»Ich werd verrückt«, sagte er und grinste verwegen. »Da lässt man dich mal kurz aus den Augen, und du vernaschst den Masseur.«

»Keine Einzelheiten, klar!«

»Klar!«, sagte er aufgeregt und rutschte mit seinem Stuhl noch ein Stückchen näher an den Tisch.

»Es war eher umgekehrt«, erwiderte ich und schaute ablenkend auf die Uhr. »Um zehn muss ich beim Frisör sein. Du weißt doch, Haare und Make-up. Und was machst du derweil?«

»Nee, meine Liebe, so einfach kommst du mir nicht davon.«

Ich ahnte, dass es schwer werden würde, nicht darüber zu reden. »Okay, du gibst ja eh keine Ruhe.«

»Komm schon Benilein, wer hatte denn die glorreiche Idee hier herzufahren? Jetzt erzähl schon.«

»Nur so viel, ich hatte eine tolle Nacht.« Mehr wollte ich eigentlich nicht sagen, aber hey, ich bin eine Frau. »Ach was sag ich, sie war fantastisch«, brach es aus mir heraus und dann begann ich zu erzählen. »Nachdem Viktor mich zu den sehr entspannenden Anwendungen begleitet hatte, wobei ich das Enthaarungsprozedere hier ganz klar ausschließen möchte, stand zu guter Letzt noch seine Druckpunktmassage auf dem Programm.«

Ich schaute Chris verschwörerisch an. »Die bekam ich dann auf meinem Zimmer. Nur so viel, das ist normalerweise nicht üblich.« Ich machte eine Pause und trank einen Schluck Kaffee.

»Ja, und weiter?«

»Nix weiter. Das war's. Für den Rest musst du deine Fantasie bemühen.« Ich blickte zu Hildi und Hannelore hinüber und erntete von beiden ein Lächeln.

In diesem Moment betrat Viktor den Wintergarten. Ich zuckte kurz zusammen. Er lächelte uns zu und begab sich schnurstracks an den Tisch zu Hildi und Hannelore. »Guten Morgen, meine Damen. Mein Name ist Viktor und ich begleite Sie heute durch den Tag«, hörte ich ihn sagen.

Die beiden strahlten um die Wette und jede buhlte um seine Gunst.

Die Erkenntnis traf mich wie ein Schlag. Es formten sich Bilder in meinem Kopf, die ich nicht sehen wollte.

»Ach du Scheiße …«, platzte es aus mir heraus.

»Was ist?«, fragte Chris überrascht, als ich aufsprang.

»Benilein, was ist denn los?«, hörte ich noch, während ich aus dem Raum stolperte.

Für ihn gab es offenbar keine Zweifel, wo er mich finden würde, denn nur wenige Minuten später stand er in meinem Zimmer. »Was zum Henker ist denn in dich gefahren?«

»Ich muss hier weg, Chris.« Hektisch riss ich meine Kleider aus dem Schrank und warf sie wahllos in meinen Koffer.

Er nahm meine Hände und hielt sie fest, sodass ich gezwungen war, mein Vorhaben vorerst aufzugeben. »Wir haben doch noch einen ganzen Tag. Und du würdest Frisör und Make-up verpassen?«, versuchte er, mich aufzuheitern. Als ihm das nicht gelang, fragte er besorgt: »Ist es wegen Viktor?«

Druckpunktmassage schoss es mir durch den Kopf. Ich wand mich aus Chris' Griff, widmete mich wieder meinen Sachen und fuhr ihn gleichzeitig barsch an: »Was für eine Schnapsidee hierher zu kommen! Überhaupt, Chris, ich hätte mich niemals darauf einlassen sollen!« Ich fühlte mich schrecklich und ich wollte nur noch weg.

»Ich versteh kein Wort.« Er packte mich bei den Schultern und drückte mich auf den Stuhl. »Beni, jetzt sag mir verdammt noch mal, was los ist!«

»Hast du die beiden Schranzen unten gesehen?«

»Ja, was ist mit denen?«

»Ob der gute Viktor jeder Dame auf Wunsch seine Spezialität angedeihen lässt?«

Mein bester Freund starrte mich unverwandt an.

»Christoph, ich habe die Nacht mit diesem Viktor verbracht. Und wir haben uns ganz sicher keine Geschichten vorgelesen, wenn du verstehst, was ich meine.«

»Ja, das ist mir klar. Du hattest einen One-Night-Stand. Und? Was haben die beiden Muttis damit zu tun?«

Mein Blick war an Ungläubigkeit nicht zu toppen. Wieso war Chris manchmal so schwer von Begriff? Ich stöhnte und verdrehte die Augen. »Viktors berühmte Druckpunktmassage, Chris. Verstehst du jetzt? Ganz sicher haben Hildi und Hannelore die auch gebucht, und wer weiß, wie viele andere Frauen diese Spezialbehandlung ebenso genossen haben. Allein der Gedanke lässt mich würgen.« Ich stand auf und packte weiter.

Chris hockte sich vor mich hin, nahm wieder meine Hände und drückte sie liebevoll. »Du hast dich doch nicht etwa in Viktor verguckt?«

»Spinnst du?! Wir hatten Sex, mehr nicht. Und es war ein Riesenfehler, mich darauf einzulassen.« Ich hatte mich wirklich nicht in diesen Kerl verliebt. Es war nur alles so perfekt an diesem Abend und ich fühlte mich jung, sexy und begehrenswert ... Aber die Gewissheit, dass er den beiden alten Pomeranzen offenbar dieselben Gefühle bescherte, zog mir den Boden unter den Füßen weg. Ich hatte mich hinreißen lassen, obwohl ich normalerweise nicht der Typ für eine schnelle Nummer war. Und auf diese Weise daran erinnert zu werden, dass ich meine Prinzipien einfach über Bord geworfen hatte, war mehr, als ich ertragen konnte.

»Was ist so schlimm daran, Benita? Manchmal ist es tausendmal besser, einen solchen Fehler zu begehen, als es nie versucht zu haben.«

»Spar dir deine Sprüche, Chris. Ich bin auch nicht sauer auf dich, sondern allein auf mich und meine Blindheit. Ich hab meinen Verstand ausgeschaltet, aber das passiert kein zweites Mal.« Erschöpft legte ich meine Stirn an Chris'. »Ich will einfach nach Hause.«

Chris kannte mich gut genug, um zu wissen, dass er mich nicht umstimmen konnte. Eine halbe Stunde später standen wir an der Rezeption einer betrübten Viola gegenüber.

»Es ist schade, dass Sie schon vorzeitig abreisen möchten.«

In diesem Moment kam Holger um die Ecke, entdeckte unsere Koffer und kam auf uns zu. »Kann ich Sie nicht umstimmen? Vielleicht möchten die Damen ja doch noch prolongieren?«

»Ganz sicher nicht«, erwiderte ich aufgebracht und warf Chris einen ziemlich eindeutigen Blick zu.

»Tut mir leid«, flötete dieser. »Dringende Termine, wenn Sie verstehen.«

»Dann gestatten Sie mir, Ihr Gepäck zum Wagen zu bringen.«

Auf dem Weg zum Parkplatz stieß ich in meiner unachtsamen Grübelei mit jemandem zusammen. Ein Korb mit Rosen fiel zu Boden und ich bückte mich eine Entschuldigung murmelnd rasch, um wenigstens ein paar der Rosen wieder in den Korb zu legen.

»Macht nix. Keine Sorge, ist ja nichts passiert«, erwiderte der Gärtner und sammelte die restlichen Blumen ein.

Unsere Blicke trafen sich kurz. Ein eigenartiges Kribbeln durchfuhr meinen ganzen Körper. Kannte ich das Gesicht nicht? Ich überlegte kurz, doch dann schüttelte ich den Gedanken wieder ab.

Chris rief nach mir und verscheuchte damit den letzten Zweifel.

»Bin unterwegs.«

Der junge Mann nickte mir zu. »Gehen Sie nur, ihre Freundin wartet. Ich schaff das schon.« Sein Blick schien mich festzuhalten, so als ob er noch etwas sagen wollte, aber seine Lippen blieben geschlossen.

Ich richtete mich auf und bewegte mich sehr langsam, als ich mich von ihm entfernte, um diesen Moment hinauszögern zu können. Er ließ die Chance verstreichen, drehte sich um und verschwand im Hotel.

Die Rückfahrt nach Potsdam war sehr ruhig. Kein Geplapper wie sonst. Das Radio dudelte die üblichen Hits der 1980er und ich war froh, dass Chris das Thema nicht weiter ausschlachten wollte. Schließlich kamen wir vor seiner Tür an.

»Willst du noch mit hochkommen?«

»Nein, heute nicht, Chris.«

»Benilein, ich hatte es nur gut gemeint.«

»Ich weiß das doch, und im Grunde war es ja auch sehr schön«, sagte ich und lächelte matt.

»Morgen früh im Heider?«

Ich überlegte kurz, sagte dann zu und gab ihm einen Kuss, bevor ich heimfuhr.

»Een Milchkaffee und dett kleene Frühstück für Sie, und watt will der Herr?«, fragte Jacqueline und blickte zu Chris.

Zu meiner Überraschung kam Chris als er selbst, durch und durch männlich vom Scheitel bis zur Sohle. Der gute Chris, dachte ich. Eines musste man ihm lassen, er hatte Taktgefühl und wusste stets, was angebracht war und was nicht. Nach diesem Wellnessfauxpas war ihm klar, dass Christin heute besser daheim blieb.

Selbst Jacqueline sah heute richtig nett aus. Sie hatte ihr Haar zu einem Zopf geflochten, der ihr über die linke Schulter fiel. Mit dem Make-up war sie auch etwas sparsamer umgegangen. Ja, dieser Anblick stimmte mich milde, und wohlwollend blickte ich beide an.

»Du meine Güte!« Chris musterte die Bedienung ausgiebig.

»Watt is' denn?«, fuhr Jacqueline erschrocken auf.

»Sie sind ja ein richtig hübsches Ding, wenn Sie mal nicht das ganze Zeugs im Gesicht haben«, bemerkte er anerkennend.

Jacqueline wurde etwas rötlich um die Wangen. Dann erklärte sie mit einem verstohlenen Blick zur Theke. »Der Chef meinte, ick würd die Jäste abschrecken, wenn ick mit meiner Kriegsbemalung an die Tische jehe. Und ick will den Job behalten, der Alte zahlt jut, verstehn Se. Aba Sie sehn ooch janz toll aus, wenn ick dett ma so sagen darf.« Sie schaute uns beide abwechselnd an.

»Das ist schön, Jacqueline, und danke fürs Kompliment«, erwiderte ich. »Ich hoffe, dass wir Sie lange als unsere Kellnerin behalten.«

»Darf ich nun bestellen?«, fragte Chris ungeduldig.

»Na klar, sorry.« Sie zückte den Stift.

»Ich nehme ebenfalls das kleine Frühstück und einen Café Noisette dazu.«

»Bring ick sofort.«

Chris sah ihr lachend nach.

»Was ist so komisch? Sie war doch nett.«

»Ja, das war sie. Wenn sie nun noch an ihrem Jargon arbeitet, dann wird das sicher was mit Jacqueline.«

Ich musste ihm widersprechen. »Ach wieso? Ich finde, es passt zu ihr und macht sie sehr liebenswürdig.«

Chris rückte sich auf seinem Stuhl zurecht und ich wusste, das Thema *Jacqueline* war abgehakt.

»Hör zu, Engelchen«, begann er verheißungsvoll und in mir machten sich alle Alarmglocken bereit. »Für den heutigen Tag hab ich schon Pläne mit dir.«

Das Bimmeln war ohrenbetäubend, auch wenn es nur in meinem Kopf stattfand. Oh nein, nicht schon wieder eine seiner grandiosen Einfälle. Rasch verscheuchte ich den aufkeimenden Gedanken an Viktor und hob abwehrend die Hand. »Verschone mich Chris, ich habe vorerst genug von deinen tollen Ideen. Die Letzte ging gründlich daneben.«

Jacqueline brachte unser Frühstück und begann, alles zu verteilen.

Ich nahm ihr das Tablett aus den Händen. »Danke Jacqueline, ich übernehm das heute mal für Sie.«

»Aber ick …«

»Passt schon, geh'n Sie nur.« Ich stellte alles auf den Tisch und nahm einen Schluck Kaffee.

Chris sah mich beleidigt an. »Hör dir wenigstens an, was ich vorhabe. Ich gebe ja zu, Wellness und Beauty sind nicht deins. Ich hab's kapiert und den Punkt Viktor in meinem Büchlein abgehakt.« Er wedelte mit einem kleinen Notizbuch, das er auf den Tisch legte.

»Was ist das für ein Buch?«

Er schob das kleine Büchlein beiseite. »Dazu später, Engelchen. Was hältst du von Shoppen?«, fragte er, gab mir aber keine Möglichkeit zu antworten. »Du könntest mal neue Klamotten gebrauchen. Ich habe für heute Abend zwei Einladungen für eine Vernissage in der EventEtage. Ein bissel Kunst und Kultur, damit der Kopf frei wird. Und die Location ist einfach der Hammer. Moderne Malerei und Ölgemälde. Der Künstler kommt aus Berlin, ich hab mit ihm studiert. Er ist ein Meister des sogenannten Speedpainting. Das wird dir gefallen. Da werden nur nette Leute sein, keine Spießer, ich versprech's.«

Jetzt schlürfte er an seinem Kaffee und ließ mir Zeit, die Worte auf mich wirken zu lassen.

Shoppen war ich schon lange nicht mehr und Chris hatte recht, das Innenleben meines Kleiderschrankes konnte wirklich mal wieder eine Rundumerneuerung gebrauchen. Und für Kunst und Kultur war ich sowieso zu haben. Also überlegte ich nicht länger. »Ich gebe zu, nicht alle deine Ideen sind blöde. Diese hier gefällt mir. Kunst hört sich gut an und Shoppen auch. Ich bin dabei.« Gleich nach meiner Zustimmung lenkte ich das Thema wieder auf das kleine Buch. »Was hat es damit auf sich?«

»Es sind Notizen, das haben wir doch besprochen. Benilein, es ist wichtig, alles aufzuschreiben, was in den nächsten Wochen geschieht. So haben wir später wertvolle Informationen über die Männerwelt. Je unterschiedlicher, desto besser. Sieh es als kleines Nachschlagewerk an, sozusagen unsere Männerbibel. Ist sehr praktisch, denn so kannst du einen Fehler nie zweimal machen.«

»Ach, soll ich jetzt vor jedem Date erst einen Blick in dieses Buch werfen, damit ich ja nichts Falsches tue? Oder noch besser, ich schleppe das Teil mit zu meinen Dates, dann kann ich vor Ort nachschlagen. Du spinnst ja.«

»Wieso denn? Nimm den guten Viktor zum Beispiel …«

Ich schnitt ihm das Wort ab. »Die Sache mit Viktor ist für mich gegessen. Einmal und nie wieder. Und das brauche ich wirklich nicht zu notieren, Chris.«

Er steckte das Büchlein zurück in seine Tasche. »Okay, okay, dann werde ich es als Terminkalender nutzen und lediglich deine Dates festhalten, wenn das genehm ist. Ich will wissen, was am Ende dabei rauskommt und wie viele potenzielle Traumprinz-Kandidaten einem in der Zeit so über den Weg laufen.«

Nun, es könnte durchaus interessant sein, mal zu wissen, wen man so kennenlernt, wenn man gezielt auf der Suche war.

»Gut«, gab ich nach. »Aber keine Details, klar! Lediglich Namen und ein paar Charaktereigenschaften!« Ich ließ keine Zweifel über die Ernsthaftigkeit meiner Worte aufkommen und Chris klopfte erleichtert nickend auf seine Tasche.

»Wer begleitet mich heute Abend eigentlich? Chris oder Christin?«, fragte ich ihn.

»Ich denke Christin.«

War mir das recht? Wollte ich das wirklich? Aber egal wie ich es auch drehte und wendete, Chris würde eh tun und lassen, was er wollte.

»Das ziehe ich durch, meine Süße. Das ist Teil des Plans. Denn glaub mir, deinen Traumprinzen finden wir, wenn nicht beim Wellness in der Villa, dann eben woanders. Verlass dich drauf.«

»Na ja, so ganz unentspannend fand ich diese Wellnesskur jetzt nicht«, gestand ich und spürte, wie in diesem Moment eine Last von mir abfiel und sich die dramatischen Wolken verzogen.

Chris grinste. »Dacht ich's doch.«

»Okay, lass uns das Thema ein für alle Mal beenden.«

»Wie du willst, Engelchen. Ich schweige still.«

Ich blickte auf die Uhr. Halb elf. »Heute ist Blumen- und Wochenmarkt auf dem Bassinplatz. Lass uns über den Markt schlendern, das Wetter ist so schön. Und anschließend schauen wir nach einem heißen Fummel für heute Abend«, schlug ich vor.

Wir zahlten unser Frühstück und machten uns auf, den Potsdamer Wochenmarkt zu stürmen. Ich war schon so lange nicht mehr auf dem Markt gewesen, dass ich unseren Bummel richtig genoss. Chris und ich spazierten gut gelaunt zur Kirche St. Peter und Paul, an deren Fuße die Händler bei strahlend schönem Wetter ihre Stände aufgestellt hatten. Die Kirche war umgeben vom wundervollen Holländer-Viertel und den Häusern der zweiten barocken Stadterweiterung.

Plötzlich schwelgte ich in Erinnerungen. »Oh Mann, Chris, ich war früher so oft mit meiner Mutter hier einkaufen. So üppige Auslagen hatten die damals zu DDR-Zeiten aber nicht. Weißt du noch, worauf wir alles verzichten mussten? Mein Gott, wie lange das schon wieder her ist. Manche Bilder werden wohl nie verblassen.«

Chris runzelte die Stirn und lachte bitter. »Ja, ich weiß, wenn es bei uns mal Spargel oder Bananen gab, dann war für mich Weihnachten und Ostern an einem Tag. Das gute Obst und Gemüse aus dem Havelland war für unsereins doch viel zu schade. Das haben die Bonzen lieber für Westgeld verscherbelt, damit es denen noch besser ging. Honi und Co hatten alles, was wir nur mit plattgedrückten Nasen vom Fernsehen her kannten.« Noch immer konnte man deutlich den Zorn aus seiner Stimme heraushören.

»Wenn ich daran denke, wie ich als Kind sabbernd vor der Glotze hockte und mich nach einem echten Hamburger sehnte. Nicht dieses nachgemachte Zeugs von uns. Wie hieß das noch gleich?«

»Grilletta haben sie das genannt«, half er mir auf die Sprünge. »Ein altes Brötchen mit 'ner labbrigen Bulette, ein bissel Ketchup und 'ner Gurkenscheibe drauf. Die Dinger gab's immer am alten Hauptbahnhof.

Aber Benilein, wir hatten da ja noch Glück. Kannste dich an die Schröders erinnern? Die kleine Sabine ging mit uns zur Schule.«

»Ja, na klar«, strahlte ich. »Die Familie lebte in Werder und wenn Erntezeit war, dann fuhren wir mit der Klasse zu ihr, um beim Ernten zu helfen. Das war 'ne klasse Zeit.«

»Ja genau, und ihr habt immer über mich gelacht«, warf er fast gedemütigt ein.

»Weil du der einzige Junge aus der Klasse warst, der ständig Angst hatte, sich schmutzig zu machen. Ich erinnere mich und ich schäme mich, mitgelacht zu haben. Umso mehr habe ich dich dafür bewundert, wie du damit umgegangen bist.« Ich hoffte, meine gefühlte Ehrlichkeit schwang in meinen Worten mit.

Chris legte den Arm um mich. »Vergiss es, Benilein. Schnee von gestern. Du bist meine beste und liebste Freundin. Alles andere zählt nicht.«

Wir blieben an einigen Ständen stehen und schauten uns die Auslagen an. Heute gab es alles, frische Produkte vom Bauern, bunte Schnittblumen, allerlei Käsesorten, aber auch günstige Klamotten. Mir fiel ein Blumenstand weiter hinten auf. Herrliche Rosen in allen Farben wurden dort angeboten. Und der junge Mann, der sie verkaufte, flirtete mit den Frauen.

»Hey, Chris, sieh mal da vorn. Ist das nicht der Gärtner aus der Villa Burgheim?«

»Wann hast du denn einen Gärtner dort gesehen?«

»Weißt du das nicht mehr? Ich habe ihm doch gestern den Blumenkorb aus dem Arm geschlagen.«

Chris starrte mich verwundert an. Dann aber erinnerte er sich. »Ach ja, der, mit dem du zusammengestoßen bist.«

»Ja genau. Mir war so, als hätte ich ihn schon mal anderswo gesehen, aber sicher bin ich mir nicht. Ist ganz süß, nicht? Ob die Baronin weiß, dass er ihre Rosen hier verkauft?«

»Benilein, du weißt doch gar nicht, ob die Rosen überhaupt aus dem Garten der Villa sind. Und außerdem ist der Typ viel zu jung für dich«, entgegnete Chris, verdrehte die Augen und zog mich in die andere Richtung. »Lass uns shoppen gehen, hier gibt's eh nur junges Gemüse und billige Fummel. Was du brauchst, ist ein Kleid, das alle anderen Damen heute Abend in den Schatten stellt.«

Ich kam gerade unter der Dusche hervor, als es an meiner Tür klingelte.

»Moment noch«, rief ich genervt, wickelte mich in ein Badetuch und schlurfte mit nassen Füßen zur Tür.

»Wer ist da?«, fragte ich und blickte durch den Türspion. Na klar, es war Chris – oder besser Christin.

»Du bist zu früh«, meckerte ich, als Christin mir gegenüber stand.

»Oder du zu spät. Engelchen, hast du mal auf die Uhr geschaut? Es ist gleich acht.« Chris schob sich an mir vorbei in den Flur.

Nachdem er seinen Mantel ausgezogen und an die Garderobe gehängt hatte, fiel mir auf, dass er sich wieder sehr viel Mühe mit dem Outfit gegeben hat. »Wow, Christin, du siehst wieder mal klasse aus. Wie machst du das nur?«

»Was denn?«

»Na das. Schau dich an, deine Haare, das Make-up und die Klamotten … einfach perfekt. Ganz und gar Christin.« Ich war einmal mehr erstaunt, wie Chris es immer wieder schaffte, nicht tuntig auszusehen. Er hatte ein graues Etuikleid an, unter dem er einen schwarzen Rollkragenpulli trug. Dazu schwarze Strumpfhosen und Stiefel.

»Wo hast du die Sachen her? Ich meine, wir haben vorhin doch nur etwas für mich gekauft.«

»Hab ich vor einer Woche schon im Netz bestellt. Geht ganz fix und ist bequem. Ich musste doch vorsorgen. Was meinst du, was die Verkäuferin in der Damenabteilung wohl für Augen gemacht hätte, wenn ich als Kerl dort Frauenklamotten gekauft hätte? Außerdem war die ganz froh, als du endlich fertig warst. Noch so einen Probiermarathon hätte die Gute wohl nicht durchgestanden.«

»Ja, da hast du wohl recht. Na klar Internet, logisch.«

Unsere Shoppingtour war überaus erfolgreich gewesen, fand ich. Ich hatte mir ein sehr elegantes Outfit zusammengestellt. Da ich nicht gern Röcke oder Kleider trug, hatte ich eine schwarze dreiviertellange Hose mit Schlag und ein grünes Top gewählt. Dazu passte eine schicke, schwarze Jacke mit grünem Blütenmuster, die ich in der Taille binden konnte, und schwarze Lackstiefel. Ich war wieder einmal sehr unschlüssig, so dass sogar der gute Chris, der sonst das Shoppen über alles liebte, erleichtert aufatmete, als die Entscheidung für mein Outfit gefallen war.

»Ich brauche mindestens noch 'ne halbe Stunde. Du kannst derweil ja schon mal den Wein köpfen.« Ich beeilte mich, wollte ich doch vorher auch noch ein Glas Wein trinken, und präsentierte mich, in weniger als dreißig Minuten mit einem »Voilà« auf den Lippen wie ein Model im Wohnzimmer.

Chris, der es sich auf meinem Sofa bequem gemacht hatte und das Buch betrachtete, das ich gerade las, schaute auf. »Wow! Schlicht, aber dennoch elegant, Frau Duehr. Und Sie duften hinreißend, ja verführerisch, wenn ich das so sagen darf. Welch edler Duft umspielt da meine Nase?«

Ich stolzierte an ihm vorbei. »Allure von Chanel«, flötete ich zurück.

»Eleganz ist ein gesellschaftliches Phänomen, das gewisse Etwas jedoch ist etwas Persönliches und Individuelles und stets von Schlichtheit und Natürlichkeit geprägt«, bemerkte Chris gekünstelt.

»Oh, die Worte von Coco Chanel. Respekt, meine Liebe, Sie kennen 56 sich aus.« Ich ließ mich lachend aufs Sofa fallen und prustete: »Wenn uns jetzt einer gehört hätte.«

»Ja, der würde sicher denken, wir hätten einen Sprung in der Schüssel. Aber lass uns losgehen, sonst verpassen wir noch den Anfang der Vernissage«, drängelte Chris, stand auf und ging zur Garderobe.

»Taxi oder selber fahren?«, fragte ich.

»Lass uns ein Taxi nehmen, dann können wir beide was trinken. Warst du schon mal in der EventEtage?«

»Nein, bisher hat sich keine Gelegenheit ergeben. Ich habe schon 'ne Menge Gutes gehört. Soll ziemlich abgehoben sein. Lass mich raten, du warst ganz sicher schon dort. Ich frage mich eh manchmal, was du so treibst, wenn ich dich nirgends finden kann.«

»Der Genießer schweigt. Hach Benilein, es ist traumhaft dort. Ein Mix aus Design, Form, Farbe, Stil und Eleganz … einfach fantastisch! Vor allem die Dachterrasse bietet einen wundervollen Blick über die Dächer der Stadt.«

Unser Taxi hielt direkt vor dem Haus der ehemaligen Wagen- und Hofschlosserei des alten Fritzen. Chris hatte nicht übertrieben. Ich war mehr als beeindruckt, was man aus dem fast verfallenen Gebäude gemacht hatte.

»Ich weiß noch, dass hier früher mal die HO ihr Lager hatte.« Die HO-Kaufhäuser, HO ist die Abkürzung für Handelsorganisation, gab es neben den Konsum-Kaufläden in nahezu jedem kleinen Ort der DDR.

»Warte, bis du es von drinnen siehst. Als ich zum ersten Mal hier war, ist mir fast die Spucke weggeblieben.«

Weitere Taxis fuhren vor und brachten andere Vernissage-Besucher. Ein gut aussehender Mann, lässig, aber dennoch elegant gekleidet, ging an uns vorbei und lächelte charmant.

»Das ist der Künstler«, hauchte mir Chris ins Ohr.

Wir gingen mit etwas Abstand hinter ihm her.

»Ich denke, du kennst ihn? Wieso begrüßt du ihn nicht?«, flüsterte ich.

Chris blieb stehen und zog eine Augenbraue nach oben, dann deutete er mit einem Blick auf seine Aufmachung. »Was glaubst du, was er sagen würde? Oh, hallo Christoph, schön dich mal wieder zu sehen. Hast dich ja kaum verändert. Benilein, niemand außer dir kennt mich so, denn ich habe während meines Studiums darauf verzichtet, in Frauenkleidern durch die Gegend zu laufen.«

»Ups, sorry, wie dumm von mir, oder eher wie blöde«, bemerkte ich beschämt.

»Wieso blöde?«

»Na ja, du bist doch nur wegen mir als Christin unterwegs. Und wegen mir kannst du jetzt nicht mal deinen alten Kommilitonen begrüßen.« Ein wenig Schuldbewusstsein schwang in meiner Stimme mit.

»Ach Schnickschnack. Lass uns reingehen und Spaß haben. Ich habe da eben schon ein paar äußerst attraktive Kandidaten für dich gesichtet.« Er packte meine Hand, zog mich mit sich schnurstracks auf einen Kellner zu, der ein Tablett mit Champagnergläsern trug.

Nachdem wir uns jeder mit einem Glas versorgt hatten, genossen wir die Ausstellung. Das Blubberwasser schmeckte himmlisch und eh ich mich versah, hatte ich bereits das zweite Glas in der Hand.

Ich hätte nie für möglich gehalten, dass ich mich einmal für die Malerei begeistern könnte. Aber das hier war so fantastisch, dass es mich gar nicht störte, allein durch die Galerie zu schlendern. Chris hatte sich verabschiedet, um doch noch mit dem Künstler ins Gespräch zu kommen. Also schob ich mich hinter eine Gruppe Vernissage-Besucher, erfreute mich an den Gemälden und schlürfte genüsslich den Schampus.

Violinen-Musik hieß ein Ölbild, das mich besonders in seinen Bann zog. Es zeigte eine Violine, die auf hellblauem Untergrund neben einem Totenkopf lag, der auf einem Buch drapiert war. *Frühe ÖLBILDER aus der Schulzeit (1985–1988)* stand darunter.

»Faszinierend, nicht wahr? Wenn ich zu meiner Schulzeit mit einem solchen Talent gesegnet gewesen wäre, dann würde ich heute keine Gesetzesbücher wälzen müssen.«

Ich drehte mich etwas erschrocken um. Vor mir stand ein sehr eleganter Mann, schätzungsweise Mitte Dreißig, mit schwarzem Haar, das hier und da von einer grauen Strähne durchzogen war. Er war sehr geschmackvoll gekleidet und das graue Seidentuch, das er trug, passte hervorragend zu seinem braunen Leinenanzug und dem beigefarbenen Hemd. Der Dreitagebart gab seinem markanten Gesicht einen verwegenen Ausdruck. Er wusste wahrscheinlich, wie gut er aussah, machte aber keinen arroganten Eindruck, was mich milde stimmte.

»Wie meinen Sie?«, fragte ich.

»Das Zusammenspiel von Musik und Tod.« Er zeigte auf das Bild.

»Ah, ja. Ich weiß«, stimmte ich zu, obwohl ich keinen blassen Schimmer hatte, was er mir eigentlich sagen wollte. Ich hoffte nur, dass ich überzeugend genug war.

»Ich bin ein Fan dieser Kunst. Kennen Sie den Künstler?«

»Wie? Ja, ähm nein, ich meine, nicht persönlich. Meine Freundin, mit der ich heute hier bin, hat mit ihm studiert.« Ich suchte nach Chris, konnte ihn aber nirgends finden. Wieso war ich so nervös?

Ein Kellner mit einem vollen Tablett schob sich durchs Gedränge. Ich nahm noch ein Glas und trank einen großen Schluck. Der Typ stand noch immer neben mir und beobachtete mich.

»Oh verzeihen Sie. Ich habe mich noch nicht vorgestellt.« Formvollendet nahm er meine Hand und küsste sie. »Patrick Schubert«, lächelte er.

Oh Gott, dachte ich. Das kommt dir bekannt vor. Bleib ganz ruhig, Benita. Ich musste augenblicklich an den jungen Mann denken, der vor dem Eingang des Parks diese Pläne verkauft hatte. Damals schoss es wie ein leichter Stromschlag durch meinen ganzen Körper, als er meine

Hand küsste. Bei diesem Herren blieb das Gefühl allerdings aus und das, obwohl ich ihn sehr anziehend fand.

Ich stand da, starrte ihn unverwandt an und wusste nicht, was ich sagen sollte. Ich kam mir so blöd vor.

»Und mit wem hab ich das Vergnügen?«, fragte er schließlich.

»Duehr. Ähm, Benita Duehr«, stotterte ich und nippte schnell noch einmal an meinem Glas, doch es war schon wieder leer.

»Darf ich Ihnen etwas zeigen?«

»Ja, wieso nicht.«

»Dann kommen Sie hier entlang.« Er nahm meine Hand und zog mich mit sich in den nächsten Raum. Vor einer Leinwand, auf der ein Porträt von Albert Einstein zu sehen war, blieben wir stehen.

»Haben Sie schon mal was von Speedpainting gehört?«, wollte er wissen.

»Nicht wirklich«, gestand ich. Vom Wort her konnte ich mir schon ableiten, dass es sich um schnelles Malen handelte, aber mehr fiel mir dazu nicht ein.

»Okay, hier können Sie sehen, wie der Künstler ein Bild in kürzester Zeit mit Hilfe digitaler Unterstützung entstehen lässt. Also schnelles Malen, aber digital«, erklärte er.

Meine Neugier war geweckt. »Das hört sich spannend an. Es interessiert mich von Berufs wegen, ich bin Grafikerin. Wie muss ich mir das vorstellen?«

»Warten Sie kurz. Ich muss das Video nur starten.« Nachdem er auf Play geklickt hatte, fuhr er fort: »Das Ganze ist ein Zeitraffer-Video. Es ist so außergewöhnlich und gleichzeitig genial, dass ich nicht genug davon bekomme, mir die Entstehungen verschiedenster Motive immer und immer wieder anzusehen.«

In der Tat war es faszinierend. Strich für Strich entstand das Porträt von Albert Einstein. Doch bei aller Begeisterung spürte ich mittlerweile den Champagner. Ich hatte mir die Prickelbrause wohl doch zu schnell einverleibt. »Ganz schön warm hier drin. Finden Sie nicht auch?« Ich muss dringend aufs Klo.

Patrick nahm mir das Glas aus der Hand und stellte es auf einen der Stehtische. »Kommen Sie, wir besorgen uns Nachschub.« Er steuerte auf die kleine Bar zu, die sich im hinteren Teil des Raumes befand. Dort ließ er sich eine Flasche Schampus und zwei Gläser geben. Am Buffet legte er noch ein paar Häppchen auf einen Teller. »Ein bissel Verpflegung kann nicht schaden. Ich zeige Ihnen die Dachterrasse. Es ist traumhaft dort oben.«

Verunsichert suchte ich den Raum nach Chris ab. Der stand in einer Ecke und unterhielt sich tatsächlich angeregt mit dem Künstler.

Meine Blase drückte mittlerweile ganz aufdringlich. Verdammt dachte ich. Wieso gerade jetzt?

»Ich müsste vorher noch mal wohin. Entschuldigen Sie mich kurz?«

»Ich rühre mich nicht vom Fleck, versprochen.«

»Okay, ich bin gleich zurück.« Ich hastete durch die Menge der Besucher schnurstracks auf Chris zu. »Ich darf Ihnen die gute Christin mal für eine Minute entführen?«, sagte ich zu Chris' jungem Gesprächspartner und zog ihn mit mir aufs Klo. Zum Glück waren wir allein auf der Toilette.

»Benilein, was ist denn passiert?«

»Warte kurz, ich mach mir gleich in die Hose«, sagte ich und verschwand in der Kabine. »Boah, das war allerhöchste Eisenbahn.« Ich trat ans Waschbecken und wusch mir die Hände.

Chris zog sich gerade die Lippen nach.

»Was hast du eigentlich gemacht? Hast du es ihm erzählt? Ich meine, dass hinter Christin eigentlich Christoph steckt?«, bedrängte ich ihn neugierig.

In diesem Moment betrat eine ältere Dame die Toilette. Ein wenig pikiert blickte sie uns beide an und verschwand in einer der hinteren Kabinen.

»Haste gesehen, wie die Alte geguckt hat?« Ich schaute Chris fragend an.

»Olle Schranze, lass die doch gucken«, gab er zurück und ich war sicher, dass sie uns gehört hatte.

Die Klospülung ging und die Alte kam zu den Waschbecken. Sie starrte Chris an.

»Na Muttchen, bisschen Lippenstift könnte dir auch nicht schaden, was.«

»Unverschämtheit«, wetterte sie und eilte nach draußen.

Wir brachen in Gelächter aus und als wir uns wieder gefangen hatten, wurde ich wieder hibbelig. »Was ist jetzt, haste ihm gesagt, wer du wirklich bist oder was?«

»Nein, wo denkst du hin. Thomas hat keine Ahnung. Ich konnte ihm weismachen, dass ich, also Christin, ebenfalls an der gleichen Uni studiert habe. Er hat's geschluckt. Aber erzähl du lieber von deinem Traumtypen.« Ich lehnte mich an die Wand. »Ein echter Hauptgewinn sag ich dir. Er ist charmant, sieht klasse aus und ist gebildet. Und er hat mich angesprochen«, schwärmte ich verträumt.

»Ich habe schon mitbekommen, dass du dich ganz prächtig zu amüsieren scheinst. Aber Benilein, du solltest etwas langsamer trinken«, bemerkte Chris beinahe mütterlich.

»Ja, ich weiß, Chris. Und jetzt will der Typ mit mir nach oben. Er will mir die Dachterrasse zeigen. Und ich bin schon ganz schön angeschickert. Ich kann das nicht. Ich vermassle das ganz sicher. Ich sag irgendwas Dummes oder werfe ein Glas um oder so. Und er denkt dann sicher, was für ein Trampel ich doch bin, und verzieht sich wieder.«

»Benita, bleib locker. Hast du schon vergessen, dass wir hier sind, um Männer zu daten? Also atme tief durch und gib ihm eine Chance. Er will dich kennenlernen, denn sonst hätte er dich nicht angesprochen. Was soll passieren? Er wird schon nicht über dich herfallen. Er will sich unterhalten und er ist äußerst attraktiv. Und so besoffen bist du nun auch wieder nicht.«

Ich fächelte mir mit einem der Eventflyer, die hier ausgelegt waren, Luft zu. »Hast ja recht. Ich bin nur etwas aus der Übung«, erwiderte ich und merkte, wie sich meine Nervosität langsam verflüchtigte. Manchmal brauchte man eben einen kleinen Schubs und der Schampus sollte mich doch ein bisschen lockerer machen.

Chris kramte das Büchlein aus seiner Tasche hervor, klappte es auf und zückte einen Stift.

»Was tust du da?«

»Den ersten Kandidaten aufschreiben. Weißt du schon, wie er heißt?«

»Patrick Schubert.«

»Okay, Engelchen, bleib ganz du selbst und genieß den Abend. Wir sehen uns später an der Bar.« Chris kontrollierte seine Haare und das Make-up noch einmal und ging wieder nach draußen.

Ich atmete tief durch und tat es ihm nach.

Patrick stand tatsächlich noch immer da und wartete geduldig auf meine Rückkehr. »Tut mir leid, hat dann doch etwas gedauert. So sind wir Frauen eben«, entschuldigte ich mich.

»Kein Problem. Es wäre weitaus schlimmer, wenn Sie gar nicht mehr gekommen wären.« Er bot mir seinen Arm, ich hakte mich unter und wir gingen auf die Dachterrasse. Es war ein herrlich lauer Spätsommerabend. Die frische Luft tat mir gut. Ich hatte wahrhaftig schon einen Schwips und nahm mir vor, es mit dem Champagner langsamer angehen zu lassen.

Ich schaute mich um. Der Blick war fantastisch. Überall sah man Licht, das wie aus einer anderen Welt zu kommen schien. Hier oben kam man sofort in eine mystische Stimmung.

»Sie sind zum ersten Mal hier?«

»Ja, und es ist traumhaft«, erwiderte ich.

»Ein Ort zum Wohlfühlen, nicht wahr?« Patrick bot mir den Platz direkt an der Balustrade an.

Ich setzte mich und ließ meinen Blick über die Dächer schweifen. Patrick schenkte derweil die Gläser voll und reichte mir meines.

»Von hier oben hat man wirklich einen tollen Blick auf die Stadt«, bemerkte ich und griff nach meinem Glas. Ich fühlte mich wohl. Die anfängliche Unsicherheit war verflogen. Ich saß hier oben mit einem sehr charmanten Mann und trank Champagner. Noch vor einer Woche hätte ich im Traum nicht daran gedacht, dass ich so etwas erleben würde.

»Lassen Sie uns anstoßen. Worauf wollen wir trinken?«, fragte er.

»Trinken wir auf Potsdam und auf den wundervollen Abend.«

Die Gläser erklangen und wir tranken. Er schaute mir dabei tief in die Augen, und beinahe hätte ich mich in seinem Blick verloren.

»Was tun Sie sonst so, wenn Sie nicht gerade auf so charmante Weise mit fremden Frauen Champagner trinken?«, fragte ich ihn, um ein Gespräch zu beginnen.

»Ich bin Rechtsanwalt. Ziemlich langweilig was?«

»Nein, ganz und gar nicht. Welches Spezialgebiet? Und haben Sie eine eigene Praxis?«

»Für Wirtschaft und Wettbewerb. Meine Praxis liegt außerhalb der Stadt in Golm. Ich bin in der glücklichen Lage, meine Kanzlei gleich an meinem Wohnhaus zu haben. Das erspart mir die lästige Fahrerei.«

»Wie praktisch.«

»Aber lassen Sie uns nicht von der Arbeit reden. Wie kommt es, dass ich einer Frau wie Ihnen bisher noch nicht begegnet bin?«

Och nö, jetzt kommt er doch tatsächlich mit solch plumpen Anmach-sprüchen. Wie schade. Dabei hat er so gut angefangen, dachte ich mir. Okay, wie du willst.

»Nun, vielleicht liegt es daran, dass ich bislang noch keinen Anwalt gebraucht habe.«

Er lachte. »Ja, das ist ein schlagendes Argument.« Beinahe verschämt sah er mich an. »Entschuldigen Sie, ich wollte unser Gespräch eigentlich nicht so niveaulos beginnen. Tut mir leid.«

Na siehste, geht doch.

»Ist schon okay«, entgegnete ich rasch. »Bis vor kurzem war ich bis über beide Ohren voll mit Arbeit zugedeckt, da blieb für derartige Ver-gnüglichkeiten nicht viel Zeit. Nach einem Zwölfstundentag war ich meist froh, die Füße hochlegen zu können.«

»Ja, Sie sagten vorhin, Sie seien Grafikerin. Haben Sie Ihren Job an den Nagel gehängt oder ist die Auftragslage so schlecht geworden, dass Sie nun mehr Zeit für die schönen Dinge des Lebens haben?«

In diesem Moment stellte ich mir das Gesicht von Feuchtenbeiner vor und musste lachen.

»Was ist so komisch?«

»Ach nix. Ich musste nur eben daran denken, dass die Auftragslage momentan tatsächlich nicht sonderlich gut ist.« Ich schaute ihn an. »Aber sagen Sie Patrick, ich darf Sie doch Patrick nennen?«

»Tun Sie sich keinen Zwang an, Benita«, erwiderte er.

»Sie scheinen oft auf diese Art von Partys zu gehen, habe ich den Ein-druck. Ich meine, Sie wirken so erfahren. Sind es die Leute oder doch die Kunst, die Sie anspricht?«

»Ich muss gestehen, dass Sie nicht unrecht haben. Ich bin durchaus des Öfteren zu solchen Veranstaltungen geladen. Hat wohl mit meinem Job zu tun, denke ich.«

»Wow, ist doch spannend, oder?«

Er zog die Stirn in Falten. »Im Grunde ist es immer dasselbe.«

Ich horchte auf, da er nicht gerade den Eindruck eines gelangweilten Gastes machte.

»Den Begrüßungsschampus hast du hinter dir und vom geladenen Publikum kennst du eh niemanden wirklich. Nach Small Talk steht dir nicht der Sinn. Niemandem fällt wirklich auf, dass du da bist und keiner macht Anstalten dich in ein Gespräch zu verwickeln. Du hast dir alle Bilder angesehen und keines hat wirklich beeindruckt. Irgendwann stehst du allein mit leerem Glas in einer Ecke, in der nicht mal der Typ mit dem Tablett vorbei kommt. Du hoffst noch immer auf die Nummer der hübschen Galeristen, weshalb du das Geschehen noch nicht verlassen hast. Doch dann überlegst du, was du tun sollst. Gehen? Aber nicht, ohne vorher noch reichlich von den Häppchen zu probieren, schließlich weißt du, dass dein Kühlschrank so leer ist, dass ein Echo durch die Wohnung schallt, wenn du seufzend hineinschaust.«

»Tja, heute ist es ein Galerist«, bemerkte ich schelmisch.

»Ja, und heute habe ich auch eine nette Gesprächspartnerin gefunden. Ich hoffe doch nicht, dass ich Ihnen zu nahe getreten bin, als ich Sie ansprach. Ich hatte das Gefühl, dass Sie, genau wie ich, ein wenig verlassen wirkten.«

»Nein, Sie sind mir nicht zu nahe getreten. Das ist meine erste Vernissage. Mein Freund … ähm, meine Freundin hat die Einladungen bekommen. Hatte ich erwähnt, dass sie den Künstler kennt?«

»Ja, das hatten Sie.« Er wollte noch einmal nachschenken, doch ich schob die Hand über mein Glas.

»Ich denke, ich hatte genug Champagner. Ich vertrag die Blubberbrause nicht so gut.«

»Sagen Sie, Benita, was geschieht, wenn dieser Abend zu Ende ist?«

Ich starrte ihn unverwandt an. Was kommt wohl als Nächstes? »Wie meinen Sie das?«

»Oh bitte, denken Sie nichts Falsches. Ich meine, darf ich auf ein Wiedersehen hoffen?«

Ich musste schmunzeln. Und innerlich freute ich mich auf ein Wiedersehen mit ihm. »Sie dürfen«, erwiderte ich und schrieb ihm meine Nummer auf eine Serviette.

Auf dem Nachhauseweg berichtete ich Chris alles haarklein und er notierte es in unserem Lexikon *Typen von A-Z*.

Ziemlich betrunken, aber sehr zufrieden fiel ich in mein Bett.

Weinen ist die Notdurft der Seele

Der fünfzehnte September war ein ganz normaler Montag.

Obwohl ich mich nicht sonderlich gut fühlte, stand ich auf, ging unter die Dusche und freundete mich langsam mit dem Gedanken an, heute einen ruhigen Tag zu verbringen. Heute lag nichts weiter an, was mir nach den letzten turbulenten Tagen auch sehr gelegen kam. Ein Benita-Tag, ganz ohne Chris, ohne Mama oder sonst irgendwelche Bekannte und oder Freunde, die mich brauchten.

Allerdings nagte meine Arbeitslosigkeit an mir, obwohl ich erst kurze Zeit ohne Job war. Der Wunsch, eine eigene Agentur zu eröffnen, war immer noch da und so nahm ich mir vor, das Netz nach bezahlbaren Geschäftsräumen zu durchforsten.

Ich schlurfte in meine Küche, um die Kaffeemaschine in Gang zu setzen, und im Augenwinkel bemerkte ich, dass ich meinen Kalender ganz schön vernachlässigt hatte. Es handelte sich um einen Abreißkalender, bei dem auf jeder Rückseite ein kluger Spruch prangte. Ich begann, die verflossenen Tage abzureißen und den fünfzehnten September gleich mit.

Ich war nie ein Freund von Kalendersprüchen. Es nervte mich, für jeden Tag eine Weisheit von irgendeiner bekannten Persönlichkeit mit auf den Weg zu bekommen. Chris stand da tierisch drauf und deshalb schenkte er mir auch jedes Jahr einen dieser Dinger. Ohne ein Auge auf die Sprüche zu werfen, ging ich zu meinem Mülleimer, der sich im Schrank unter der Spüle befand, und wollte sie entsorgen. Der Eimer war randvoll und als ich den Zettelstapel oben drauf presste und den Deckel runterfallen ließ, wurde ein Zettelchen vom Luftzug erfasst und flatterte mir vor die Füße. Die Seite vom fünfzehnten September lag mit dem Spruch nach oben. Unweigerlich überflog ich die wenigen Zeilen:

Ein Jubiläum ist ein sehr wichtiges Datum,
an dem eine Null für eine Null
von mehreren Nullen geehrt wird.

SIR PETER USTINOV

In diesem Augenblick traf es mich wie ein Schlag. Noch vier Tage und mein Leben, so wie ich es bisher kannte und liebte, war quasi vorbei.

Mein Geburtstag stand bevor … nicht irgendein Geburtstag, nein … ich wurde dreißig.

Dreißig! Jetzt schon?!

Ich hätte nie gedacht, dass es mir so viel ausmachte. Bisher hatte ich den Gedanken daran immer ganz gut vor mir hergeschoben, aber nun …

Ich fühlte mich beschissen. Das Gefühl, in vier Tagen uralt zu sein, verursachte bei mir beinahe eine Atemnot. In diesem furchtbaren Moment der Erkenntnis, klingelte mein Telefon.

»Ja«, sagte ich kurz.

»Hallo Benita, sind Sie es? Hier ist Patrick. Patrick Schubert. Erinnern Sie sich an mich?«

Wieso musste das immer mir passieren? Ich wollte allein sein mit meiner Qual. Ich wollte mich grämen und in Selbstmitleid zerfließen. Vielleicht nachher dann doch Chris anrufen und ihn bitten herzukommen, damit ich 'ne Schulter zum Anlehnen hatte. Ich wollte aber keinesfalls jetzt mit diesem äußerst attraktiven und charmanten Kerl sprechen.

»Benita?«, hörte ich ihn erneut in den Hörer rufen.

»Ja, ich bin dran. Was kann ich für Sie tun, Herr Schubert?«

»Oh, heute so förmlich? Geht es Ihnen gut?«, fragte er unsicher.

»Ja. Oh, ja, es geht mir prima, Patrick. Natürlich, Patrick.«

»Schön. Ich wollte Sie zum Essen einladen, falls Sie heute Abend noch nichts vorhaben.«

Ich war in der Zwickmühle. Eigentlich stand mir gerade so gar nicht der Sinn nach einer Verabredung. Andererseits wollte ich mir die Chance, in Patrick vielleicht doch mehr als nur einen Flirt gefunden zu haben, nicht durch die Lappen gehen lassen. Zumindest schien er sehr interessiert an mir, auch wenn ich fast dreißig war.

Hinhalten. Ich musste ihn hinhalten. »Kann ich Sie nachher zurückrufen, Patrick?«, fragte ich hektisch.

»Ja, klar. Nur zu. Sie haben ja jetzt meine Nummer. Ich freu mich.« Er legte auf.

»Chris, du musst mir helfen«, überfiel ich im nächsten Moment meinen besten Freund am Telefon.

»Was ist denn passiert, Benilein?«

»Er will essen gehen … heute Abend … mit mir«, stammelte ich in den Hörer.

»Wer, um Himmels willen?« Chris' Antennen waren wohl noch nicht ganz ausgefahren.

»Na er, Patrick, der von der Vernissage.«

»Der Anwalt?«

»Ja, genau der. Was soll ich denn jetzt tun? Ich mein, ich zerfließe gerade in Selbstmitleid.«

»Ja, aber wieso denn das, Engelchen?«

»Ich werd am Freitag dreißig!«, stieß ich mühsam hervor und plötzlich heulte ich los. Ich konnte mir auch nicht erklären, warum, aber manchmal war mir einfach so danach.

Wenn alles irgendwie gar nicht hinhaute, man nichts auf die Reihe bekam und das Gefühl hatte, dass alles, was man tat, eh sinnlos war, an solchen Tagen war ich so nah am Wasser gebaut, dass mich schon die kleinste Kleinigkeit in Tränen ausbrechen ließ. Und die Erkenntnis, dass ich in vier Tagen ein Alter erreichen würde, das für eine Frau einschneidender nicht sein konnte, machte das alles nur noch schlimmer.

»Engelchen, du bist ja völlig neben der Kappe. Okay, bleib, wo du bist. Ich bin in einer halben Stunde bei dir.«

Genau zwei Menschen gab es, auf die ich mich immer verlassen konnte. Meine Mutter, die sich zwar immer darüber beschwerte, dass ich mich viel zu selten meldete, und mein liebster und bester Freund Chris, der, wie er es versprochen hatte, exakt eine halbe Stunde nach meinem Hilferuf vor der Tür stand.

»Da bin ich, dein Seelentröster in der Not, und ich habe für Tränentrockner und Endorphinproduzenten gesorgt.« Er lächelte und hielt in der einen Hand eine Familienpackung Taschentücher und in der anderen einen Liter-Pott Vanille Eiskrem hoch.

»Du bist mein Held«, fiel ich ihm erleichtert um den Hals.

Fünf Minuten später saßen wir auf meinem Kuschelsofa und löffelten Eis.

»Na Sternchen, geht's dir jetzt schon ein bissel besser?«

Ja, das tat es.

»Es ist schön, einen Freund wie dich zu haben.« Prompt öffneten sich auch schon wieder die Schleusen in meinen Tränenkanälen.

»Komm her, Engelchen, und lass es raus. Weinen ist die Notdurft der Seele«, philosophierte Chris.

»Weißt du Chris, es ist halt alles momentan so unerträglich. Ich meine, schau mich an. Ich werd dreißig, und was habe ich in meinem Leben bisher erreicht? Ich lebe allein, bin arbeitslos und zu blöd, einen Mann zu finden, der bereit ist, sein Leben mit mir zu teilen. Mein bester Freund schlüpft in Frauenkleider, um mich bei der Suche nach Mr. Right zu unterstützen. Und meine Mutter hätte es am liebsten, wenn ich wieder bei ihr einziehen würde.« Ich schnäuzte ins Taschentuch.

»Also ich seh' das nicht ganz so schwarz wie du, Benilein«, widersprach er. »Sieh mal, du bist eine gestandene Grafikerin. Du hast deinem Ex-Chef beeindruckend klar gemacht, wo der Frosch die Locken hat, deine liebe Mama sagte das mit dem Zieh-wieder-zu-mir doch nur, damit du weißt, dass du nicht allein bist. Und was Mr. Right angeht, Engelchen, hattest du nicht vorhin einen Anruf, von einem äußerst attraktiven Rechtsanwalt?«

Langsam beruhigte ich mich wieder, putzte mir die Nase und schaufelte mir noch ein bisschen Eis auf meinen Teller. »Ja, der Anruf hat mich völlig aus der Bahn geworfen. Ich war so lange allein, Chris, und dann das mit Viktor. Bin ich denn schon so ausgehungert, dass ich mich vom erstbesten Masseur knattern lasse? Und das in einem Nobelschuppen wie der Villa Burgheim. Ich will alles richtig machen. Vielleicht sollte ich das mit Patrick besser nicht weiter vertiefen. Dann gibt es keine Enttäuschungen, für beide Seiten, meine ich. Überhaupt, diese ganze Traummannsuche ist doch eh für die Katz.« Ich schaute ihn traurig an. Ich hoffte, dass er eine Idee, einen Masterplan hatte, um mich umzustimmen.

Er überlegte einen Moment, dann sagte er mit Nachdruck: »Es gibt kein Zurück, Benita! Selbstverständlich wirst du dem Anwalt eine Chance geben. Allerdings solltest du ihn noch etwas zappeln lassen, sagen wir zwei, drei Tage. Und bei diesem Date wird Christin dich begleiten.«

»Und wieso erst in ein paar Tagen?«

»Weil du vorher keine Zeit haben wirst.«

»Ach ja?«

»Ja. Heute bist du eh viel zu verheult, und morgen sind wir zwei bei einem Powerdating mit anschließendem Umtrunk und Small Talk.«

Ich wollte gerade etwas erwidern, doch Chris hob die Hand. »Schweig still, Schätzchen. Wir haben eine Abmachung, vergiss das nicht. Und wer weiß, vielleicht sind ja einer oder mehrere Typen dabei, die du doch näher kennenlernen möchtest. Ein einziger Anwalt in einer Wochen ist dürftig, wenn du mich fragst.«

»Powerdating?« Ich hoffte, mich verhört zu haben. Ich sah es schon vor mir. Ein kleiner, muffiger Raum, gefüllt mit allerlei merkwürdigen Leuten, die ein herzförmiges Namenskärtchen an ihren Klamotten trugen und fünf Minuten lang versuchten, geistreich und interessant zu wirken, um ihr Gegenüber zu beeindrucken. Ich glaubte, das war der letzte Ort, an dem ich sein wollte. Aber was soll's, es war halt in.

Chris sah mich aufmunternd an. »Morgen Abend halb sieben sind wir in der Caligari Halle.«

Okay, jetzt war ich erst recht baff. Ich kannte die Caligari Halle als populäre Location, die mitten im Filmpark Babelsberg stand. Es war traumhaft schön dort, und allein der Anblick der Außenfassade faszinierte mich. Hier fand man Nachbauten der Szenenbilder eines Stummfilmklassikers aus dem Jahr 1920.

»So was machen die da?« Ich war so überrascht, dass ich ganz vergaß, traurig zu sein.

»Jepp, und es sind wirklich nur geladene Singles dort willkommen. Ich hatte Glück und konnte zwei Einladungen für uns ergattern.«

Nun kannte ich diesen Kerl seit meiner Schulzeit, aber dennoch schaffte Chris es immer wieder, mich zu überraschen. »Wie, ich meine, von wem …?«

»Kannst du dich noch an die Firma Violko Schokoträume erinnern?« Ich musste kurz überlegen. »Der Name sagt mir etwas, aber es klingelt nicht bei mir.«

»Wir haben vor ungefähr drei Jahren mal eine Werbekampagne für die Markteinführung der Firma gemacht. Mit Internetauftritt, Logodesign und all dem ganzen Drum und Dran.«

»Ja genau, ich erinnere mich. Das war 'ne große Sache, die wir mit Bravour gemeistert hatten und dafür nicht mal ein Dankeschön von Feuchtenbeiner bekamen. Dabei wäre dieser Schmierlappen ganz sicher an diesem Großprojekt gescheitert, wenn er uns nicht gehabt hätte.«

»Tja, das Dankeschön kommt jetzt von der Geschäftsleitung persönlich, in Form zweier Einladungen zu diesem Powerdating. Die veranstalten das, um ihre tolle Schoki weiter bekannt zu machen«, grinste Chris.

»Wie muss ich mir das vorstellen? Ein mit Herzluftballons gefüllter Saal, rosafarbene Tische, auf denen die Schokolade von denen und Karten zum Ausfüllen liegen? Und eine Flut von gefrusteten Singles, die im Minutentakt versuchen, alle Infos an den Mann beziehungsweise an die Frau zu bringen?«

»Hey, ich hab keine Ahnung. Sehe ich so aus, als wäre ich ein Powerdating-Hopper?«, erwiderte Chris leicht empört.

Bitte ziehen Sie eine Nummer!

Wenn man seine Erwartungen auf null zurückschraubt, war diese Powerdating-Geschichte eine ganz nette Idee. Nachdem die Dame am Einlass die Einladungen kontrolliert hatte, hielt sie uns ein kleines Samtbeutelchen hin.

»Bitte ziehen Sie eine Nummer. Sobald man ihre Nummer aufruft, begeben Sie sich zu dem Tisch, der ihnen zugewiesen wird. Ich wünsche Ihnen einen angenehmen Abend.«

Wie oft würde sie wohl diesen Spruch noch aufsagen müssen? Ich schielte noch einmal zum Eingang, vor dem sich eine beachtliche Menschenmenge tummelte. Ich faltete den kleinen Zettel auseinander. Nummer elf war ich also. Hm …, dachte ich. Elf ist meine Glückszahl. Zufall?

Ich wandte mich an meinen Begleiter. »Hast du die Schlange draußen gesehen, Christin? Die können doch nicht alle Single sein.«

»Hast du geglaubt, wir wären die Einzigen, die es nicht auf die Reihe kriegen, einen Kerl zu finden?«

Ich konzentrierte mich auf die zwei aufgedonnerten jungen Frauen, die gerade an uns vorüber tänzelten. »Also rückenfrei ist ja schön und gut, aber muss man der Menge denn gleich seinen halben Hintern präsentieren?«, bemerkte ich leise.

»Billige Kopien von gestandenen Partyludern, aber ein Hingucker allemal.« Chris stierte der mit dem gewaltigen Rückenausschnitt hinterher. »Sag Benilein, Arschgeweihe sind doch out, oder täusche ich mich?«

Wir sahen uns an und mussten grinsen.

»Was für Tratschen wir doch wieder sind«, lachte ich und begann tatsächlich, mich zu amüsieren.

»Hoffentlich bricht sie sich nicht den Hals in ihren rosafarbenen Mega-High-Heels. Man muss sich wundern, was sich hier alles so tummelt«, flüsterte mir Chris ins Ohr. Wir gingen hinter den beiden Grazien in den Saal, der, wie ich befürchtet hatte, gänzlich in zartes Rosarot getaucht war.

»Na, zumindest passen die beiden farblich zum Ambiente des Saals«, bemerkte ich beiläufig, als ich mich umsah. Rosafarbene Stuhlhussen, Tischdecken, Tischkarten, einfach alles war rosarot. Auch die Bühne war nicht vor dem Angriff der rosaliebenden Dekorateure verschont geblieben, sogar das Mikrofon hatte einen farbengleichen Überzug. Und als ob ich es gewusst hätte, an der Decke schwebten unzählige herzförmige Luftballons.

Auch Chris blieb die rosarote Pracht nicht verborgen. Er pfiff laut aus. »Wow, das ist ja ... ganz schön ... rosa.«

»Ob Barbie und Ken heute durch den Abend führen?«, lästerte ich und mein bester Freund stellte spielerisch betrübt fest, dass wir nicht wirklich zum Ambiente passten.

»Aber die Mega-Treter von der Luder-Kopie harmonisieren dafür umso besser.«

Chris winkte erheitert ab. »Und wenn schon. Engelchen, schau dich um, glaubst du, die beiden Hupfdohlen können uns die Show stehlen?«

»Eher nicht.« Ich konnte mich nicht zurückhalten, ich musste einfach lachen.

Gackernd wie zwei Teenies bedienten wir uns an der Bar mit Prosecco und Violko-Schokolade und suchten uns ein Plätzchen etwas abseits.

Langsam füllte sich der Saal. Dann wurde das Licht gedämmt und True Love, gesungen von Bing Crosby und Grace Kelly, säuselte aus den Lautsprechern. Auch wenn alles andere superkitschig schien, dieses Lied berührte mich immer wieder so dermaßen tief, dass sich sämtliche Härchen aufrichteten. Leise sang ich den Refrain mit: »While I give to you and you give to me, true love, true love. So on and on it will always be, true love, true love.«

Chris lächelte mich an.

»Was soll ich machen? Bei diesem Song werde ich hoffnungslos romantisch«, zuckte ich unschuldig mit den Schultern.

Und ich war nicht die Einzige, wie mir auffiel. Zwei etwas ältere Damen, die mit uns an der Bar standen, lächelten mir wohlwollend zu. Das Publikum war bunt gemischt und jede Altersklasse war vertreten.

Viele interessante, aber auch eigenartige Typen traf ich an diesem Abend. Auch Chris hatte zu tun mit dem Männerangebot, das offensichtlich reichlich vorhanden war.

»Meine Ausbeute bisher: Schlaffis, Dummschwätzer und Dünnbrettbohrer«, zählte er auf, als wir uns zu einer Verschnaufpause wieder an der Bar trafen.

»Bei mir ist es ähnlich. Sechs Handynummern, von denen ich wohl keine anrufen werde. Fünf Minuten sind aber auch denkbar knapp, um einen Menschen kennenzulernen. Der letzte Typ allerdings hat mich doch glatt fünf Minuten lang angeschwiegen. Und der hatte einen Körpergeruch, sag ich dir. Transpiratio, der herbe Duft für den Mann«, flötete ich und legte dabei einen französischen Touch in meine Stimme.

»Wie jetzt? Der hat nix gesagt?«

»Doch, meine Frage, ob er des Öfteren schon so was gemacht hat, beantwortete er mit Ja, und das war's. Danach Schweigen. Ich hörte dann zufällig am Nachbartisch, wie eine Frau erzählte, sie sei von Außerirdischen entführt worden und was die alles mit ihr gemacht hätten, bevor man sie wieder auf die Erde entlassen hatte. Manche Leute haben eine Fantasie.«

»Ja«, prustete Chris los. »Das ist die Nummer 13. Die hab ich auch schon beobachtet. Zum Schießen ist die. Und, Beni, hast du drauf geachtet, wie sich ihre Datepartner verhalten haben?«

»Also der, mit dem sie an meinem Nachbartisch saß, hat ihr einen Vogel gezeigt und ist abgehauen«, erzählte ich ihm.

Wir amüsierten uns prächtig. Ich hatte beschlossen, das Ganze nicht so ernst zu nehmen und meinen Spaß zu haben. Und den hatte ich.

»Hat bei dir einer gemerkt, dass du nicht die bist, für die du dich ausgibst?«, fragte ich Chris, doch blieb mir keine Zeit, auf die Antwort zu warten. Meine Nummer wurde erneute aufgerufen und zu Tisch 129 zitiert.

»Das bist du, Benilein. Viel Spaß und toi, toi, toi, dass es diesmal was Brauchbares ist.« Chris hob beide Daumen hoch.

Also auf ein Neues, dachte ich und suchte meinen Tisch. Ich fand, wonach ich suchte. Mein Gegenüber war noch nicht aufgerufen worden, also setzte ich mich und wartete.

Dann tönte aus dem Lautsprecher: »Nummer 34, bitte begeben Sie sich an Tisch 129.«

Ich horchte auf und schaute in die Menge, wer wohl Nummer 34 war. Ich hoffte, dass es diesmal ein nicht ganz so streng riechender Typ war. Und dann kam er auf mich zu … Ich glaubte, meinen Augen nicht zu trauen …

Es war tatsächlich der junge Gärtner aus der Villa Burgheim. Und plötzlich spürte ich ein derartiges Glücksgefühl, dass ich am liebsten aufgesprungen und ihm um den Hals gefallen wäre. Ich konnte mich gerade noch beherrschen und achtete darauf, nicht allzu blöde zu grinsen.

»Sie sind also mein nächstes Fünf-Minuten-Date. Welch Zufall.« Sein Blick fiel auf das Glas in seiner Hand und verschmitzt lächelnd sagte er: »Ich stell's besser ab, falls Sie wieder eine ruckartige Bewegung machen möchten.«

Ich konnte mir nicht erklären, weshalb sich mein Herzschlag so dermaßen beschleunigte und ich feuchte Hände bekam. Eine eigenartige Spannung lag zwischen uns und ich fragte mich einmal mehr, woher ich dieses Gesicht kannte.

Und dann durchfuhr es mich wie ein Blitz. »Natürlich! Max! Sie sind der Parkplanverkäufer«, platze es aus mir heraus. »Was tun Sie denn hier?« Ich musste mir eingestehen, dass ich mich wahnsinnig freute, ihn hier zu treffen.

»Nun, ich denke, dasselbe wie Sie«, erwiderte er und stellte die rosafarbene Eieruhr, die auf jedem Tisch stand, auf fünf Minuten ein.

»Okay, die Zeit läuft.« Mit fragendem Blick schaute er mich an.

Noch immer starrte ich ihn an, aber kurz darauf war ich wieder die Alte … naja, fast. Um meine Selbstsicherheit zu verbessern, richtete ich mich gerade auf, räusperte mich und legte los. »Gut, ich fang an. Frage eins: Was ist das Schönste, das Sie in der letzten Woche erlebt haben? Frage zwei: Worauf sind Sie in Ihrem Leben am meisten stolz?«

»Wow, das sind sehr gute Fragen. Sie haben sich Gedanken gemacht.«

Seine Anerkennung war mir damit schon mal sicher, obwohl ich nicht allzu sehr über die Art der Fragen nachgedacht hatte. Ich wusste nur, dass ich bei diesem netten jungen Mann auf so plumpe Fragen wie Welche *Hobbys* haben Sie? und dergleichen verzichten wollte.

»Okay, also das schönste Erlebnis in der letzten Woche war die geglückte Züchtung meiner eigenen Rosensorte. Und da ich darauf sehr stolz bin, ist Ihre zweite Frage ebenfalls beantwortet.«

»Sie züchten Rosen?«

»Eigentlich ist es mehr ein Hobby. Ich verdiene mir neben meinem Studium etwas Geld. Manchmal als Parkplanverkäufer oder aber auch als Gärtner. Und bei der Arbeit im Garten der Villa Burgheim entdeckte ich meine Liebe zu den Rosen. Wer Rosen liebt, leidet am Rosenfieber, sagt man. Ich liebe diese Blumen, seit ich vierzehn bin, und kann nicht von ihnen lassen. Und wenn man diesem Fieber vollends verfallen ist, dann züchtet man neue Sorten. Ich hab's jahrelang versucht und nun hat es endlich geklappt.«

Ich hing an seinen Lippen und stellte ihn mir inmitten einer blühenden Rosenlandschaft vor.

»Nun zu Ihnen. Wir müssen uns beeilen, wir haben noch zwei Minuten«, drängelte er, als hätte er Angst, keine Informationen über mich in Erfahrung zu bringen. »Welches ist Ihre liebste Tageszeit?«

»Morgens«, antwortete ich wie aus der Kanone geschossen.

»Warum?« Die folgerichtige Frage.

»Weil ich gern unter der Dusche singe und morgens macht das besonders viel Spaß.«

Er lächelte und sah dabei hinreißend aus. »Okay, weiter. Wenn Sie als Tier reinkarnieren müssten, welches wäre Ihre Wahl?«

Ich überlegte nicht lange. »Ich wäre gern ein Riesenkrake. Dann hätte ich kaum Feinde und könnte mich da kratzen, wo ich als Mensch nie rankommen würde.«

Ich fand meine Antwort witzig, aber er schien gedanklich bereits bei der nächsten Frage zu sein, denn ohne eine Reaktion oder auch nur ein Grinsen fuhr er fort.

»Haben Sie meine Nummer noch und rufen Sie mich an?«

»Das sind gleich zwei Fragen«, lachte ich.

In diesem Moment rasselte auch schon die Eieruhr.

»Schade, die Zeit ist um.« Er sprang auf. »Hat mich aber sehr gefreut, Sie mal wiederzusehen.« Dann tat er es wieder … er gab mir einen Handkuss.

Bevor er in der Menge untertauchen konnte, rief ich ihm völlig verwirrt hinterher: »Hey, warten Sie! Wollen Sie keine Antworten?«

»Ich höre sie mir beim Frühstück an, am Freitag halb zehn beim Bäcker am Nauener Tor.«

Ich hatte keine Chance, ihm nachzulaufen, denn er war schon verschwunden.

Einen Moment saß ich noch so da und dachte an unsere letzten kurzen Begegnungen. Dann wühlte ich in meiner Handtasche und suchte fast panisch nach dem Parkplan, auf dem seine Nummer stand. Enttäuscht stellte ich fest, dass er nicht drin war. Sicher hatte ich ihn irgendwo zu

Hause. Ich starrte in die Menge und hoffte, er würde zurückkommen, mich an die Bar einladen oder gar mit mir ganz von hier verschwinden.

»Hallo, sind Sie die 56?«, riss mich die Stimme einer älteren Frau aus meinen Gedanken. »Hm, da muss ein Fehler vorliegen, ich hatte einen Mann erwartet.«

Ich schaute auf. Die Alientante stand vor mir am Tisch. Ich konnte mir ein Grinsen nicht verkneifen, während sie sich setzte.

»Nein sorry, ich bin schon weg.« Ich stand auf, ging um den Tisch herum und beugte mich zu ihr hinab, um ihr verschwörerisch zuzuflüstern: »Vielleicht sollten Sie lieber auf die Aliengeschichte verzichten. Ich glaube, hier gibt es niemanden, der schon bereit für die Außerirdischen ist.«

Sie schaute mich fast dankbar an. »Meinen Sie?«

Ich nickte kurz und zwinkerte ihr zu, dann machte ich mich auf, Chris zu suchen, um ihm von meiner Begegnung mit der dritten Art zu berichten. Ich entschied mich, den Gärtner aus der Villa ihm gegenüber vorerst nicht zu erwähnen. Ich konnte nicht einmal sagen, warum, aber ich erzählte ihm, dass auch dieser Typ wieder ein Reinfall war. Also legte ich den Fokus auf die Außerirdischen.

»Das hast du nicht?« Chris hielt sich die Hand vor den offenen Mund.

»Doch, hab ich. Du hättest ihr Gesicht sehen sollen. Großartig.« Ich grinste, dann wandte ich mich wichtigeren Dingen zu. »Ich muss aufs Klo. Kommst du mit?«

»Ja, und dann lass uns abhauen, ich hab genug. Und ich muss aus den verdammten Schuhen raus. Meine Füße bringen mich um.«

Wir nahmen ein Taxi und ich beschloss, bei Chris zu übernachten. Es war ein so lustiger Abend, den wollte ich mit meinem besten Freund gemeinsam ausklingen lassen.

»Ein paar Stunden Christin zu sein, ist doch anstrengender, als ich gedacht habe, Engelchen. Wollen wir noch einen Schlummertrunk nehmen?« Als er aus dem Bad kam, war er wieder der alte Chris, so wie ich ihn liebte.

»Ja gern.«

Mit einer Flasche Rotwein machten wir es uns im Bett gemütlich.

»Danke für den schönen Abend, Chris. Mir raucht zwar der Kopf von den vielen Kerlen, die ich heute getroffen hab, aber alles in allem war es sehr spannend. Und sie waren ja nicht alle so untauglich. Meine Bilanz: Vierzehnmal geht gar nicht, zweimal ganz nett und einmal … Wow!«

»Warte kurz.« Chris stand auf und holte das Büchlein. »Erzähl, welcher ist wow? Und warum kommst du erst jetzt damit um die Ecke? Ich hätte *Wow* auch gerne gesehen!«

»Ich nenne ihn *Das Phantom*.« Beim bloßen Gedanken an ihn spürte ich wieder ein Kribbeln in meinem Bauch.

»Ah ja, das Phantom«, bemerkte Chris etwas spöttelnd.

»Chris, dieser Typ ist wie ein Phantom. Ich meine, erst treffe ich ihn am Parkeingang, dann taucht er in diesem Wellnesstempel auf. Okay, da wusste ich noch nicht, dass er auch der vom Park war. Dann auf dem Markt, da hat er Rosen verkauft. Es sind übrigens seine eigenen Rosen, wie ich jetzt weiß. Und heute ist er zufällig auch bei diesem Powerdating-Abend gewesen.« Ich überschlug mich fast, denn ich konnte diese vielen Zufälle selbst kaum fassen. »Er studiert noch, von daher denke ich, dass er viel zu jung für mich ist. Ach Chris, wieso bin ich denn schon so 'ne alte Schachtel?«

»Wie alt ist er denn, dein Phantom?«

»Ist doch egal. Ich bin eh zu alt.«

»Benita, fang jetzt nicht schon wieder mit deiner Ich-werd-dreißig-Leier an. Ich bin zweiunddreißig und obendrein noch 'ne Schwulette. Und, hörst du mich jammern?«

»Das ist unser Problem. Du bist schwul. Wieso eigentlich? Wir wären das perfekte Paar«, platzte ich heraus, schämte mich aber sofort dafür.

»Ich steh nun mal auf knackige Männerärsche. Ich kann's nicht ändern, Engelchen. Auch wenn dein Hintern ganz süß ist. Ich trage dein Phantom mal ein wenig abseits hier ein. Du kümmerst dich jetzt erst einmal um den leckeren Anwalt. Am besten rufst du ihn gleich an und machst einen Termin in der nächsten Woche.« Chris reichte mir das Telefon.

»Jetzt noch? Hast du 'n Knall? Es ist kurz nach Mitternacht! Nein, ich rufe ihn morgen früh an, das reicht auch noch. Und ja, du hast recht, ich werde nicht mehr wegen meines Alters jammern, versprochen«, gab ich klein bei. Es blieb mir ja auch nichts anderes übrig, ich konnte den Lauf der Zeit nun mal nicht anhalten. Also fand ich mich damit ab.

Am nächsten Tag beschloss ich, mich nach langer Zeit mal wieder bei meiner Mutter zu melden und lud mich bei ihr zum Kaffee ein. Mein

Geburtstag war zwar erst am Freitag, aber diesen Tag wollte ich sowieso nicht feiern.

Ich freute mich, meine Mama wiederzusehen, auch wenn sie mir mehr als einmal vorwarf, ich würde sie viel zu selten besuchen. Aber so waren wohl alle Mütter. Obwohl ich immer dachte, meine war besonders pingelig, was das anging. Ich liebte sie wohl wahrscheinlich gerade deshalb so sehr und vor allem, weil sie den besten Streuselkuchen unter Gottes Sonne machte. Außerdem hatte sie recht. Wie würde ich mich wohl fühlen, wenn meine Kinder, sollte ich mal welche haben, sich nur selten bei mir blicken ließen.

Wir saßen auf Mamas Balkon und sie schenkte Kaffee ein. Die Aussicht war mittelmäßig, denn man schaute direkt auf den nächsten Plattenbau. Mit Farben hatte man versucht, alles etwas freundlicher zu gestalten, aber den DDR-Charme konnte man nicht ganz verdecken. Kaum zu glauben, dass man damals so ziemlich alles dafür gegeben hätte, eine solche Wohnung beziehen zu dürfen. Was hab ich meine Freundinnen beneidet, die im Wohngebiet Am Stern oder im Zentrum Ost gewohnt hatten. Fließend warmes Wasser, wann immer man es brauchte. Keine Ofenheizung, sondern Fernwärme. In die Badewanne gehen, ohne vorher literweise Wasser zu kochen. Ich hatte immer im Altbau gewohnt. Mit Achzig-Liter-Boiler und Heizstrahler über der Badezimmertür und Ofenheizung, was für meine Mutter immer Kohlen schleppen bedeutete. Umso schlimmer war es für sie, als mein Vater starb. Gott, das ist nun auch schon wieder fast zwanzig Jahre her. Heute war ich froh, dass ich diese, unsere Wohnung noch immer bewohnen konnte. Das Bad und die Heizung waren modernisiert worden und es fehlte an keiner Annehmlichkeit. Okay, die Miete war natürlich dementsprechend, aber hey, ich hatte schließlich gut verdient und das würde ich auch in Zukunft, wenn ich erst selbstständige Grafikdesignerin war. Und falls das mit der eigenen Agentur nicht klappen sollte, gute Grafiker wurden überall gesucht. Ich war zuversichtlich, bald wieder in Lohn und Brot zu stehen.

Mein Blick streifte den Nachbarbalkon. Herr Buhmann – der Name sagte schon alles –, unverschämt neugierig und furchtbar laut, saß ebenfalls draußen. Ich sah ihn zwar nicht, aber der Gestank seiner Zigarre waberte zu uns herüber, was mich unwillkürlich an Feuchtenbeiner erinnerte. Ich fragte mich, ob alle Schmierlappen dasselbe Kraut rauchten?

»Mama, wann willst du dir endlich mal 'ne vernünftige Wohnung suchen? Diese Plattenbausiedlung ist doch das Letzte, ganz zu schweigen von dem Gesocks, das sich hier herumtreibt.« Ich nickte mit dem Kopf Richtung Nachbarbalkon.

Meine Mutter hielt warnend den Zeigefinger an ihren Mund, dann spulte sie die üblichen Worte herunter. »Einen alten Baum verpflanzt man nicht, Benita. Ich habe hier alles, was ich brauche. Und die Miete ist bezahlbar. Wie geht's dir, Schatz?« Ohne eine Antwort abzuwarten, ging es nahtlos zum nächsten leidigen Thema über. »Benita, es ist schade, dass du mich nicht wirklich an deinem Leben teilhaben lässt. Du rufst viel zu selten an, und dass du mal den Weg hierher findest, ist auch eher die Ausnahme.«

»Es geht mir gut, und dass ich mich nicht melde, stimmt so nicht ganz. Du weißt, dass ich in letzter Zeit viel arbeiten musste. Zudem gibt es momentan wirklich nichts, woran ich dich teilhaben lassen könnte«, erwiderte ich und überlegte, ob ich ihr erzählen sollte, dass ich meinen Job geschmissen hatte. Ich entschied mich dafür, denn früher oder später erfuhr sie es ja doch. »Obwohl, Mama, es gibt da doch etwas, das du wissen solltest. Aber versprich mir, nicht gleich wieder ein Drama daraus zu machen.« Ich kannte meine Mutter nur zu gut und wusste, zu welchen Reaktionen sie fähig war.

»Was ist es? Raus damit, Benita! Du weißt, dass du mir alles sagen kannst.«

»Ich hab meinen Job geschmissen. Und bevor du mich jetzt mit Vorwürfen bombardierst, hör dir erst an, wieso.« Ich erzählte ihr also, was passiert war, und sie riet mir dasselbe wie Chris.

»Benita, du musst diesen Kerl anzeigen, allein schon aus dem Grund, andere Frauen zu schützen«, sagte sie ganz sachlich und, zu meiner Überraschung, auch ganz ruhig.

»Aber Mama, ich habe keinerlei Beweise. Niemand war dabei und die Tür war zu. Er würde alles abstreiten.«

»Ja, da hast du wohl recht. Es ist eine Schande, dass man solchen Mistkerlen nur schwer das Handwerk legen kann. Nicht mal das Fernsehen ist in der Lage, etwas zu unternehmen. Ich hab da neulich eine Reportage über eine Frau gesehen, die von ihrem Arzt missbraucht worden war. Glaubst du, das Fernsehen konnte die Staatsanwaltschaft dazu bewegen, Anklage gegen dieses Schwein zu erheben?« Sie bebte fast vor Entrüstung. »Was ist das bloß für eine Welt, Benilein?«

»Ach Mama, lass uns über schönere Dinge reden.«

»Ja, du hast vermutlich recht, Liebes. Wie geht es Christoph? Ist er immer noch ... du weißt schon ...« Sie wurde leicht rötlich um die Wangen.

Ich wusste, dass sie Chris mochte, aber ich wusste auch, dass sie schon immer ein Problem mit seiner Homosexualität hatte. Früher redete man eben über solche Dinge nicht so frei, wie es Gott sei Dank heute der Fall ist. Ich musste schmunzeln. »Ihm geht's gut. Ich soll dich lieb grüßen, und ja, er ist noch immer schwul, Mama. Das wird sich auch nicht verwachsen.«

»Hach Benilein, ist doch schade um einen solchen Mann. Ich meine Christoph und du, ihr wärt ein so hübsches Paar.« Verträumt legte sie ein Stück Streuselkuchen auf meinen Teller.

Hatte ich nicht gestern Nacht noch Ähnliches gedacht? Ich erzählte meiner Mutter auch von unserer Traummann-Suche und von Patrick.

»Ein Rechtsanwalt, schau an. Ja, so einen Schwiegersohn würde ich mir wünschen.« Ihr Blick verriet, dass sie in einer Wunschvorstellung schwelgte.

»Schwiegersohn? Mama, ich bitte dich. Lass ihn mich doch erstmal kennenlernen.«

»Ich meine ja nur. Du kannst doch nicht ewig allein leben, Benita. Schau, die Zeit läuft dir davon. Du bist bald dreißig und deine biologische Uhr tickt. Wann willst du denn mal über Kinder nachdenken?«

Ich verschluckte mich fast an meinem Kaffee. »Na vielen Dank auch. Dass ich nicht mehr so jung wie der Frühling bin, weiß ich selbst.« Jetzt war ich echt angepisst. Gerade war ich dabei, mich an den Gedanken zu gewöhnen, dass ich bald dreißig wurde, und nun fiel mir meine eigene Mutter in den Rücken.

»Wie bitte soll ich mich mit meinem Alter abfinden, wenn ich ständig darauf aufmerksam gemacht werde? Und was, wenn ich gar keine Kinder will? Die sind laut, machen Dreck und nerven den ganzen Tag.« Ich stürzte meinen Kaffee runter.

»Benita, denk an die Nachbarn.«

»Nachbarn, Nachbarn, meinst du den Pöbel, der eh nur den ganzen Tag am Fenster hängt und die Leute beobachtet?«

Nebenan hörte man eine Balkontür zuklappen.

»Mama, ich komme dich besuchen, um mit dir bei einer Tasse Kaffee zu plaudern, und was machst du? Du bombardierst mich mit Vorwürfen. Hast du dir mal Gedanken darüber gemacht, wie ich mich fühle? Glaubst du, es ist leicht für mich, allein zu leben? Und komm mir jetzt nicht mit *ich könnte wieder zu dir ziehen*. Das werde ich nicht tun.«

»Jetzt komm mal wieder runter, mein Kind. Niemand bombardiert dich mit Vorwürfen. Ich habe doch nur gesagt, dass ich mich über Enkelkinder freuen würde.«

»Ja, aber dafür brauche ich einen Mann, und die stehen bekanntlich nicht einfach so auf der Straße und warten darauf, dass eine Frau kommt und sie um ein Kind bittet.« Ich musste dringend das Thema wechseln, um den Nachmittag nicht gänzlich in die Hose gehen zu lassen. »Okay, lassen wir das. Sag mal, wie läuft's mit Alfredo?«

Alfredo Álcarez war ein netter, gutbetuchter und für sein Alter noch recht attraktiver Spanier, den meine Mutter vor Jahren im Urlaub auf Teneriffa kennengelernt hatte. Ein pensionierter Werbegrafiker, der lange als Senior Art Director, bei einer der größten Werbeagenturen Spaniens gearbeitet hatte und sicher noch einige gute Kontakte pflegte. Einmal im Jahr verbrachten die beiden zwei Wochen auf seiner Finka. Alfredo hatte meiner Mutter schon mehrfach angeboten, ganz nach Spanien zu ziehen, aber sie konnte sich bisher nicht entscheiden. Auch mir lag er ständig in den Ohren, aber was sollte ich machen. Ich mochte Alfredo sehr gern. Aber ich konnte meine Mutter schließlich nicht zwingen, zu ihm zu ziehen. Dabei war Alfredo perfekt für sie. Warmherzig, liebevoll und so charmant. Ich an ihrer Stelle hätte sicher nicht lange gezögert.

»Willst du wieder versuchen, mich zu überreden, nach Spanien zu ziehen?«

Ich drugste herum. »Nein, das musst du selbst entscheiden. Ich dachte nur, mit all seinen Kontakten könnte er mir vielleicht bei der Jobsuche behilflich sein, wenn mein Vorhaben mit der eigenen Agentur nicht klappt.«

Mama schien erleichtert, dass sie dieses Mal um eine Rechtfertigung herumkam, und stand sofort auf, um mir seine Telefonnummer aufzuschreiben. Als sie zurückkam, brachte sie Fotos aus ihrem letzten Urlaub mit Alfredo mit.

Ich freute mich, dass mein kleines Ablenkungsmanöver so prächtig funktionierte. Ich sah mir lieber Spanienfotos an, als weiter über meine biologische Uhr zu debattieren. Biologische Uhr, so ein idiotischer Begriff!

Als ich erkannte, wie glücklich meine Mutter in Alfredos Gegenwart war, konnte ich mir meine Frage doch nicht verkneifen. »Sag mal, Mama, denkst du nicht doch manchmal darüber nach, Alfredos Angebot anzunehmen?«

»Du meine Güte, wo denkst du hin, Benita? Natürlich nicht!«

»Aber warum denn nicht? Was ist so schlimm an der Vorstellung, seinen Lebensabend unter spanischer Sonne zu verbringen? Noch dazu gemeinsam mit einem äußerst adretten Gentleman an der Seite?«

Jetzt lachte meine Mutter. »Nein, Benilein, für derlei Abenteuer bin ich zu alt.«

»Ach quatsch mit Soße, zu alt. Für die Liebe ist man nie zu alt. Außerdem blühst du richtig auf, wenn du mit ihm zusammen bist, schau doch genau hin.« Ich hielt ihr ein sehr gelungenes Foto unter die Nase, auf dem Alfredo seinen Arm liebevoll um sie gelegt hatte und sie mit der Sonne um die Wette strahlte.

Ihre 63 Jahre sah man meiner Mutter weiß Gott nicht an. Sie wirkte eher wie eine Frau Mitte fünfzig, fand ich. Sie machte nicht auf Muttchen wie andere Frauen ihres Alters, sondern lief modern und fit durchs Leben. Und sie war sehr hübsch. Wenn sie sich in Schale schmiss, schaute ihr auch so mancher junge Mann nach. Dem guten Alfredo blieb das natürlich nicht verborgen. Sie reichte mir weitere Fotos, und als ich ihr ins Gesicht sah, konnte ich deutlich spüren, dass da mehr als nur Freundschaft zwischen ihr und Alfredo war.

Der Nachmittag wurde noch richtig gemütlich. Ich erzählte meiner Mutter so ziemlich alles, was Chris und ich in den letzten Tagen getrieben hatten. Außer der Sache mit Viktor und dem Wellnesswochenende, die behielt ich doch besser für mich. Irgendwann verzogen wir uns nach drinnen und als ich auf die Uhr schaute, war es bereits halb sechs.

Ich sprang auf. »Hach so 'n Ärger. Jetzt hab ich glatt vergessen, Patrick anzurufen!«

»Deinen Rechtsanwalt kannst du doch auch von hier anrufen.« Mama schmunzelte.

»Ja, das hättest du gern, was. Nix da. Das ist privat, Schätzchen. Ich hau jetzt ab. Ich wollte noch mit Chris bequatschen, wo und wann wir die nächsten Männer abchecken«, sagte ich spaßeshalber.

»Also, das hört sich beinahe so an, als würdet ihr auf die Jagd gehen.«

»In gewisser Weise kann man das durchaus so ausdrücken.«

Ich herzte meine Mama tüchtig und schlug vor, dass ich am Freitag zum Mittag kommen würde. Ich würde Chris mitbringen und mich riesig freuen, wenn sie was Leckeres kochen könnte.

Am nächsten Tag waren keine Termine angesagt. Ich machte es mir zu Hause gemütlich, denn Chris hatte eh keine Zeit. Er wollte was erledigen, also nutzte ich die Zeit und studierte die Marklerangebote für Büroräume, aber auch die Stellenanzeigen in der Tagespresse. Nebenbei putzte ich meine Wohnung, was auch mal wieder nötig war. Immer wieder schossen mir Gedanken von Patrick und Max durch den Kopf. Schon eigenartig, dachte ich. Da hatte ich nun doch 'ne ganze Menge Männer kennengelernt, vor allem bei dem Powerdating-Abend, aber Patrick und Max waren bisher die Einzigen, an die ich mich wirklich erinnern konnte. Alle anderen waren flüchtige Bekanntschaften, die immer mehr zu verblassen begannen. Wobei Max mir mehr oder weniger zufällig über den Weg gelaufen war, damals am Eingang des Parks. Und komischerweise kreuzte er noch öfter meinen Weg. Aber Max war zu jung für mich, das wusste ich genau, und ich versuchte, ihn mir aus dem Kopf zu schlagen und mich ganz auf Patrik zu konzentrieren. Dabei fiel mir ein, dass ich ihn noch immer nicht angerufen hatte. Ich nahm es mir für den Abend vor, aber es sollte anders kommen. Ich war damit beschäftigt, lose Fotos in Alben zu sortieren und vergaß darüber die Zeit. Ich schwelgte in Erinnerungen. Meine Schulzeit, Studium, Urlaubserinnerungen und Erinnerungen an vergangene Beziehungen. Wow, es gab nicht eine Beziehung, die länger als sechs Monate gedauert hatte. Ich fragte mich, woran es gelegen haben könnte, dass es bisher nicht klappen wollte mit der Liebe. Lag es an mir? War ich vielleicht zu anstrengend für einen Mann? Zu unattraktiv, zu blond, zu dick, zu pingelig, zu anhänglich oder gar zu selbstbewusst? Nein, es lag an den Männern, ganz klar.

Nehmen wir Mark Hoffmann zum Beispiel, meinen letzten Freund. Fitnesstrainer. Damals war ich davon überzeugt, nur wenn man eine Taille wie ein Topmodel vorweisen konnte, hatte man Chancen bei den

Männern. Gott, wie dämlich. Womit demütigt sich Frau eigentlich alles, nur um der Männerwelt zu gefallen? Heute konnte ich darüber nur müde lächeln. Aber noch vor einem Jahr war ich auf genau diesem Trip. Und ich wollte mich schinden, um Mark Hoffmann zu gefallen. Eine Schnitte wie sie im Buche stand, durchtrainiert und solariumgebräunt. Mark strotzte vor Energie und Selbstdarstellung. Das blieb natürlich auch den anderen Grazien, die täglich zum Trainieren ins Studio kamen, nicht verborgen. Wobei ich glaube, dass die weniger zum Trainieren da waren. Und wie die sich angebiedert hatten. Welche Frau schminkte sich, wenn sie wusste, dass sie schwitzen würde? Komischerweise schwitzten diese Tussis nie. Sie sahen immer topp aus und waren immer darauf bedacht, dass die Sportsöckchen auch farblich zu der viel zu kurzen Turnhose passten. Ich machte kein Gewese um meine Sportkleidung. Labbrige Leggins und ein altes T-Shirt, das musste reichen. Und ich schwitzte mir die Seele aus dem Leib. Ich war nie gertenschlank und wenn ich heute so drüber nachdenke, wollte ich das auch nie sein. Eine Frau muss Rundungen haben, an denen sich ein Mann erfreuen kann. Wahrscheinlich würde Mark keinen Blick an mich verschwenden, dachte ich damals, als ich im Sportstudio anfing. Doch ich sollte mich täuschen. Mark schienen mein Sportklamotten-Stil, meine nicht ganz so schlanke Figur und auch mein Geruch zu gefallen, denn er suchte immer wieder meine Nähe, was den hübschen herausgeputzten Grazien nicht sonderlich gefiel. Für sie hatte er kein Auge, aber für mich schien er sich zu begeistern. Gegensätze zogen sich wohl doch an. Die Divas hassten mich dafür, was mir aber egal war. Beim Duschen achtete ich allerdings darauf, dass mir keine dieser Tussis zu nahe kommen konnte. Es soll ja schon die dollsten Unfälle unter der Dusche gegeben haben. Und wenn die Stutenbissigkeit erst so richtig ihren Höhepunkt erreichte, dann musste man mit allem rechnen. Ich wartete daher stets, bis sie weg waren, und ging immer als Letzte in die Dusche.

Schon nach einer Trainingswoche bat Mark mich um ein Date. Wir trafen uns dann meist nach dem Training noch auf einen Drink – natürlich alkoholfrei und auf jeden Fall gesund –, gingen Essen – selbstredend kalorienarm – oder ins Kino. Was man eben so macht, um sich kennenzulernen. Ich war ja kein Typ für die schnelle Nummer, aber am Ende der zweiten Woche vernaschte er mich in der Damendusche. Er wusste, dass ich immer erst duschte, wenn alle anderen gegangen waren. Eines Abends stand er dann vor mir, nur mit einem Handtuch bekleidet. Ich weiß noch, wie ich schnell mein Handtuch vom Haken riss und meine Blöße bedeckte, aber er schüttelte nur lächelnd mit dem Kopf, kam näher und nahm mir das Handtuch wieder ab. Er sah so gut aus und ich war ausgehungert und überdies hatte ich noch nie Sex mit einem so durchtrainierten Mann gehabt. Es war fantastisch und eine Ausdauer hatte er. Aber Sex alleine war auf Dauer auch langweilig. Schnell merkte ich, dass uns zwischenmenschlich nicht viel verband. Unsere Unterhaltungen befassten sich meist mit den neuesten Fitnessdrinks und der nächsten Gewichte-Einstellung, um Bizeps und Trizeps und darum, wie man diese Muskelgruppen am besten und effektivsten trainierte. Nach sechs Monaten war ich es dann leid und gab ihm den Laufpass. Was ich brauchte, war ein Mann, der mehr als nur durchtrainiert war. Einer, der nicht wie ein Adonis daher kam, aber dafür einfühlsam und liebenswert war. Der zuhören und mit dem man sich über Gott und die Welt austauschen konnte. Der einen zu begeistern vermochte und zum Lachen brachte und dennoch 'ne Granate im Bett war. Diesen Mann musste es doch da draußen irgendwo geben. Die konnten doch nicht alle ausgestorben sein. Es gab ihn, da war ich sicher. Und vielleicht war Patrick Schubert dieser Mann.

Mit dieser Feststellung tröstete ich mich selber, packte die Fotos samt Alben zurück in die Schublade und nahm mir für den nächsten Tag fest vor, dem Anwalt eine Chance zu geben.

XTC oder auch 3,4-Methylendioxy-N-methylamphetamin

Der Titel dieses Kapitels spricht Bände, ich weiß. Man könnte denken, dass ich Drogen konsumieren würde. Ganz sicher tat ich das nicht. Jedoch stellte mir das Schicksal ein Bein, wie so oft in den letzten Wochen. Dass ich dreißig wurde an jenem Freitag, war schon schlimm genug. Dass ich diesen Tag nicht feiern wollte, beschlossene Sache. Leider hatte ich die Rechnung ohne Chris gemacht, der mich an eben diesem denkwürdigen Tag noch vor dem Frühstück aus dem Bett klingelte.

»Happy Birthday to you, happy Birthday to you, happy Birthday liebe Beni, happy Birthday to you«, trällerte er vor meiner Tür, als ich öffnete, und reichte mir einen riesigen Strauß Blumen und eine Schachtel Pralinen.

»Hach Engelchen, ich wünsch dir alles, alles Liebe und Gute zu deinem Geburtstag. Ich bin so froh dich zur Freundin zu haben. Du bist die Allerbeste« Seine Stimme bebte und er zog mich in seine Arme.

Ich stand nur da, völlig verpeilt, weil ich gerade erst aufgewacht war. Bekleidet nur mit Hemd und Slip, was meinem Nachbarn Herrn Baltuschack, der gerade aus seiner Wohnung trat, offenbar sehr freute. Er grinste breit, grüßte und tappelte die Treppe hinunter. Dabei konnte er den Blick nicht abwenden und wäre vor lauter Starren beinahe gefallen. Mich kratzte das nicht sonderlich. Den alten Herren gab es im Haus schon, als ich noch mit meinen Eltern hier gewohnt hatte.

»Immer schön nach vorne schauen, Herr Nachbar!«, spöttelte Chris, schob mich in meine Wohnung und schloss dann die Tür hinter sich. »Oller Lustgreis.«

Ich stand noch immer da und kriegte meinen müden Mund nicht auf.

»Benilein, was ist denn los? Jetzt sag doch was!«

»Was willst du so früh hier?«, war alles, was ich hervorbrachte. Gut, das war jetzt nicht so höflich, aber ich schlief noch halb.

»Na du machst mir Spaß. Heute ist dein Ehrentag und das muss gefeiert werden. Man nullt ja schließlich nicht alle Tage.«

Mein Hirn erwachte und begann langsam, seine Arbeit aufzunehmen. Ich war fassungslos über so viel gute Laune. »Sag mal, geht's noch? Ich werde dreißig, für mich geht 'ne Welt unter und du tust so, als ob es nix Schöneres gibt«, maulte ich verschlafen.

»Papperlapapp, geh du mal jetzt schön duschen und wecke die restlichen Lebensgeister in dir. Ich koche derweil einen starken Kaffee und dann gehen wir frühstücken.« Chris schob mich ins Bad und gab mir einen Klaps auf den Hintern. »Husch, husch, Engelchen. Keine Widerrede. Wir haben viel vor heute, also beeil dich.«

Dreißig Minuten später saßen wir schweigend in meiner Küche. Ich nippte an meinem Kaffee und starrte aus dem Fenster. Dicke Wolken, Wind und Nieselregen. Das passte hervorragend zu meiner Stimmung und zu diesem Tag.

»Ich mag heute nicht ausgehen, Chris. Ist Scheiß-Wetter draußen.«

»Nix da. Außerdem gibt's kein schlechtes Wetter, nur unpassende Kleidung. Glaub ja nicht, dass du dich heute hier verkriechen und in Selbstmitleid zerfließen kannst. Keine Chance, Benita. Es warten ein paar schöne Überraschungen auf dich. Die Erste bekommst du bereits in einer Stunde. Die Zweite dann etwas später. Also, auf, auf.«

Ich gab mich geschlagen. Chris würde eh keine Ruhe geben, das wusste ich, und beschloss, das Beste aus diesem Tag zu machen.

»Hast du den Anwalt angerufen?«

»Nee, hab ich vergessen.«

»Ich dreh gleich durch. Engelchen, so etwas kann man doch nicht einfach vergessen.« Chris stand auf und holte mein Telefon.

»Ich war bei meiner Mutter und da haben wir die Zeit verquatscht. Ich soll dich übrigens lieb grüßen.«

Ich versuchte, es hinauszuzögern. Irgendetwas in mir sträubte sich dagegen, diesen Anruf zu tätigen. Aber ich wusste, dass ich nicht drum herum kam. Und schon gar nicht jetzt, wo Chris darauf drängte.

»Mach schon! Ruf an, los! Verabrede dich morgen mit ihm. Heute kannst du nicht.«

Nur zögerlich nahm ich das Telefon.

»Hopp, hopp. Wir haben nicht den ganzen Tag Zeit.«

Ich wählte Patricks Nummer, die noch von seinem letzten Anruf in der Anruferliste war. Ein Freizeichen. Ärgerlich blickte ich zu Chris, der sich völlig entspannt Kaffee nachschenkte und mich aufmunternd anlächelte.

»Rechtsanwaltskanzlei Patrick Schubert, was kann ich für Sie tun?«, hörte ich eine Frauenstimme am anderen Ende. Es war eine junge Frau. Sicher war sie hübsch und wer weiß, vielleicht ..., ich verscheuchte diese Gedanken aus meinem Kopf.

»Hallo, Duehr hier am Apparat, ich hätte gern Herrn Schubert gesprochen«, erwiderte ich so bürokratisch, wie es mir möglich war.

Chris starrte mich fragend an, ich zuckte aber nur mit den Schultern.

»In welcher Angelegenheit darf ich Sie melden?«, fragte das junge Fräulein.

»Pri... privat«, stotterte ich in den Hörer. »In einer privaten Angelegenheit.« Ich kam mir so dämlich vor. Dann hörte ich ein Räuspern.

»Herr Schubert ist in einer Besprechung. Ich sage ihm, dass sie ihn sprechen wollten. Wollen Sie es später noch einmal versuchen?«

»Nein danke. Wiederhören.« Ich legte auf.

»Was war das denn?«, wollte Chris wissen.

»Wahrscheinlich seine Sekretärin, oder so. Klang ziemlich jung. Er ist in einer Besprechung. Ich soll's später versuchen.«

Obwohl ich eigentlich froh war, dass ich um das Gespräch herum kam, ärgerte es mich trotzdem, dass diese Person mich so abgewimmelt hatte. Missmutig griff ich nach meiner Kaffeetasse und wollte gerade einen Schluck nehmen, als das Telefon schellte. Ich nahm ab.

»Duehr.«

»Hallo Benita, ich bin es, Patrick. Bitte entschuldigen Sie, die gute Chantal ist bisweilen etwas voreilig.«

»Patrick«, sagte ich und schaute zu Chris. Eben noch niedergeschlagen, müde und lustlos, beschleunigte sich mein Herzschlag und ich war augenblicklich hellwach.

»War ja 'ne kurze Besprechung«, flüsterte Chris und grinste zufrieden.

»Ich hatte gehofft, dass Sie sich nicht so lange Zeit lassen würden«, sagte er.

»Das war auch nicht meine Absicht, aber mir ist was dazwischen gekommen. Meine Mutter genauer gesagt. Aber Sie hatten ja zuerst angerufen.« Du meine Güte, dachte ich. Das ist vielleicht ein verkrampftes Gespräch. *Sie haben zuerst angerufen?* Was rede ich denn da für 'n Scheiß. Wieso sagst du nicht einfach, was du sagen willst und gut? Wie kann man sich nur so blöde anstellen?

»Ich wollte mit ihnen ausgehen, Benita. Ich fand den Abend bei der Vernissage sehr nett und hoffe darauf, Sie ein wenig näher kennenlernen zu dürfen.«

»Ja, ich fand den Abend auch sehr nett. Und ich gehe sehr gern mit Ihnen aus. Passt es Ihnen heute Abend?« Na also, Benita, geht doch.

»Hm, heute ist schlecht, wie wäre es morgen?«

Ich presste meine Hand auf die Sprechmuschel, hielt das Telefon nach unten und hauchte Chris ganz leise zu: »Haben wir morgen schon was vor?«

Der schüttelte den Kopf und gab mir mit Gesten zu verstehen, dass er mit von der Partie sein würde.

»Patrick, hallo, sind Sie noch dran?«

»Ja, ich bin noch dran.«

»Ich musste noch schnell in meinen Terminplaner schauen. Also morgen ginge bei mir. Ist es okay, wenn ich 'ne Freundin mitbringe?«

Schweigen am anderen Ende.

Ja nee, iss klar, Benita. Hast du sie noch alle? Welche Frau kommt auf die hirnrissige Idee, zu einem Date ihre Freundin mitzubringen? Den Typen biste los, ganz sicher. Gleich wird er sich mit 'ner originellen Aus- rede aus der Affäre ziehen, sagen, dass er sich wieder meldet und dann auf nimmer Wiedersehen aus meinem Leben verschwinden.

»Kein Problem. Wann passt es Ihnen?« Anscheinend hatte er tatsächlich Interesse, was ihm einen großen Pluspunkt verschaffte.

»Sie haben kein Problem damit, dass meine Freundin mich begleitet?« Ich wusste selber nicht, weshalb ich noch mal nachhakte. Wahrscheinlich weil ich so perplex über seine Reaktion war.

»Die Frauen von heute sind nur ein Problem für Männer von gestern«, konterte er und ich konnte förmlich spüren, wie er lächelte. »Hab ich neulich gelesen. Der Spruch ist von Edith Muliyanto, nicht von mir. Aber er passt perfekt.«

»Eine kluge Frau«, erwiderte ich und war froh, dass sich meine anfängliche Nervosität verflüchtigt hatte.

»Soll ich Sie abholen, Benita, oder schlagen Sie einen Treffpunkt vor?«

»Ich würde sagen, wir treffen uns um …« Ich blickte zu Chris, der mir fünf Finger zeigte und mit seinen Lippen Nachmittag im Heider formte.

»… siebzehn Uhr im Café Heider?«

»Gern, das passt. Dann haben wir jetzt ein Date.« Die Fröhlichkeit in seiner Stimme war nicht zu überhören.

»Ja, das haben wir dann wohl.«

»Also, Benita, bis morgen. Ich freu mich auf Sie und Ihre Freundin. Auf Wiederhören.«

»Ja, bis dann.« Ich legte das Telefon hin und atmete schwer aus. »Geschafft!«

»Na siehste, war doch gar nicht so schwer. Und heute ist dein Tag!«

»Oh ja, ich werde dreißig.« Ich verfiel wieder ins Jammern.

»BENITA!«

»Ja, schon gut. Okay, was haben wir vor?«

»Zuerst, Frühstück mal anders.«

»Anders?«

»Jepp, heute mal nicht im Heider.«

Sein verschwörerischer Blick ließ meine Alarmglocken langsam anschwingen und jagte einen Gedanken an Max durch meinen Kopf. Freitag halb zehn beim Bäcker am Nauener Tor. Chris wird doch nicht …

Nein, ich konnte mir beim besten Willen nicht vorstellen, dass Chris mich ausgerechnet dort zum Frühstück einlud, wo auch Max sein Frühstück hin und wieder einnahm. Das wäre der Zufälle dann doch ein wenig zu viel. Dennoch ärgerte es mich, Max zu enttäuschen. Er rechnete sicher damit, dass ich seiner Einladung nachkommen würde, und das wollte ich auch ganz unbedingt. Doch ich musste an diesem Morgen meine Prioritäten setzen und die lagen ganz klar bei meinem besten Freund. Max war süß, keine Frage, aber viel zu jung für mich. Und doch konnte ich nicht anders und musste ständig an ihn denken. Meine Hände zitterten plötzlich und beinahe hätte ich meinen heißen Kaffee über den Tisch geschüttet.

»Hey, immer noch nicht richtig wach, was?« Chris schaute mich verständnisvoll an.

Ich lächelte matt. Benita, krieg dich wieder ein! Was ist nur los mit dir? Wie ein Teenie hechelst du hinter diesem Jüngling her. Du bist dreißig! Schlag dir diesen Kerl aus dem Kopf und konzentrier dich lieber auf Patrick, begann ich im Geiste selber mit mir zu schimpfen.

»Okay, ich geh mich anziehen.«

»Mach das, Engelchen. Ich schaue mir derweil die neueste Herbstmode an.« Chris wedelte mit einem Katalog, den ich gestern im Treppenhaus gefunden hatte. Der lag da schon einige Tage auf dem Boden unter den Briefkästen, und da ihn niemand sonst wollte, nahm ich mich seiner an.

»Du willst tatsächlich hier frühstücken, Chris?!« Hatte mich meine Vorahnung also nicht getäuscht. Wir steuerten auf die Bäckerei zu … auf DIE Bäckerei. Mein Herz begann auf einmal wie wild zu pochen und ich hatte schon Bange, Chris könnte es hören.

»Was hast du gegen das Bistro? Ich hab mir sagen lassen, das Frühstück sei eine Wucht.«

Ich blieb stehen. »Wer hat dir das gesagt?«

Chris atmete aus. »Okay, du hast mich ertappt. Jetzt komm schon, Benita. Ich habe ihm versprochen, dass wir heute hier einkehren werden.«

»WEM?«, fragte ich scharf, obwohl ich a) zu wissen glaubte, um wem es sich handelte, und b) einen solchen scharfen Ton eigentlich nicht anschlagen wollte. »Ich weiß, um wen es sich handelt, Chris!«, gab ich ihm zu verstehen und versuchte, meine Gedanken und Gefühle zu ordnen, um Max nicht wie ein verscheuchtes Huhn gegenüber zu treten.

»So, du weißt es also. Hm, wenn du dich da mal nicht täuschst.«

Irritiert über seine Antwort betrat ich das Bistro und erblickte …

»Alfredo!«, platzte es laut aus mir heraus.

Mit einem verschmitzten Lächeln stand Alfredo Álcarez auf und präsentierte sich in voller Lebensgröße. Braungebrannt und gut aussehend wie eh und je.

»Feliz Cumpleaños! Meine liebe Benita«, strahlte er und herzte mich.

»Gracias, Alfredo. Ich freu mich wahnsinnig, dich zu sehen. Aber sag, was machst du hier?«

»Habe ich Nachricht von Mama bekommen. Sie sagen, du willst suchen neue Agentur. Und ich dachte, ich kanne vielleicht helfen. Und ich wollen sehe, wie es geht Mama, vielleicht sie ja doch mitkommen nach España.«

»Und was hast du damit zu tun?« Ich heftete meinen Blick auf Chris.

»Ich traf deine Mutter kürzlich im Supermarkt und da kamen wir ins Plaudern. Und weil wir uns ja schon lange nicht gesehen hatten, sind wir einen Kaffee trinken gegangen. Sie erzählte mir, dass du bei ihr warst und dabei unser Traummann-Ding erwähnt hattest. Auch dass ihr über

Alfredo geredet habt. Er hatte sich angekündigt und ich habe ihn vom Flughafen abgeholt. Wir wollten dich überraschen, Benita.«

»Das ist euch gelungen.« Ich freute mich wirklich darüber, Alfredo zu sehen, aber entspannen konnte ich mich nicht. Ich ließ meinen Blick von Tisch zu Tisch schweifen und hoffte, Max würde an keinem sitzen. Ich war erleichtert festzustellen, dass er nicht da war. Ich schaute auf die Uhr. Viertel nach neun. Er hatte halb zehn gesagt, und es war noch nicht halb. Was würde er denken, wenn er hier auftauchte und mich mit zwei Männern am Tisch sitzen sah? Nervös rutschte ich auf meinem Stuhl herum.

»Benita, was ist?«, fragte Chris.

»Wollen wir nicht doch besser ins Heider rüber gehen?«

»Hier ist es doch nett«, erwiderte Alfredo.

»Beni, ich dachte wir frühstücken mal woanders.« Verständlicherweise konnte Chris meine Abneigung gegen diesen Ort nicht nachvollziehen.

Zwanzig nach neun.

»Nee, ich möchte lieber ins Heider.« Ich stand auf, denn ich musste auf jeden Fall verhindern, dass Max mich hier mit zwei Männern sah.

»Wo ist denn diese Heider?«, fragte Alfredo.

»Ist gleich gegenüber, ein bisschen die Straße hoch, direkt am Tor.«

»Gut, lasse uns dort hingehen. Isse Geburtstag von Benita.« Er erhob sich ebenfalls.

Erleichterung mischte sich mit meiner Nervosität, denn ein Blick zu Uhr verriet: Fünf vor halb zehn.

»Weiber«, murmelte Chris, nahm seine Jacke und wir verließen das Bistro. Keine Minute zu spät, stellte ich fest, als ich mich an der Tür des Heiders noch einmal umschaute. Max lief gerade die Straße runter.

In diesem Augenblick beschloss ich, die Gelegenheit nicht vorüberziehen zu lassen. Ich wollte Max nicht einfach so sitzen lassen. Aber ich wollte auch Alfredo und Chris nicht enttäuschen. Ich musste mir etwas einfallen lassen, womit beide Seiten zufrieden waren.

»Juten Morgen, die Herrschaften. Watt kann ick Ihn' bring'n?« Jacqueline stand, den Stift gezückt an unserem Tisch.

»Buenos días, heute wir haben etwas su feiern«, eröffnete Alfredo überschwänglich.

»Ui, hat jemand Jeburtstach von Ihnen?«

»In der Tat«, übernahm Chris die Führung. »Meine liebe Freundin hier. Und deshalb bringen Sie uns zuerst eine Flasche Prosecco. Und bitte nicht wieder fallen lassen.«

Jacqueline quittierte Chris' Bemerkung mit einem gequälten Lächeln, dann sah sie mich an. »Denn gratulier ick ooch.«

Ich bekam das alles nur am Rande mit, denn ich grübelte über einem sinnvollen Plan. Ich schaute auf die Uhr. Es war bereits drei viertel zehn. Es war höchste Zeit, sich kurz zu verabschieden.

»Ja danke«, sagte ich abgelenkt und stand auf. »Ich muss mal eben schnell wohin. Ich hab da was Wichtiges vergessen.«

»Wo willste denn jetzt hin, Benita? Wir wollen doch anstoßen« Chris war sichtlich irritiert und Alfredo schaute mich nur an.

»Es dauert nicht lange, ich bin in zehn Minuten wieder hier. Ich verspreche es.« Ohne weiter auf die beiden zu achten eilte ich zum Ausgang.

Gott Benita, du fühlst dich wie eine Irre auf. Was tust du hier eigentlich? Das ist doch bescheuert! Was treibt dich zu diesem Kerl?

Und dennoch setzte ich mich in Bewegung, eilte auf die andere Straßenseite in Richtung Bäckerei. Ich sah durch die Scheibe. Ganz hinten in der Ecke saß er und blätterte in einer Zeitung. Mein Herzschlag beschleunigte sich, als die Türglocke über mir ertönte. Max schaute auf, sah mich und lächelte.

Oh Gott, ich bekomme sicher gleich hektische Flecken im Gesicht. Oder noch schlimmer, ich falle in Ohnmacht. Okay, beruhige dich. Er ist nur ein Kerl. Der will eh nix von dir. Oder doch? Ganz kurz, nur eben Hallo sagen und dann verschwindest du wieder. Du erklärst ihm, dass du eigentlich gar keine Zeit hast, ihn aber nicht vor den Kopf stoßen wolltest. Und bleib cool, Benita.

Die stummen Selbstgespräche beruhigten mich zwar nicht wirklich, aber sie halfen mir, wenigstens im Geiste das auszusprechen, was in mir vorging, wann immer ich diesem Kerl über den Weg lief.

Okay, ich atmete tief ein und ging zu ihm hinüber.

»Hallo«, sagte er locker und schob mir einen Stuhl entgegen. Ansonsten keine Gefühlsregung, nicht das geringste Anzeichen dafür, dass er sich freute, mich zu sehen.

Oh Mann, dachte ich, der Typ ist so cool, hinter dem schneit's.

Ich wollte mir auf gar keinen Fall anmerken lassen, dass ich völlig durch den Wind war. Also sagte ich so cool ich es vermochte: »Ich hab nicht sehr viel Zeit. Muss gleich wieder los, aber ich wollte schnell noch Hallo sagen.« Meine Hände trieften, deshalb verzichtete ich darauf, ihm die Hand zu reichen.

»Haste wenigstens noch Zeit für 'n schnellen Kaffee?«

Mein Herz raste. Ich schaute auf meine Uhr und sagte rasch: »Ein Kaffee geht wohl.«

»Können wir zwei Tassen Kaffee bekommen?«, rief er zum Verkaufstresen hinüber, vor dem einige Leute standen und wohl ihre Brötchen kaufen wollten.

»Momentchen noch, geht gleich los«, sagte der junge Mann freundlich. Er war sicher nicht älter als siebzehn und sah lässig aus mit seiner schief sitzenden Bäckermütze. Der Knabe ist mir vorhin gar nicht aufgefallen. Hatte er mich womöglich gesehen? Und was die dringendere Frage war: Würde er mich wiedererkennen? Oh Gott, ich fühlte mich plötzlich gar nicht gut, als ich ihn mit dem Tablett kommen sah.

»Na wieder da? Was vergessen?«, fragte er mich und lachte.

Ich lächelte gequält und dachte: Junge, halt die Klappe und stell den Kaffee ab. Vielleicht sollte ich besser einen Kamillentee bestellen. Ich spürte, wie mir das Blut in den Kopf schoss. Max schaute mich fragend an. Ich rang nach Worten. Okay, der Junge schnallte allem Anschein nach, wie superpeinlich mir das war.

»Kann ich sonst noch was tun?« Er grinste frech.

»Danke, wir haben alles«, erwiderte Max und ich sah, wie er dem Jungen einen leichten Tritt ins Schienbein verpasste.

Aha, doch 'ne Regung, auch wenn ich sie nicht wirklich deuten konnte.

»Oliver, der Sohn des Bäckers. Ist noch grün hinter den Ohren, aber ein netter Kerl. Und was haben Sie noch vor, dass Sie es so eilig haben?«

Er ging zum Glück nicht weiter auf die Bemerkung des Jungen ein, was mir sehr recht war. Ich saß nur da, konnte nichts sagen oder denken.

Max stupste mich sachte an die Schulter. »Jemand zu Hause?«

»Wie? Oh, ich habe Besuch aus Spanien bekommen. Ein alter Bekannter. Um den muss ich mich kümmern.« Das zumindest war nicht gelogen. »Wollen wir nicht du sagen?«, platzte ich heraus und kam mir im nächsten Moment total blöde vor. Machte sich mein Alter jetzt schon bemerkbar? Bot ich ihm das Du an, weil ich die Ältere war?

»Von mir aus. Ist lockerer und ich hab dann nicht das Gefühl uralt zu sein.« Er hob seine Tasse an. »Max.«

Er und alt. Was sollte ich denn sagen?

»Benita«, erwiderte ich, dann besiegelten wir das Du, indem wir mit Kaffee anstießen.

Ob ich ihn nach seinem Alter fragen kann? Nee, lieber nicht. Okay, bei einer Frau verkneift man sich das, aber er war ja keine Frau. »Uralt, ich bitte dich. Du bist doch sicher noch keine fünfundzwanzig.« Ich versuchte, so unbefangen wie möglich zu klingen.

»Dreiundzwanzig, um genau zu sein. Ich schreite also schnurstracks auf die Dreißig zu. Noch sieben glückliche Jahre, dann ist es vorbei. Und du?«

Dreiundzwanzig, ich werd bekloppt, dachte ich. Was sollte ich tun? Ihm die Wahrheit sagen? Dass ich gerade heute meinen dreißigsten Geburtstag feierte? Ihn anlügen und mich jünger machen?

Letzteres war keine gute Idee. Es würde eh irgendwann rauskommen, also beschloss ich, ihm die Wahrheit zu sagen. Warum auch nicht? Schließlich bist du ja nicht so sehr an ihm interessiert. Du hast einen Rechtsanwalt an der Angel, der in den besten Jahren ist, und Samstag werden wir einen netten Tag miteinander verbringen und uns näher kennenlernen.

Bevor ich mir eine Antwort zurechtlegen konnte, klingelte mein Handy. Chris! Meine Rettung!

»Ups, sorry, da muss ich eben rangehen.«

Chris rieb mir unter die Nase, dass zehn Minuten längst vorbei waren und wollte wissen, wo ich steckte. Ich versprach ihm, gleich zurück zu sein und ließ das Handy zurück in die Tasche gleiten.

»Bist ja echt im Stress, was?«

»Hör zu, Max. Ich muss wieder los, aber ich würde das gern an einem anderen Tag fortsetzen.« Ich stürzte meinen Kaffee runter und kramte meine Geldbörse hervor.

»Aber nur, wenn du mir versprichst, dann die anderen Termine abzusagen. Lass stecken, der Kaffee geht auf mich.«

Zu blöde aber auch, dass gerade heute Alfredo ankommen musste.

»Sei nicht sauer, ich mach das wieder gut.«

»Bin ich nicht«, versicherte er und schob mir eine Visitenkarte rüber.

»Verlier die Nummer nicht wieder.«

»Versprochen.« Ich eilte zur Tür hinaus und traf keine drei Minuten später im Heider ein.

»Find echt nicht okay, dass du uns hier so warten lässt, Benita.« Chris war sauer und das zu Recht.

Fast eine halbe Stunde hatte ich mir mit Max gegönnt, aber das war es mir wert. »Tut mir leid, Männer. Jetzt bin ich hier und bleibe auch.« Ich hob mein Glas an. »Auf euch und schön, dass du da bist, Alfredo.« Ich machte einen Schmollmund und schaute zu Chris.

»Happy Birthday, Engelchen.«

»Ja, salute Benita«, prostete Alfredo mir zu.

Um mich von meinen Gedanken an die Begegnung mit Max und den gerade aufkeimenden Gefühlen abzulenken, erinnerte ich meinen besten Freund an die zweite Überraschung, die er mir vorhin versprochen hatte.

»Neugierchen. Kannst es wohl nicht abwarten, was?«

»Komm schon, lass mich nicht so schmoren.«

»Doch, du wirst schmoren«, erwiderte Chris erbarmungslos.

»Dann verrat mir wenigstens, ob Chris oder Christin mich überrascht«, bettelte ich und Chris ließ sich erweichen.

»Christin.«

Nun war es an der Zeit, Alfredo über Chris' »Doppelleben« aufzuklären, der erstaunlicherweise nicht im Mindesten geschockt schien. Während wir gemeinsam unser Traummann-Ding schilderten, bemerkte ich bei den Erzählungen über die Villa Burgheim und besonders bei Holgers Erwähnung etwas Wehmut in Chris' Blick. Auch Alfredo schien es nicht verborgen zu bleiben, denn er sprach Chris ungeniert darauf an. »Sag, isse er auch bujarrón?«

Chris' Gesicht glich einem Fragezeichen und ich erklärte ihm, dass das »schwul« bedeutete.

Chris schaute etwas erschrocken, aber ihm wurde auch klar, dass er sich und seine Gefühle unbeabsichtigt verraten hatte und Ausreden nichts mehr brachten. »Wir wissen doch gar nicht, ob Holger überhaupt schwul ist«, warf Chris ein.

Ich legte die Hand beruhigend auf seinem Arm. »Ich hab 'ne Antenne dafür, ob jemand schwul ist und der gute Holger ist so warm, der würde glatt als Ofen durchgehen«, bestätigte ich und musste an das übertriebene Getue von Holger denken.

»Du ihm müssen sagen, was du fühlen.« Alfredo dachte kurz nach und fand dann die ideale Lösung: »Du müssen anrufen!«

Erschrocken schaute Chris zu mir.

»Nein, nein, vergiss es«, winkte ich ab. »Ich rufe nicht für dich an. Hast du auch nicht für mich getan. Außerdem nimmt bei meinem Glück Viktor den Hörer ab, darauf kann ich gerne verzich…« In diesem Moment wurde mir klar, dass ich nun auch die Geschichte mit Viktor preisgeben müsste, die Chris und ich im stillen Einvernehmen bei unseren Erzählungen ausgelassen hatten.

»Wer isse jetzt Viktor? Isse auch von die andere Ufer?«

»Viktor ist ihr One-Night-Stand.« Jetzt, wo Chris die Aufmerksamkeit wieder auf mich legen konnte, hielt ihn offenbar nichts mehr zurück, irgendetwas zu verheimlichen.

»Chris!«, fauchte ich wütend und wandte mich an meinen spanischen Freund. »Alfredo, ich kann das erklären …«

»Isse schon gut, Benita. Nur Zicki Zacki ohne Liebe, habe ich auch schon gemacht. An andere Morgen, man geht zu Hause und gut.«

Ich war baff. Dass Alfredo ein Charmeur war, wusste ich, aber das …! Ob er und meine Mutter …? Ich verscheuchte den Gedanken ganz schnell aus meinem Kopf. Es ging mich auch nicht das Geringste an, was Alfredo und meine Mutter trieben.

»Hast du Holgers Nummer?«, fragte ich Chris. Ihm war bewusst, dass Alfredo und ich jetzt nicht locker ließen. Also nickte er stumm.

»Ja dann, ruf ihn an und schenk ihm reinen Wein ein. Verabrede dich mit ihm. Du kannst doch so einen leckeren Burschen nicht hängen lassen? Mach einen Termin nächste Woche, denn heute und morgen hast du keine Zeit.« Ich freute mich tierisch, dass ich es Chris mit gleicher Münze zurückzahlen konnte.

Alfredo schaute mich verwirrt an und ich brachte Licht ins Dunkel: »Genauso hat der gute Chris das die letzten Tage mit mir gemacht.«

Chris holte sein Handy hervor, warf mir einen vernichtenden Blick zu und verabredete sich mit Holger für den kommenden Montag.

Ich hob den Daumen. »Na siehste, war doch nicht schlimm oder?«

»Olle Zicke.«

»Selber Zicke ...«, gab ich zurück.

»Tja, ist wohl was dran an dem Spruch, dass hinter jedem Schwulen eine wirklich starke Frau steht.« Chris war zwar eingeschnappt, aber trotz allem einsichtig.

Alfredo und ich mussten lachen.

»Ah ja, und wie erkennt man das? Ich mein, das mit der starken Frau?«, wollte ich wissen.

»Daran, dass diese hochsensiblen, teils depressiven, intelligenten, mimosenhaften, extrovertierten Schöngeister anderenfalls gar nicht aus dem Quark kommen würden. Ups, schon so spät. Jacqueline, Liebes, könnten wir zahlen?«

»Ick komm sofort.« Sie druckte den Bon aus der Kasse und kam an unseren Tisch.

»Ich will zahlen, todo«, sagte Alfredo.

Chris steckte seine Brieftasche wieder ein.

»Todo heißt allet«, erklärte Jacqueline zu meiner Überraschung. »Kenn 98 ick aus'm Spanienurlaub von letztes Jahr.« Sie grinste stolz und stand da, als ob sie jetzt eine Benotung erwartete. »Aba Peseten nehm wa nich.«

Ich warf Jacqueline einen strengen Blick zu und klärte sie auf: »Die gibt es auch nicht mehr seit der Euroeinführung.«

»Ick weeß doch. Ick wollt nur 'n Scherz machen. Dett macht dann siemunvierzig fuffzich.« Sie schob Alfredo die Rechnung rüber. »Soll ick noch 'n Stempel druff tun?«

»No gracias.«

Jacqueline verabschiedete sich und verschwand wieder hinter der Theke.

»Mucho temperamental, diese Jacqueline.« Alfredo glotzte ihr beim Hinausgehen auf den Hintern.

»Etwas vulgär bisweilen, aber sonst ganz nett«, ergänzte Chris.

Wir brachten Alfredo zu meiner Mutter, die es sich natürlich nicht nehmen ließ, uns alle zum Mittagessen bei sich behalten zu wollen. Und sie gab sich alle Mühe, denn schon unten im Treppenhaus konnten wir leckeren Rotkohl riechen.

»Alles Liebe zu deinem Geburtstag, mein Schatz. Ich habe extra Rouladen gemacht. Die magst du doch so gern, Benilein.«

Alfredo schob sich an mir vorbei. »Bella Donna, Monika.« Freudig zog er meine Mutter in seine Arme.

»Alfredo!« Etwas peinlich berührt löste sie sich rasch aus seiner Umarmung. Eine derart stürmische Begrüßung war ihr in unserer Anwesenheit wohl doch etwas unangenehm. Aber ihr Gesicht sprach Bände.

Chris bekam ein Hallo und sie bat uns herein. »Ich freue mich, dass ihr da seid.«

Sie hatte alles schon vorbereitet. Der Tisch war gedeckt, sogar 'ne Geburtstagstorte stand in der Küche.

»Wir haben eben erst gefrühstückt, Mama.«

»Na, die Rouladen sind eh noch nicht so weit. Setzt euch. Wollt ihr was trinken? Chris, bist du so lieb und machst den Sekt auf?«

»Aber klar.« Chris öffnete die Flasche und goss unsere Gläser voll.

Kaum dass sie saß, stand meine Mutter wieder auf. »Liebe Benita, ich wünsch dir nochmals alles Liebe zu deinem Geburtstag. Ich hab dich furchtbar lieb. Hier ist eine kleine Aufmerksamkeit von mir.« Sie prostete mir zu und übergab mir einen Umschlag.

»Mama, das sollst du doch nicht.«

»Aber Beni, man feiert schließlich nicht alle Tage einen runden Geburtstag.«

Ich war ihr sehr dankbar, dass sie die ominöse Zahl nicht nannte. »Ja, ja schon gut, Mama. Dankeschön.« Ich riss den Umschlag auf, doch was ich sah, verhagelte mir die Vorfreude auf die Rouladen. Es war ein Gutschein … Aber nicht irgendeiner, nein, meine Mutter schenkte mir einen Gutschein für zwei Personen für ein Wellnesswochenende in der Villa Burgheim.

Chris schaute mir über die Schulter und lachte. »Verwöhnprogramm, die Zweite.«

»Schweig still!« Ich konnte mir denken, von wem meine Mutter den Wink bekommen hatte.

Sein Lachen verstummte schlagartig. »Ich bin unschuldig. Ich schwöre.«

»Stimmt was nicht, Benita? Ich dachte, du solltest es dir mal richtig gut gehen und dich verwöhnen lassen.«

»Oh, das aber eine gute Geschenke iss. So gehaltvoll? Sagt man so in deutsche Sprache?« Alfredo tat so, als wisse er von nichts, was ich ihm hoch anrechnete.

»Was du meintest, ist geschmackvoll, Alfredo«, verbesserte ihn meine Mutter liebevoll.

Nie wieder würde ich auch nur einen Fuß in diesen Wellnesstempel setzten. Nichts war für mich so sicher wie das. Ich wollte meine Mutter nicht enttäuschen, sie wusste nichts davon, dass ich schon einmal in den Wellnessgenuss der Villa Burgheim gekommen war.

»Wow, Wellness ... danke Mama. Was für 'ne gute Idee.«

»Ja, nicht. Ich habe da neulich beim Frisör so einen Flyer von der Villa gesehen und ich dachte sofort an dich.«

Ich ließ den Umschlag in meine Tasche gleiten und nahm mir fest vor, das Teil im Internet zu versteigern.

Dann schoss meine Mutter den nächsten Vogel ab, als sie geradeheraus fragte: »Was macht das Männerchecken, Beni?«

Ich war platt. So was aus ihrem Munde hätte ich nun wirklich nicht erwartet.

»Jetzt guck nicht so entgeistert. So hast du es doch genannt. Hast du schon eine Verabredung mit deinem Rechtsanwalt?«

»Wir treffen uns am Samstag«, nahm Chris meine Antwort vorweg, bevor ich intervenieren konnte.

Meine Mutter schaute etwas verwirrt drein. Auch Alfredo, dem es ein wenig schwerfiel der Unterhaltung zu folgen, fragte nach: »Chris, du gehen mit Benita?«

Ich rutschte ein Stück nach vorn. »Warte mal, Alfredo, ich muss das erklären.« Offenbar machte es bei Alfredo nicht klick, obwohl er ja inzwischen wusste, dass es auch Christin gab. Aber vielleicht war das auch gut so. »Wir, also Chris und ich, glauben, dass es gut wäre, wenn beim ersten Date ein Freund dabei ist. So als Außenstehender. Er hat ein besseres Urteilsvermögen. Chris hat den nötigen Abstand, versteht ihr? Ich bin doch eh viel zu nervös. Mama, du kennst mich. Ich werde hibbelig, schmeiße vielleicht noch ein Glas um, oder so. Mit Chris an meiner Seite fühle ich mich sicherer.« Oh Gott, wieso verteidigte ich mich eigentlich hier? War doch unsere Sache.

Meine Mutter schaute noch immer irritiert, aber Alfredo nicht mehr. »Isse gute Idee. Christoph isse starker Freund, weiß Anwalt gleich, dass musse er ein Gentleman sein.«

Ich war mir nicht sicher, ob er mittlerweile an Christin dachte und meine Mutter damit verschonen wollte oder ob er es tatsächlich so meinte. Aber beides war egal, Hauptsache, ich musste das nicht weiter ausführen.

»Ihr müsst wissen, was ihr tut. Vielleicht ist es gar nicht mal eine so schlechte Idee.« Sie lächelte wohlwollend zu Chris hinüber.

Tja, wenn sie auch nur den Hauch einer Ahnung gehabt hätte, dass Chris mich als Christin begleitete, dann hätte die Unterhaltung ganz sicher einen anderen Verlauf genommen. Auch wenn ich meine Mutter sehr lieb hatte, so war es besser, sie nicht in alle Dinge meines Lebens einzuweihen.

Das Essen war göttlich und die Gespräche etwas weniger anstrengend.

»Monika, du seien eine fantastisse Koch. War fast so gut wie Paella«, schwärmte Alfredo, nachdem er den letzten Bissen hinunter geschluckt hatte.

»Ja, es war köstlich. Gute alte Hausmannskost ist eher selten bei mir.« Chris lehnte sich zufrieden zurück.

Ich half meiner Mutter beim Tisch abdecken und Geschirr in die Spülmaschine stellen.

»Sag mal, Benilein«, begann meine Mutter, während sie Besteck in den Korb sortierte. »Ich weiß ja, dass Christoph, na du weißt schon … Aber meinst du nicht, dass du vielleicht … ihr kennt euch doch jetzt schon so lange.«

»Mama, hör auf damit! Schlag dir das aus dem Kopf. Homosexualität ist nichts, was man einfach an- und abschalten kann, wie man es gerade braucht. Wann kapierst du das endlich? Chris ist so geboren. Er steht nicht auf Frauen. Und selbst wenn, ich würde für nichts im Leben auf seine Freundschaft verzichten wollen. Es ist perfekt, so wie es ist.«

»Ist ja schon gut. Ich hab's verstanden. Erzählst du mir dann nächste Woche, wie das Treffen mit dem Anwalt war?«

»Mal sehen.«

Als die Maschine summte, gingen wir wieder ins Wohnzimmer. Alfredo und Chris hatten es sich auf dem Sofa gemütlich gemacht, tranken Grappa und schauten sich die Urlaubsbilder des letzten Jahres an.

»Also, wenn ich das so sehe, dann solltest du keine Zeit mehr hier in Deutschland vergeuden und mit Alfredo gehen«, riet Chris meiner Mutter.

Alfredo sah sie erwartungsvoll an. »Bella Donna, Monika, es wäre große Ehre für mich, wenn du mit mir kommen nach España. Du kennen meine große Finka, gleich an die Mare, könnten wir sitzen abends auf die Terrasse und schauen, wie Sonne untergeht.«

Mama ignorierte Alfredos liebe Worte und fragte stattdessen fast geschäftstüchtig: »Wolltest du nicht Benita ein paar Adressen von Agenturen geben?«

Das war wieder so typisch für meine Mutter. Immer ein kleines Ablenkungsmanöver parat.

Alfredo schien kurz wie vor den Kopf gestoßen, aber er fasste sich schnell wieder. Offenbar war das nicht das erste Mal, dass sie ihn so rüde hat abblitzen lassen. »Muss ich schauen. Hab ich Papier in meine Koffer. Wenn ich fahre in Hotel, dann ich dir geben, Benita. Und ich habe gemacht Empfehlung, falls du brauchen.«

»Das ist furchtbar lieb von dir. Eilt ja nicht. Du bist doch noch ein paar Tage hier, oder.«

»Mittwoch ich fliege schon wieder zuruck. Habe ich Termin mit Maklerin.«

»Willst du etwa dein Haus verkaufen?« Meine Mutter konnte nicht verbergen, dass sie doch etwas erschrocken war. Na hoffentlich begriff sie bald, dass Alfredo das Beste war, was ihr im Leben passieren konnte.

»Nada, ich wille kaufen noch eine Haus dazu. Habe ich gesehen auf La Gomera. War ich letzte Monat dort und habe ich mich verliebt in die wunderbare Lorbeerwald. Isse größte Lorbeerwald von die Erde. Will ich kaufen Bananenplantage auf La Gomera und dort verbringen Lebensabend. Isse für mich schönste Ort der Welt. Dort ich möchte sein, wenn letzte Stunde gekommen.«

»Das klingt traumhaft Alfredo«, bestärkte ich ihn.

»Was redest du denn da, Alfredo. Bananenplantage. Was wird aus deiner Finka auf Teneriffa?«

»Werde ich vermieten. Habe ich mich entschlossen zu tun, basta.«

»Ich finde, das ist eine gute Idee.« Chris schenkte noch mal die Gläser voll. »Eine Bananenplantage in einem Märchenland. Das hat was. Wir kommen dich dann einmal im Jahr besuchen und helfen bei der Bananenernte.«

Chris und Alfredo stießen an.

»Abgemacht.« Alfredo lachte fröhlich und leerte sein Glas in einem Zug.

Ich beobachtete meine Mutter und ahnte, dass sie doch darüber grübelte, sich Alfredo anzuschließen. Ich wusste, wie sehr sie Spanien liebte. Die Menschen, das Flair, die Lebensweise und vor allem das Klima. Ich war mir sicher, es brauchte nur noch einen kleinen Schubs.

»Wir lassen euch zwei jetzt allein. Chris und ich wollen heute noch los, meinen Geburtstag feiern. Mama, dass Essen war spitze wie immer und danke für den Umschlag.« Mir war zwar immer noch nicht nach Feiern zumute, aber ich wusste, dass ich Chris heute nicht entkam. »Alfredo, wir sehen uns noch, bevor du wieder fliegst. Kümmere dich so lange um Mama. Ich ruf dich an.«

»Bis bald, bella Donna. Mama isse gut bei mir gehoben.«

Meine Mutter knuffte Alfredo in die Seite. »Aufgehoben, heißt das, Alfredo. Du solltest wirklich an deinem Deutsch arbeiten.«

»Für die Liebe, ich brauche nicht reden. Sprechen Herz.«

Ach, er war ja so süß, der gute Alfredo, und ich hoffte, dass meine Mutter ihn bald erhören würde. Wir verabschiedeten uns von den beiden und gingen.

»Was liegt heute Abend an, Christin?« Ich parkte vor Chris' Haus.

»Wir zwei machen heute mal was ganz Abgefahrenes und gehen auf eine Szeneparty.«

»Okay und wo?«

»Das siehst du dann nachher. Nur so viel, legere Kleidung ist angesagt. Alles ganz normale Leute. Ich hol dich gegen acht ab.« Er küsste mich auf die Stirn und stieg aus.

Nachdem ich ein ausgiebiges Bad genommen hatte, machte ich mich ein wenig zurecht. Ich entschied mich für Jeans, eine Bluse dazu – fertig. Es sollten ja nur normale Leute dort sein.

Pünktlich acht Uhr stand Chris, oder besser Christin vor meiner Tür. Er hatte sich wieder für das schicke Etuikleid entschieden, dass er schon bei der Vernissage getragen hatte.

»Sagtest du nicht legere Kleidung?«

»Ich konnte auf die Schnelle nichts anderes auftreiben und dies hier passt ganz gut zum Anlass. Lass uns gehen, das Taxi wartet.«

Die Party fand außerhalb der Stadt kurz vor Brandenburg in einer privaten Wohnung statt. Als wir eintraten, verschlug es mir nicht nur fast die Sprache, sondern auch den Atem. Die Wohnung bestand quasi nur aus zwei Räumen. Eine Küche, die man betrat, wenn man durch die Wohnungstür kam, und dahinter ein Wohnzimmer, in dem die Leute wie wild zu Technomusik zappelten und aus Pappbechern wahrscheinlich irgendwelche Alkopops tranken. Und wer weiß, was die sonst noch intus hatten. Ich schätzte das Durchschnittsalter auf etwa fünfundzwanzig, keinesfalls höher. Die Technomucke dröhnte in meinem Kopf, dass ich kaum mein eigenes Wort verstand.

»Na los, geht rein! Ihr versperrt den Weg.«

Eine junge Frau drückte jedem einen Becher in die Hand und schob uns ins Wohnzimmer. Ich nippte daran. Bäh ... elendig süß. Das war sicher der Stoff, der hier alle so abgehen ließ.

Was zum Henker sollte das? Ich konnte mir beim besten Willen nicht vorstellen, dass Chris absichtlich so ein abgefahrenes Spektakel für meinen Geburtstag ersonnen hatte. Klar, er war bisweilen schon ein bissel irre, aber so etwas? Sicher hatte er sich in der Adresse geirrt.

»Das ist nicht dein Ernst, Chris«, war alles, was ich sagen oder vielmehr brüllen konnte und steuerte sofort wieder in Richtung Ausgang.

Chris schaute nicht minder verwirrt. »Benita, jetzt warte. Ich hatte keine Ahnung, die Einladung stammt von Thomas, dem Künstler der Vernissage. Du weißt doch, ich hatte lange mit ihm geplaudert, als du mit dem Anwalt auf der Terrasse warst.« Chris blickte sich um. »Hm, ich kann ihn gerade nirgends entdecken. Siehst du ihn?«

»Nein, und es ist mir auch egal, wo er ist. Ich muss hier raus, bevor ich ersticke.«

»Wir sind ganz sicher falsch hier.« Chris kramte die Einladungen aus seiner Tasche. »Entschuldigung, ist das hier Haus Nummer 18?«, fragte er eine junge Frau, die sich gerade ein Bier zapfte.

»Nee, Nummer 18 ist gegenüber. Hier ist 21.«

»Na klasse. Sorry Benita, wir sind im falschen Haus. Los lass uns abhauen.«

»Na super. Ich dachte schon, das wären deine neuen Freunde.«

Als wir uns zum Ausgang drängen wollten, spürte ich eine Hand an meinem Arm, die mich am Fortkommen hinderte.

»He, willste schon gehen? Bist doch eben erst gekommen. Soll ich dir 'nen Kick besorgen?« Der Typ hatte lange Rastalocken, eine zerschlissene Jeans und roch, als würde er das Wort Dusche nur vom Hörensagen kennen. Und er war betrunken oder sonst wie high. Mir schwante Böses.

»Nein danke, ich muss los. Würden Sie mich loslassen, bitte!« Ich suchte nach Chris. Ich wollte so schnell wie es ging hier raus.

In diesem Moment schrie jemand: »Die Bullen!« Und dann brach allgemeine Hektik aus. Die Leute schoben sich in die Küche. Ich spürte ein Ziehen und Zerren. Um ein Haar hätte ich meine Tasche fallen lassen, weil so ein Idiot daran riss wie ein Berserker. Zum Glück konnte ich sie aber an mich pressen. Ich sah einige, die durchs Küchenfenster in den Hinterhof sprangen.

»Chris«, schrie ich im Gedränge, konnte ihn aber nirgends entdecken. Doch dann packte er mich und zog mich zum Fenster.

»Los komm.«

Ich schaute nach unten. »Bist du irre? Wir sind im ersten Stock. Ich brech mir doch nicht alle Gräten. Außerdem hab ich nix zu verbergen, also muss ich auch nicht abhauen wie ein Verbrecher.«

Noch ehe wir anders reagieren konnten, verstummte die Musik und das Licht ging an. Zwei Beamte hatten sich vor der Küchentür postiert und ließen niemanden raus.

»Bitte bewahren sie Ruhe, Herrschaften, und begeben Sie sich wieder in das Wohnzimmer!«, rief einer der Polizisten und schob die Leute aus der Küche. Weitere Beamten, darunter auch Frauen, sowie eine Hundestaffel betraten die Wohnung. Ich kam mir vor wie in einem billigen Hollywood-Streifen.

»Gut, die werden für Ordnung sorgen«, sagte ich zu Chris und steuerte auf einen der beiden Polizisten an der Küchentür zu.

»Mein Name ist Benita Duehr und das ist mein Bekannter Christoph Köster. Wir sind versehentlich hier reingeraten.« Ich war mir absolut sicher, dass sich die Sache ganz flott klären ließ und wir dann schnell nach Hause konnten.

Chris zuppelte an meinem Ärmel. »Benita, nicht!«

»Lass doch, Chris. Wir haben nichts getan, außer uns im Haus geirrt zu haben. Er wird das verstehen.«

Skeptisch musterte der Beamte erst mich, dann Chris. Dann zog er eine Augenbraue nach oben. »So, Ihr Freund Christoph, ja?«

»Nein, Sie verstehen das falsch.«

Handschellen klickten und ich kam mir wie ein Schwerverbrecher vor. Ich konnte das alles gar nicht recht einordnen, so schnell passierten mehrere Dinge in kurzer Abfolge. Wir wurden alle in Polizeifahrzeuge verfrachtet und dann auf das Revier gebracht. Man legte mir meine Tasche vor. Als Erstes wurde mein Geld gezählt und sämtliche Sachen aufgeschrieben, die ich dabei hatte. Worum es genau ging, sagte man mir nicht. Ich wüsste sehr wohl, was ich falsch gemacht hätte, hieß es nur. Ein Haftrichter würde morgen entscheiden, wie es weiterginge.

Ich glaubte, mich verhört zu haben. »Haftrichter? Hey, das muss ein Irrtum sein. Vielleicht sollten Sie sich besser um die kümmern, die ganz offensichtlich straffällig geworden sind, anstatt unbescholtene Bürger zu ängstigen.«

»Seien Sie jetzt still und gehen Sie da rein!« Die Polizistin schob mich in einen Raum, in dem nur eine Liege, ein Stuhl und ein Tisch standen. Hier sollte ich mich komplett ausziehen.

»Das können Sie nicht von mir verlangen.«

Sie zog sich Gummihandschuhe über. »Glaub mir, Schätzchen, ich kann und ich werde.«

Mir wurde übel. Noch nie bin ich in meinem Leben so gedemütigt worden. Ich war froh, als es vorbei war. Zwei Stunden später fand ich mich in einer Zelle wieder. Ich war verzweifelt. Ich hätte nie geglaubt, dass die Zeit in einer Gefängniszelle so langsam verging. Wie würde es erst sein, wenn man zu mehreren Jahren verurteilt wurde? Ich konnte nicht aufhören zu heulen. Dabei wusste ich doch, dass ich nichts verbrochen hatte. In den Medien wurde allerdings oft von Leuten berichtet, die ganz unschuldig weggesperrt und erst nach Jahren rehabilitiert wurden. Ich hatte Angst, dass mir so etwas auch passieren würde.

Erst nach einer schier endlosen Wartezeit hörte ich einen Schlüssel in der Zellentür.

»Frau Duehr, kommen Sie bitte mit.«

Man legte mir erneut Handschellen an. Zwei Beamtinnen brachten mich in ein Büro und setzten mich an einen Schreibtisch.

»Die Kollegin, die Ihre Aussage protokollieren wird, ist gleich bei Ihnen.«

In diesem Moment sprang die gegenüberliegende Tür auf und eine andere Beamtin mit hochrotem Kopf verkündete, dass doch bitte ein männlicher Kollege die Leibesvisitation dieses Tatverdächtigen beenden möge. Ich konnte einen Blick in den Raum erhaschen und sah Chris, der mit angespannter Mine auf einem Stuhl saß. Ich sah zu ihm hinüber, wollte etwas rüber rufen, doch meine Kehle war wie verschnürt. Ich war sauer auf ihn, und das, obwohl auch er unschuldig in diesem Schlamassel steckte. Aber er hatte mich quasi gegen meinen ausdrücklichen Willen zu dieser Party geschleppt. Ich wollte überhaupt nicht feiern. Etwas ganz Abgefahrenes, hatte er gesagt. Ja, abgefahren war das Ganze hier. So abgefahren, dass wir im Knast landeten. Schließlich sah ich zu, wie er von zwei männlichen Beamten hinausgeführt wurde.

»Benita, es tut mir leid«, rief er im Vorbeigehen durch die Tür.

Ich antwortete nicht.

Das war vorerst das letzte Mal, dass ich Chris sah. Sie brachten ihn weg und ich wusste nicht wohin. Er war leichenblass. Mir war schlecht und ich begann, erneut zu heulen.

Schließlich kam eine Beamtin und setzte sich mir gegenüber. Sie war riesengroß und wog ganz sicher hundertsechzig Kilo. Streng blickte sie mich durch ihre Hornbrille an. »Polizeihauptkommissarin Jongler«, sagte sie in tiefem Bariton, was mich nicht verwunderte bei ihrer Statur.

»Ich hab nix getan. Und mit der Polizei hatte ich, bis auf ein paar Knöllchen auch noch nichts zu tun«, versuchte ich, der finster dreinblickenden, dicken Beamtin meine Unschuld glaubhaft klar zu machen. »Warum halten Sie mich hier fest?«

»Weil Sie ein Tütchen mit vielen blauen Tabletten in Ihrer Handtasche umhertrugen, Gnädigste. Und wir reden hier nicht von zwei oder drei dieser high-machenden Bonbons.« Sie beugte sich etwas vor. »Wenn Sie eine verdammte Dealerin sind, dann werde ich das herausfinden.«

»Dealerin? Das ist doch lächerlich.« Ich wollte eine abwehrende Geste machen, aber die Handschellen hinderten mich daran, also nahm ich die Hände wieder runter. »Diese Dinger hat mir ganz offensichtlich jemand von den Chaoten in die Tasche geworfen, als die Polizei die Wohnung stürmte.«

Die Handschellen waren stramm um meine Handgelenke gelegt. Diese Dinger drückten und ich hatte schon rote Striemen, die sehr schmerzten.

»Könnten Sie mir die bitte abnehmen? Die schnüren mir das Blut ab.« Ich hielt ihr meine Hände hin.

Die Beamtin holte einen kleinen Schlüssel hervor. »Sie versprechen mir, brav zu sein?«

Ich nickte und sie befreite mich von den Fesseln. »Ich hab nichts verbrochen. Ich kann mir nicht erklären, wie die Tabletten in meine Tasche gekommen sind. Bitte glauben Sie mir. Irgendwer muss sie mir im Gedränge in die Tasche getan haben«, wiederholte ich schluchzend.

Sie hob eine Augenbraue und klickte in ihrem Rechner umher. »Sie heißen Benita Duehr?«

»Ja.«

»Geburtsdatum und Ort.«

»19. September 1978 in Potsdam.«

Sie schaute auf. »Na dann herzlichen Glückwunsch nachträglich. Da haben Sie sich ja ein hübsches Geschenk gemacht.«

Ich lächelte gequält.

»Wohnhaft?«

Ich nannte ihr meine Adresse.

Plötzlich schoss mir Patrick in den Kopf. »Ich möchte gern meinen Anwalt sprechen«, sagte ich entschlossen. »Ich darf einen Anruf tätigen. Das ist mein Recht.«

Zumindest hoffte ich das. Wissen tat ich das nicht genau, aber in den Filmen war das immer so. Die Dicke schob sich die Brille auf die Nasenspitze und blickte mich wie eine Professorin über die Gläser hinweg an.

»§136 StPO: Bei Beginn der ersten Vernehmung ist dem Beschuldigten zu eröffnen, welche Tat ihm zur Last gelegt wird und welche Strafvorschriften in Betracht kommen. Das werde ich jetzt tun und Sie hören mir zu.«

Ich nickte.

»Folgender Haftgrund besteht gegen Sie. Es wird Ihnen vorgeworfen, gegen das Betäubungsmittelgesetz im Sinne von §29 verstoßen zu haben. Bei der Durchsuchung Ihrer Tasche wurden mehrere Tabletten einer synthetischen Droge, auch Ecstasy genannt, gefunden. §29 besagt: strafrechtlich zu belangen ist, wer Betäubungsmittel unerlaubt anbaut, herstellt, mit ihnen Handel treibt, sie, ohne Handel zu treiben, einführt, ausführt, veräußert, abgibt, sonst in den Verkehr bringt, erwirbt oder sich in sonstiger Weise verschafft, Betäubungsmittel besitzt, ohne zugleich im Besitz einer schriftlichen Erlaubnis für den Erwerb zu sein. Ich muss Sie darauf hinweisen, dass es Ihnen nach dem Gesetz freisteht, sich zu der Beschuldigung zu äußern oder nicht zur Sache auszusagen. Jetzt dürfen sie Ihren Anwalt anrufen.«

Sie schob mir ein Telefon und eine Packung Kleenex rüber. Allem Anschein nach, war die Dicke wohl doch nicht so gefühlskalt, wie ich dachte.

»Ich müsste vorher in meinem Handy die Nummer nachsehen«, sagte ich kleinlaut.

Ohne mich anzusehen, zog sie eine Schublade auf, holte ein dickes Telefonbuch hervor und knallte es mir vor die Nase. »Sicher wird der Anwalt verzeichnet sein.«

Ich zuckte zusammen und begann mit zittrigen Händen zu blättern, bis ich die Nummer schließlich fand. Es war nach Mitternacht und meine Hoffnung, dass Patrick abnehmen würde, war eher gering bis nicht vorhanden. Ich holte tief Luft, um mich unter Kontrolle zu bekommen. Ich kannte Patrick kaum und nun musste ich ihn um Hilfe bitten. Das würde sicher kein schönes Licht auf meine Person werfen.

Es klingelte. Dann ein Knacken. Gerade wollte ich loslegen … »Hier ist die Anwaltskanzlei Hoffmann. Leider rufen Sie außerhalb unserer Geschäftszeiten an. Unsere Geschäftszeiten sind montags bis mittwochs von acht bis vierzehn und donnerstags bis freitags von vierzehn bis achtzehn Uhr. Wenn Sie eine Nachricht hinterlassen möchten, können Sie das gern nach dem Signalton tun. Geben Sie Ihren Namen und Ihre Nummer an, ich rufe umgehend zurück«, hörte ich seine Stimme vom Band, dann piepste es.

»Hallo Patrick, ich bin es Benita. Ich bräuchte dringend deine Hilfe. Bitte melde dich, sobald du das hörst auf dem Polizeirevier …«, ich schaute die Dicke fragend an.

»Revier Teltow«, sagte sie und zeigte auf die Nummer, die an dem Apparat stand.

»… Revier Teltow«, beendete ich den Satz und las die Nummer ab.

Enttäuscht schob ich ihr das Telefon wieder rüber. »Ist nicht da. Ich hoffe, dass er sich bald meldet.«

»Möchten Sie dennoch aussagen?«

»Ja, ich denke, das möchte ich.« Obwohl ich wusste, dass es in solchen Fällen besser war, erst mit einem Rechtsbeistand zu sprechen. Aber ich hatte mir nichts vorzuwerfen und deshalb war ich gewillt, alle Fragen wahrheitsgemäß zu beantworten.

Nach einer guten Stunde Befragung unterschrieb ich das Protokoll. »Ich nehme nicht an, dass ich jetzt nach Hause darf?«, wagte ich zaghaft zu fragen. Ich war fertig und wollte nur noch in mein Bett, aber das war wohl ein Wunschtraum.

»Ich denke, dass Sie die Nacht bei uns verbringen. Wir haben für Sie ein hübsches Zimmerchen.«

Sie brachten mich zurück in diese Zelle mit der kargen Einrichtung. Außer einem schmalen Bett, einem Stuhl und einem Tisch war der Raum leer. Eine Metalltoilette mit Waschgelegenheit war in einer gekachelten Nische ohne Raumabtrennung montiert. Meine erste und, wie ich inständig hoffte, auch meine einzige Nacht im Gefängnis. Sie war schlaflos und nicht endend wollend. Ab und an döste ich vor Erschöpfung ein, um dann wieder erschrocken hochzufahren. Ich dachte an Chris und wie es ihm wohl ergangen war. Und immer wieder musste ich heulen. Aber was beschwerte ich mich? Noch am Tag davor wollte ich in Selbstmitleid zerfließen. Nun hatte ich die Gelegenheit dazu und ich kostete sie in vollen Zügen aus.

Gegen Morgen, es musste meinem Gefühl nach sechs oder sieben Uhr gewesen sein, hörte ich Schlüsselgeklapper. Die Tür ging auf und eine Beamtin, die ich bisher noch nicht gesehen hatte, trat ein. Sie war jung, aber durchaus Respekt einflößend. Ich musste furchtbar ausgesehen haben, denn sie blickte mich mitleidig an.

»Bitte machen Sie sich etwas frisch, sie haben Besuch«, sagte sie freundlich und reichte mir eine Tüte, in der alles Nötige für eine kurze Morgentoilette eingeschweißt war. Handtuch, Zahnbürste, Becher und Zahncreme.

»Danke. Kann ich nach Hause?« Ein Versuch war's wert.

»Beeilen Sie sich einfach, ich warte hier.«

Okay, dachte ich. Die werden hier sicher ihre klaren Anweisungen haben, dass sie sich auf kein Gespräch einlassen sollen.

Ich hielt eine Katzenwäsche ab, denn ich hoffte, dass Patrick meinen Hilferuf abgehört hatte. Schließlich wurde ich in einen Raum gebracht. Ein einsamer Tisch mit zwei Stühlen war alles, was darin stand.

»Setzen Sie sich dahin!«

Kurze Zeit später kam tatsächlich Patrick herein. Ich hätte vor Glück am liebsten angefangen zu heulen. Ich schaffte es aber, mich zu beherrschen.

»Geben Sie Bescheid, wenn Sie fertig sind. Ich warte vor der Tür.« Die Beamtin verließ den Raum.

»Ich habe meinen AB heute früh abgehört und bin dann so schnell ich konnte hierher gefahren«, sagte er ganz pragmatisch. Kein Lächeln, keine Geste, nichts.

Erst als er mir gegenüber Platz genommen hatte, nahm er meine Hände in seine und lächelte sanft.

Jetzt konnte ich nicht anders und heulte los.

»Ist schon gut, Benita, ich bin ja jetzt da. Ich hol dich hier raus. Die PKH, so eine Wuchtbrumme …« Er schob mir ein Taschentuch rüber und schielte verstohlen zur Tür. »… sagte mir, du hättest deine Aussage bereits gemacht.«

Ich nickte. »Ich wusste mir keinen anderen Rat, Patrick.«

»Warum hast du nicht gewartet?«

»Ich hatte gehofft, nach meiner Aussage gehen zu können. Ich hab mir nichts vorzuwerfen und habe nur wahrheitsgemäß auf ihre Fragen geantwortet.«

»Okay, erzähl mir, was passiert ist. Ich habe deine Akte zwar gelesen, aber ich will es von dir noch einmal hören.«

Bingo, nun hatte ich also eine Akte bei der Polizei. Ich war aktenkundig, wie man so schön zu sagen pflegte. Wenn man selbst betroffen war, klang das alles andere als interessant. »Kannst du das, mich rausholen? Ich meine, du bist doch Anwalt für wirtschaftliche Dinge, oder?«

»Nun, ich denke, dass ich das hinbekommen werde. Vertrau mir einfach.«

Ich war beruhigt zu wissen, dass jemand da war, der auf meiner Seite stand. Auf gar keinen Fall wollte ich, dass meine Mutter etwas davon erfuhr. »Das ist alles ein Missverständnis, Patrick. Du musst mir glauben. Chris und ich wollten auf eine Party. Wir haben uns im Haus geirrt, oder besser Chris tat das. Da waren lauter Durchgeknallte, ich glaub, die waren fast alle high. Bevor wir merkten, was eigentlich los war, und wieder gehen wollten, war auch schon die Polizei im Anmarsch. Plötzlich stoben alle in diese Küche und Einige sprangen aus dem Fenster, um über den Innenhof das Weite zu suchen. Es war ein Gedränge und Geschiebe. Chris wollte auch erst springen. Ich hielt ihn zurück. Wir waren im ersten Stock und hätten uns womöglich alle Knochen gebrochen. Außerdem hatten wir nichts verbrochen, außer dass wir zur falschen Zeit am falschen Ort waren.«

»In dem Protokoll steht, dass du deine Freundin Christoph genannt hast. Aber darauf …«, er sagte das mit einer gewissen Verabscheuung, wie ich fand. »… möchte ich später zurückkommen.«

Die Stunde der Wahrheit war also kommen. Nach der Leibesvisitation wusste man, dass Chris ganz sicher keine Christin war.

»Man hat Christoph bereits gehen lassen. Die Tabletten haben sie in deiner Tasche gefunden.«

»Ich habe mehrfach gesagt, dass man mir die Dinger sicher in dem Gedränge in die Tasche geschmuggelt hat. Ich kann mich an einen Augenblick erinnern, als jemand an meiner Tasche zerrte. Ich konnte sie aber schließlich an mich reißen.«

»Mach dir keine Sorgen. Der Typ, dem das Tütchen gehörte, war letztendlich geständig. Dein Drogentest war negativ und auch auf dem Tütchen selber konnten sie keine Fingerabdrücke von dir nachweisen.«

»Und was heißt das?«

»Dass ich aufgrund der Beweislage durchboxen werde, dass sie keinen Grund haben, dich noch weiter festzuhalten. Es besteht kein dringender Tatverdacht mehr gegen dich sowie keine Fluchtgefahr, Verdunklungsgefahr, Wiederholungsgefahr und so weiter.«

»Ich kann also gehen?«

»Ja, ich denke schon. Ein paar Formalitäten werden sicher noch anfallen, aber ich denke, zu unserem Date wirst du es schaffen.« Jetzt zwinkerte er mir zu und stand auf.

»Patrick, ich weiß gar nicht, wie ich dir danken soll.«

Er schaute mich an. »Vielleicht indem du Christin zu Hause lässt.« Er klopfte an die Tür und drehte sich noch einmal zu mir um. »Ich warte draußen auf dich und dann fahr ich dich nach Hause.«

»Nicht nötig, ich nehm den Bus.« Ich sagte das bewusst, in einem sehr endgültigen Ton.

Ich war mir jetzt nämlich gar nicht mehr so sicher, ob ich ihn überhaupt noch besser kennenlernen wollte. Die ganze Situation war mir schon sehr unangenehm. Andererseits, was erwartete er denn von mir? Immerhin kannte er weder mich noch die Umstände gut genug, um sich ein Urteil zu bilden.

»Gut, wie du meinst, dann bis später. Ach und falls du es dir anders überlegen solltest, sag rechtzeitig Bescheid«, war seine knappe Antwort. Dann wurde die Tür geöffnet und er verschwand ohne einen weiteren Blick.

Nachdem der Papierkram erledigt war, bekam ich meine persönlichen Sachen ausgehändigt und durfte gehen. Zumindest war ich Patrick in diesem Punkt zu Dank verpflichtet. Ich schwor mir, diese Erfahrung musste ich kein zweites Mal machen. Ab sofort würde ich ein noch rechtschaffenerer Bürger dieses Landes werden, als ich es ohnehin schon war. Als Erstes nahm ich mir vor, all meine Knöllchen brav zu zahlen. Was Patrick anging, ja ich wollte ihn treffen an diesem Tag. Okay, ich war wegen der Lass-Christin-zu-Hause-Bemerkung ganz schön angesäuert. Aber woher sollte er auch wissen, warum wir das taten, was wir taten? Ich wollte ihm alles erklären und wenn er dann kein Interesse mehr an meiner Person hatte, dann war das eben so.

Ich rief meinen besten Freund an. »Hi Chris. Alles gut bei dir?«

»Benilein, du darfst telefonieren? Es ist so furchtbar. Wie geht's dir? Sag, behandeln sie dich gut. Ich werde alles tun, um dich so schnell wie möglich da rauszuholen. Deine Mutter hat auch schon angerufen.«

»Was? Ich hoffe, du hast ihr nichts gesagt. Sie darf das auf gar keinen Fall wissen, Chris. Hast du verstanden?«

Ich bekam keine Antwort.

»Chris, hast du das verstanden?«, wiederholte ich streng.

»Lass es mich so sagen, Engelchen …«, er stockte.

»Chris!«, wetterte ich ihn an.

»Reg dich jetzt nicht auf, Benita. Was sollte ich denn tun? Sie wollte dich sprechen und du weißt, dass ich kein guter Lügner bin.«

Da es sich nicht mehr ändern ließ und ich keine große Lust hatte, weiter darüber nachzudenken, beließ ich es dabei. »Ich bin schon draußen. Kannst du mich abholen?«

»Natürlich. Ich mach mich sofort auf den Weg.«

»Ich warte an der Bushaltestelle neben dem Blumengeschäft. Beeil dich, ich will so schnell wie möglich hier weg.«

Diese Tratsche, dachte ich wütend. Musste er das meiner Mutter auf die Nase binden? Ich würde mich ganz sicher die nächsten drei Monate nicht bei ihr blicken lassen. Vielleicht hatte sie es ja dann schon vergessen. Wobei das wahrscheinlich totaler Quatsch war. Welche Mutter würde je vergessen, dass ihr Kind mal im Knast war. Nein, das ginge also auch nicht. Alfredo war ja noch da. Es war zum Mäuse melken! Warum passierte mir so was immer? Ich fühlte mich furchtbar und sehnte mich nach meiner Dusche.

Auf der gegenüberliegenden Straßenseite fegte ein älterer Herr das erste Laub zusammen. Ein schneidender Wind blies über die Straße und ließ die Blätter tanzen, was der Mann verzweifelt zu verhindern versuchte. Er fluchte so laut, dass ich es nicht ignorieren konnte. »Verdammter Mist. Ich hasse den Herbst. Ich hau die Scheiß-Bäume um, dann ist Ruhe.«

»Deine Probleme möchte ich haben«, murmelte ich und lachte bitter, als ein Lieferwagen direkt in der Bushaltestelle hielt. *Der Rosenkavalier* stand in geschwungener Schrift quer auf der Seite des Wagens. Was für ein dreister Kerl, parkt mitten in der Haltestelle und das gegenüber vom Polizeirevier.

»Na, dich trifft man aber auch überall, was.«

»Max!« Von einem zum nächsten Augenblick war ich hellwach. In meinem Bauch spielte sich wer weiß was ab und am liebsten wäre ich im Erdboden versunken. Hektisch blickte ich von ihm zum Eingang der Wache. Hoffentlich hatte ich da drin nichts vergessen, was mir eine Beamtin lautstark hinterher tragen könnte.

Er kam zu mir, setzte sich neben mich und schaute nur.

Ich zwang mich zur Ruhe, denn jedes Mal, wenn dieser Typ meinen Weg kreuzte, stand ich gänzlich neben mir. Adrenalin schoss durch meinen ganzen Körper und ich befürchtete aufs Neue, die Gewalt über meine Motorik, meine Sprache und überhaupt alles zu verlieren. Ich focht dann einen nicht enden wollenden Kampf mit mir selbst aus, um ja nichts Blödes zu tun oder zu sagen. Und das Schwerste war, mich so zu geben, dass er ja nicht merkte, wie nervös mich sein bloßes Erscheinen machte.

»Na, schon so früh unterwegs?«, fragte ich in gelangweiltem Ton.

»Hab 'ne Lieferung zu machen. Und du? Frisch entlassen?«

Ich zuckte zusammen.

Er lachte und stupste mich in die Seite. »He, he.«

Ich versuchte, so locker wie es ging rüberzukommen. »Witzig, nein. Ich habe bei einer Freundin übernachtet. War spät gestern.«

»Und nun, wartest du auf 'n Bus?«

»Hm, ja.«

Er stand auf und ging zu dem Fahrplan, der an der Scheibe des Haltestellenhäuschens klebte. »Die fahren hier nur alle Stunde und den Letzten haste verpasst. Ich kann dich mitnehmen. Wollte noch was frühstücken, wenn ich hier fertig bin. Kannst ja mitkommen. Siehst aus, als könntest du 'nen Kaffee vertragen.«

Mein Herz machte einen großen Satz nach oben. »Okay. Kaffee hört sich gut an.« Chris schoss mir in den Kopf, aber Prioritäten zu setzen fiel mir in diesem Fall nicht schwer. Sollte er doch den Weg umsonst fahren. Pech für ihn. Das war die gerechte Strafe für seine Tratscherei mit meiner Mutter. Ich würde ihn später anrufen. Eine solch willkommene Ablenkung konnte ich gerade jetzt sehr gut gebrauchen. Ich wollte die letzte Nacht vergessen und Max half mir dabei.

»Super, ich mach schnell die Lieferung klar und dann können wir abdüsen.«

»Okay. Kann ich dir helfen?«

115

»Passt schon. Ist nur eine Kiste. Kannst dich ja schon rein setzen. Is offen.«

Ich stellte mir erneut die Frage, ob es wohl sein könnte, dass er mich auch ein wenig mochte? Immerhin hatte er mich zum Frühstück eingeladen. Okay, eingeladen war vielleicht etwas übertrieben. Fakt war, dass ich nicht leugnen konnte, dass er mich schon mächtig durcheinanderbrachte. Und er sah verdammt sexy aus. Doch das Charmante, was er mir bei unserer ersten Begegnung am grünen Gitter vom Park Sanssouci entgegenbrachte, vermisste ich. Er spielte seine Rolle, wenn er der Parkplanverkäufer war. Sicher würden ihm an der Uni viele Frauenherzen zufliegen. Er war einfach der Typ dafür. Und warum sollte er ausgerechnet an mir, einer alten Schachtel, Gefallen finden?

Patrick war an mir interessiert, das signalisierte er auch ganz deutlich. Er war charmant, zuvorkommend und machte mir Komplimente … All das, was eine Frau gerne hörte. Auch bei ihm spürte ich eine Art Anziehung. Und obwohl ich mich geschmeichelt fühlte, ich ihn auch recht attraktiv und sympathisch fand und er sicher vom Alter her der Perfektere wäre, war es Max, der mich völlig aus dem Gleichgewicht brachte. Und das mit einer coolen Art, die mich gleichzeitig ziemlich wütend machte. Konnte ich denn tatsächlich schon nach so kurzer Zeit solche Gedanken haben? Ich kannte die beiden ja gerade mal flüchtig. Nun, es war wohl so, denn ich grübelte genau darüber seit Tagen.

Als wir in dem Bistro saßen und gerade unseren Kaffee genossen, klingelte mein Handy. Es war Chris. Ich zog es vor, dieses Gespräch besser draußen zu führen. Immerhin hatte ich Max erzählt, dass ich bei einer Freundin übernachtet hatte. Lügen haben kurze Beine, Benita, schoss es mir in den Kopf. Aber ich brauchte diese kleinen Notlügen.

»Momentchen eben, ich komm gleich wieder.«

»Nur zu, ich warte hier.«

Es hatte zu regnen begonnen, also drängte ich mich dicht an die Hauswand.

»Wo zum Teufel bist du, Benita?« Chris war ziemlich aufgebracht.

»Oh Chris. Tut mir leid, dass du umsonst gefahren bist. Max war so nett, mich mit in die Stadt zu nehmen. Es war so kalt und er war gerade in der Nähe.«

»Max? Der Rosenzüchter? So ein Zufall. Und da hattest du vor lauter rosaroter Brille wahrscheinlich dein Handy in deiner Tasche übersehen, was?«

»Krieg dich wieder ein, Chris. So schlimm ist das nun auch nicht.«

»Teltow ist nicht gerade um die Ecke, meine Liebe.«

»Wir sind jetzt quitt«, erwiderte ich.

»Was soll das denn heißen?«

»Immerhin hast du bei meiner Mutter deinen Mund nicht halten können. Sieh es einfach als Retourkutsche.«

»Benita, wir müssen reden.«

»Bitte, ich bin ganz Ohr.«

»Nee, nicht am Telefon.«

»Dann haste Pech. Ich hab heut keine Zeit. 'ne Nacht im Knast ist nicht gerade erholsam. Ich bin müde, ungeduscht und ich habe Rücken von dieser Pritsche.« Ruhe am anderen Ende. Ich war bockig. Immerhin war ich diejenige, die eine Nacht hinter schwedischen Gardinen verbringen musste. Ich hörte, wie er Luft holte.

»Ich bin raus«, kam dann kurz und knapp durch die Leitung.

»Raus? Wie?«

»Na aus dem Ganzen Ich-such-mir-einen-Traummann-Ding. Ich bin es leid, mir ständig deine Nörgeleien anzuhören. Egal was ich tue, du hast was zu meckern. Das Wellnessprogramm war was für Spießer, dein One-Night-Stand wahrscheinlich auch von mir eingefädelt, das Power-dating war dir zu rosa, die Vernissage zu versnobt …«

»Das hab ich nie gesagt, Chris.«

»… und dann dein Gejammer über dein Alter, dass wir uns gestern im Haus geirrt haben und du eine Nacht im Gefängnis schlafen musstest, war sicher auch meine Schuld. Dabei hab ich's nur gut gemeint mit dir.«

»Gut, war's das? Kann ich jetzt meinen Kaffee zu Ende trinken?«

»Ist das alles, was du sagen kannst?«

»Im Moment ja.« Ich legte auf. Das war nicht zu fassen. Er machte mir Vorwürfe. Ich brauchte einen Augenblick, um wieder runterzukommen, dann ging ich rein.

»Was machst 'n heute noch?«, wollte Max wissen.

»Wieso?«

»Nur so, halt. Ich dachte, vielleicht könnten wir uns später noch mal treffen. Die spielen Casablanca im Thalia. Haste Lust?«

»Heute ist echt doof.« Eine Einladung ins Kino, von Max, dem Mann, mit dem ich gern ganz allein in einem Kino wäre, und dann spielen sie noch einen meiner Lieblingsfilme. Ausgerechnet heute musste ich passen.

»Ich schau dir in die Augen, Kleines«, sagte Max und blickte mich an, dass mir ein Gänseschauer den Rücken runter lief.

»Humphrey Bogart und Ingrid Bergmann sind schon verlockend. Wann fängt der Film denn an?«

»Um neun.«

»Das könnte ich schaffen. Im Thalia, sagst du?«

»Jepp.«

»Okay, halt mir einen Platz frei«, sagte ich und verabschiedete mich.

Ich würde das Date mit Patrick ein wenig verkürzen. Mir 'ne Ausrede einfallen lassen. Migräne oder sonst was in der Art. Immerhin hatte ich 'ne Nacht im Gefängnis hinter mir. Er würde das sicher verstehen. Und drei Stunden würden fürs erste Date allemal ausreichen. Ich beschloss, dennoch vorher zu Chris zu fahren. So gestritten hatten wir uns lange nicht mehr und ich ertrug es nicht, wenn zwischen uns Funkstille herrschte.

»Haste dich verlaufen?« Die Begrüßung war erwartungsgemäß kühl.
»Darf ich reinkommen?«

»Wenn's sein muss.« Chris ging ein Stück beiseite und ließ mich rein.

»Es tut mir leid. Ehrlich. Chris, ich will mich nicht mit dir streiten. Das, was du für mich tust, würde sonst keiner machen. Ich weiß das und ich schätze das. Du bist mein bester Freund und ich werde nicht zulassen, dass sich das ändert.«

»Ach komm schon her, du kleine Zicke« Er zog mich in die Arme. »Wer kann dir schon lange böse sein?«

»Selber Zicke.« Ich knuddelte ihn ganz doll.

»Aber das Traummann-Ding ist Geschichte. Zumindest für mich. Du hast deine Wahl ja eh getroffen, oder zumindest zwei sehr gute Kandidaten in der engeren Wahl. Ich werde Christin begraben. Sie hat eh nicht zu mir gepasst und ewig diese schmerzhafte Enthaarung an Beinen und Bikinizone. Auch wenn ich 'ne Schwulette bin, so bleib ich lieber ein Kerl. 'Ne Tasse Tee?«

»Ja gern … Chris …«, ich hielt ihn am Arm fest. »… kann ich die Klamotten haben, wenn Christin gestorben ist? Ich liebe dieses Etuikleid, das sie neulich anhatte.«

»Aber klar. Alles deins, ich pack's dir ein. Die Perücke auch?« Er lachte.

»Nee, lass stecken.«

Bei einer dampfenden Tasse Tee erzählte ich ihm, dass ich Max fürs Kino quasi zugesagt hatte.

»Bist du jetzt total durchgedreht, Benita?«

»Na ja, was sollte ich denn tun? Ich konnte einfach nicht widerstehen, Chris.«

»Hättest du die Termine nicht auf zwei Tage legen können?« Chris machte eine theatralische Geste und rollte mit den Augen. »Was hat dieser Kerl nur an sich? So ein Jungchen. Anwälte liegen dir zu Füßen und was machst du?«

»Meinst du etwa, ich finde es super, dass meine Hormone immer dann verrückt spielen und mich völlig aus der Bahn werfen, wenn er auftaucht und ich innerlich jedes Mal einen regelrechten Kampf mit mir ausfechten muss, damit ich in seiner Gegenwart nicht irgendwas Blödes tue? Warum ist der Typ so megacool, Chris? Überhaupt, warum läuft alles schief? Kann mir nicht auch einmal was in den Schoß fallen? Muss ich mich denn ewig für die tollen Dinge übermäßig ins Zeug legen? Kann mir nicht mal was Schönes von ganz alleine passieren?«

Chris winkte ab, stand auf und begann, Christins Sachen zusammenzusuchen. »Klar wäre es super, wenn jetzt deine reiche Tante Constanze über den Jordan gehen oder du eine prall gefüllte Brieftasche finden würdest. Oder wenn dein Traumprinz hoch zu Ross unter deinem Fenster stehen würde. Sowas passiert aber nur im Film.«

»Das ist mir schon klar, aber ich darf es doch ungerecht finden, oder?«

»Klar darfst du das, nur ändern wird sich nix. Dass der Mensch glücklich ist, ist in der Schöpfung nicht vorgesehen.«

»Mit dummen Sprüchen kann ich mein Klo tapezieren. Ich muss jetzt dringend unter die Dusche und dann 'ne Mütze voll Schlaf bekommen, damit ich nachher halbwegs passabel aussehe.«

»Und der Anwalt?« Chris stopfte die Kleider etwas lieblos in eine Tüte.

Ich seufzte. »Das ist es ja eben. Da hat es wohl auch gefunkt. Ich weiß selber, dass das total idiotisch und kindisch ist. Ich werd meinen Tee austrinken und dann erstmal nach Hause gehen. Ich muss duschen und schlafen, damit ich heute Nachmittag fit bin. Ich ruf dich an, mach's gut.«

»Hey, soll ich jetzt nicht mehr den Anstandswauwau spielen?«

Im Gehen hielt ich inne. »Sei mir nicht böse, aber ich denke ich schaffe das alleine.« Ich hielt es für besser, Chris nicht zu erzählen, dass Patrick ihn nicht dabei haben wollte, und außerdem hatten wir Christin eh beerdigt.

»Sag mal, was ist eigentlich mit Holger? Hat er sich noch mal gemeldet? Und du bist mir noch eine Erzählung über deinen Aufenthalt im Polizeirevier schuldig.«

»Nun, das dumme Gesicht dieser Polizistin hattest du ja gesehen. Sie wurde fündig, allerdings waren es keine Drogen.«

Obwohl ich die letzte Nacht schnell vergessen wollte, konnte ich mir ein Grinsen nicht verkneifen. »Und deshalb durftest du gleich gehen?«

»He, he. Nee, sie hatten nix in der Hand gegen mich, nur von mir.« Er grinste, dann schwang er unmittelbar in ein verschwörerisches Lächeln um. »Und Holger hat zufällig in derselben Nacht noch angerufen und was soll ich sagen, er ist sehr nett, aber das erzähle ich dir später. Es ist gleich elf, wenn du jetzt nicht langsam in die Heia kommst, wird's eng, Spätzchen. Und tu nichts, was ich nicht auch tun würde.«

»Hey, das ist nicht fair. Ich will Einzelheiten.«

Er schob mich aus der Tür, drückte mir die Tüte mit den Klamotten in die Hand und gab mir einen Kuss auf die Stirn. »Viel Spaß mit deinen Männern.«

Gegen halb eins am Nachmittag lag ich frisch geduscht in meinem Bett. Ich musste sofort eingeschlafen sein, denn als der Wecker um halb vier piepte, schnellte ich erschrocken hoch. Ich brauchte einen Augenblick, um zu begreifen, dass ich tatsächlich in meinem eigenen Bett lag. Noch immer nagte die Müdigkeit an mir und am liebsten hätte ich Patrick abgesagt, mich umgedreht und weiter geschnarcht.

»Nix da, Benita, hoch mit dir!«, befahl ich mir selber und schleppte mich ins Bad.

Nach einer guten halben Stunde und einer ordentlichen Schicht Makeup, Lidschatten und Rouge im Gesicht konnte ich mein Spiegelbild halbwegs ertragen.

Ich war gespannt, wie das Treffen mit Patrick verlaufen würde. Und da war das Kribbeln auch schon wieder. Ich stellte fest, dass es ein göttliches Gefühl war. Ich wollte es festhalten, doch es verflog jedes Mal genauso schnell, wie es mich überkam. Ich hoffte nur, dass sein Interesse nicht verflogen war, nachdem er mich aus dem Knast holen musste. Zudem hatte ich ihn belogen, was Chris anging. Bald würde ich es wissen.

Das Etuikleid passte wie angegossen und ich fühlte mich mal wieder so richtig gut angezogen. Und doch musste ich auch ständig an Max denken. Wie ein kleines Kind freute ich mich aufs Kino.

Pünktlich wie verabredet traf ich im Heider ein.

»Hallo, ick glob der junge jut aussehende Mann dahinten wartet uff Sie.« Jacqueline begrüßte mich freundlich und zeigte in den hinteren Raum, wo meist die Paare saßen, die nicht gern beobachtet werden wollten.

»Wartet er schon lange?«

»Seit na juten viertel Stunde isser schon da. Er hat Sie jenau beschrieben und jesacht, ick soll Ihnen Bescheid sagen, datt er wartet. Ick wusste sofort, dass er nur Sie meinen konnte. Sind ja 'n Stammjast hier.«

»Danke Jacqueline.«

Als Patrick mich sah, sprang er sofort auf.

»Hallo, na du bist ja überpünktlich«, versuchte ich, meine Unpünktlichkeit herunterzuspielen. Er sah großartig aus. Ich hoffte, dass er meine Unsicherheit nicht bemerkte.

Er lächelte nur und schob mir, ganz gentlemanlike, den Stuhl unter den Hintern. Dann sagte er: »Fünf Minuten vor der Zeit …«

»… ist des Maurers Pünktlichkeit«, vervollständigte ich den Satz.

»Schön, dass du es dir nicht anders überlegt hast. Du siehst müde aus, Benita. Konntest du dich denn ein wenig ausruhen?«

»Letzte Nacht habe ich kein Auge zugemacht, aber zu Hause konnte ich ein paar Stunden schlafen.«

Jacqueline kam zu uns an den Tisch und legte die Speisekarten vor uns hin. »Soll ick schon watt zu trinken bring'n?«

»Bringen Sie mir bitte einen Milchkaffee, Jacqueline.«

»Okay.«

Mit hochgezogenen Brauen musterte Patrick Jacqueline. »Ein Wasser«, sagte er knapp.

»Mit oder ohne Jas?«

»Bitte?«

Ich lächelte beschwichtigend. »Mit oder ohne Kohlensäure, meint Jacqueline.«

»Ohne!«

Jacqueline zog ab.

»Wie kann man so was nur auf die Leute loslassen.«

»Wieso? Sie ist nett und macht ihre Arbeit gut. Sie verdient sich ein paar Euro dazu.«

»Natürlich, und das ganz sicher neben ihrem Psychologie-Studium.«

Wow, ich hätte nicht gedacht, dass Patrick ein so oberflächlicher Mensch war. Sollte ich mich in ihm getäuscht haben? War er vielleicht einer von der Sorte, die meinten, nur weil sie Jura studierten und einen Doktor in der Tasche hatten, waren sie was Besseres?

»Na, da kann ich ja froh sein, dass ich Grafikdesign studiert habe, was. Wahrscheinlich würdest du sonst nicht mit mir an einem Tisch sitzen.«

Ich konnte in diesem Moment nicht anders, ich musste ihm einen mitgeben.

Er schaute mich beinahe mitleidig an. »Was kümmert uns die freche Bedienung? Ich bin froh, dass du hier bist.«

»Wie kommst du darauf, dass Jacqueline frech ist?«

»Benita, jetzt lass doch.«

»Nein, ich lass es nicht. Was stört dich an Jacqueline?« Ich mochte es überhaupt nicht, wenn sich jemand anmaßte, Menschen schon nach dem Bruchteil einer Sekunde zu beurteilen, ohne sie wirklich zu kennen. Das war die Gelegenheit, ihm auf den Zahn zu fühlen. Ich wollte wissen, wie er so tickte. Mir war durchaus klar, dass ich damit alles kaputtmachen konnte, doch das war es mir wert. Sollte sich herausstellen, dass Patrick ein blasierter Affe war, dann war dieses Essen das erste und letzte für mich. Und momentan deutete alles darauf hin.

Jacqueline war gerade mit einem Tablett auf dem Weg zu uns und stellte wenig später die Getränke auf den Tisch.

»Sag schon, was stört dich an ihr?« Ja, es war ihm unangenehm, so bloßgestellt zu werden. Er hatte aber genau das in diesem Augenblick verdient.

Ich sah zu Jacqueline und setzte noch einen drauf. »Sagen sie, Jacqueline, was machen Sie, wenn Sie hier nicht kellnern? Mein Freund würde gerne wissen, ob Sie studieren.«

Er sagte nichts, sah mich nur finster an.

„Nee, ick studier doch nich. Ick arbeite tagsüber hier oder im Sonnenstudio. Nur abends mach ick dreimal die Woche Nachtschicht im Altenheim. Ick kümmer mich da um die alten Leutchen. Lese denen Jeschichten, wechsel ihre Windeln, wasche sie und bin einfach da. Eben all dett, watt man so tut im Altersheim. Ick bin och manchmal einfach nur so da, hör ihnen zu oder halte Händchen, bis se einjeschlafen sind. Die alten Leutchen sind immer so allene und irjendwann sind wir ja och mal alt und freuen uns dann, wenn sich jemand um uns kümmert. Ick hoffe, datt ick im nächsten Jahr zur Altenpflegerprüfung zujelassen werde. Ick hab die Ausbildung fast jeschafft. Die Ausbildung schließt mit 'ner staatlichen Prüfung ab, die enen schriftlichen, enen praktischen und enen mündlichen Teil beinhaltet. Den praktischen Teil hab ick schon fertich. Nur noch mündlich und schriftlich, dann hab ick's jeschafft.«

Mit Genugtuung sah ich, wie Patrick das Blut in den Kopf schoss.

»Kann ick schon die Essensbestellung uffnehm?«

»Ich hätte gern die Spaghetti Bolognese und bitte sagen Sie dem Koch, dass ich den Parmesankäse gern selber drüber reiben würde.« Ich klappte die Karte zu und gab sie ihr zurück.

»Und der Herr?«

»Danke, ich habe keinen Hunger.«

»Okay, dann bring ick gleich 'n bisschen Brot. Und ick lass die Karte ma noch hier, falls Sie sich dett doch anders überlegen.«

Patrick blickte mich ernst an. »War das jetzt nötig?«

»Ja, ich denke, das war's. Ich kann es nun mal nicht ausstehen, wenn man so voller Vorurteile ist. Und gerade du als Anwalt solltest da Vorbild sein.«

»Tut mir leid, Benita, wir Anwälte sind aber auch nur Menschen mit Ecken und Kanten.«

Okay, das wollte ich ihm nun auch wieder nicht absprechen.

»Hör zu, lass uns nicht bei unserem ersten Date streiten. Ich habe mich dumm benommen, und das tut mir leid«, entschuldigte er sich und winkte Jacqueline zu uns heran.

»Na, wolln Se nu doch watt zu essen?«

»Ja, ich hätte auch gern die Spaghetti. Und bei mir kann der Käse ruhig schon drauf sein.«

»Jut, ick sag dem Koch Bescheid.«

Als sie gerade loslaufen wollte, hielt Patrick sie zurück. »Ach, Jacqueline?«

»Ja, noch watt verjessen?«

»Ich wünsche Ihnen, dass Sie Ihre Prüfung schaffen. Und ich finde es absolut großartig, dass es solche Leute wie Sie gibt, die sich so liebevoll um ältere Menschen kümmern.«

Jacqueline lächelte und ging.

Kein blasierter Affe also. Gott sei Dank, dachte ich zufrieden. »Lieb von dir, dass du das gesagt hast.«

»Hey, ich bin kein oberflächlicher Snob und ich will nicht, dass du so von mir denkst. Ich weiß, wie wichtig diese Leute sind. Meine Mutter hat lange in einem Heim gelebt und ich war froh, sie gut betreut zu wissen. Sie ist vor zwei Jahren gestorben.«

»Das tut mir leid, Patrick.« Mehr brachte ich nicht hervor. In diesem Moment schoss mir der Gedanke durch den Kopf, dass meine Mutter vielleicht auch eines Tages nicht mehr alleine leben könnte. Ich schob ihn weit weg und nahm mir vor, meine Mutter davon zu überzeugen, dass es das Wundervollste wäre, wenn sie sich Alfredo anschließen würde.

»Lass uns von anderen Dingen reden. Was hältst du davon, auch den Abend mit mir zu verbringen?« Er lächelte mich gewinnbringend an.

»Wie? Ähm, nein, leider kann ich heute Abend nicht. Ich bin schon mit Max verabredet.« Hab ich das jetzt tatsächlich laut ausgesprochen?! Patricks verwunderter Blick bestätigte meinen Fauxpas. »Max?«

»Oh ja, nun …«, stotterte ich. Dann entschied ich spontan, ihm reinen Wein einzuschenken und begann vom Wellnesstempel zu erzählen. Sogar Viktor verheimlichte ich nicht und erklärte, dass Powerdating und der Besuch der Vernissage zum Programm gehörten.

Aufmerksam hörte er zu und verzog erstaunlicherweise keine Miene.

»Das Ding mit der verpatzten Szeneparty hast du ja mitbekommen«, fügte ich kleinlaut am Schluss an.

Jacqueline brachte das Essen, jedoch war mir irgendwie der Appetit vergangen. Ich stocherte mehr in meinem Teller herum, als dass ich etwas aß.

Patrick legte seine Gabel beiseite und schob seinen Teller von sich weg. »Lass mich das mal zusammenfassen: Dein schwuler Freund Chris, manchmal auch als Christin unterwegs, kam auf die glorreiche Idee, dir einen Mann zu besorgen, wobei ihr sämtliche möglichen und unmöglichen Orte aufgesucht habt und der Spaß nicht zu kurz kam.«

Sein Blick verriet mir nicht, ob er eine Antwort erwartete. Vorsichtshalber schob ich mir nun doch den ersten Bissen in den Mund, um Zeit zu schinden, da man anstandshalber mit vollem Mund nicht sprach. Ich kaute auffällig lange auf den Nudeln herum, was sie nicht unbedingt schmackhafter machte. Ich spülte alles mit einem Schluck Milchkaffee hinunter und schüttelte mich. »Spaghetti Bolognese in Verbindung mit Milchkaffee schmeckt scheußlich«, bemerkte ich kurz.

Patrick schaute mich weiterhin an und machte mir damit deutlich, dass ich um irgendeine verbale Reaktion nicht herum kam.

»Hör zu Patrick, Chris ist mein bester Freund, schon seit Kindertagen, deshalb hab ich mich wahrscheinlich auf diese absurde Idee eingelassen. Mein Leben läuft gerade nicht so, wie ich mir das wünsche. Ich habe meinen Job verloren, bin gerade dreißig geworden, hab 'ne Nacht im Knast hinter mir und fühle mich zwischen zwei Männern hin- und hergerissen. Chris ist die einzige Konstante, die mich halbwegs auf der Bahn hält. Und Frauenkleider trägt er normalerweise nicht, aber er hielt es für besser, wenn mich eine Frau begleitet. Oder hättest du mich auf der Vernissage angesprochen, wenn Christoph statt Christin mit mir aufgetaucht wäre?« Meine Ader am Hals begann zu pochen. Ich hasste das Gefühl, Rechenschaft ablegen zu müssen, und erst recht einem fast Fremden gegenüber.

Anstatt zu antworten, zog Patrick nur die Schultern nach oben, doch ich war noch lange nicht entlassen. »Max ist also der Zweite auf der Liste. Stehen wir wenigstens noch nebeneinander oder hast du schon Prioritäten gesetzt. Wie machst du das eigentlich? Gibt es da eine Strichliste mit Für und Wider?«

Auf keinen Fall würde ich mit ihm über Max sprechen. Ich spürte jetzt schon, wie meine Hände beim bloßen Klang seines Namens feucht wurden und ich innerlich zusammenzuckte. »Nichts. Er ist nur ein Rosenzüchter.«

»Rosenzüchter, aha?«

Der Typ tut ja so, als wären wir bereits ein Paar, dachte ich. »Na hör mal, ich kann ausgehen, mit wem ich will. Max ist ein Freund, weiter nichts.« Warum rechtfertigte ich mich eigentlich?

»So wie Christoph?«

»Was wird das hier, ein Verhör? Das kannst du dir sparen. Das hatte 125 ich erst letzte Nacht.« Wenn doch Chris jetzt bloß hier wäre. Der hätte genau die richtigen Antworten gehabt. Ich winkte Jacqueline herbei.

»Tut mir leid, so meinte ich das nicht. Dieses Essen hier ist mehr für mich als nur ein Essen. Verstehst du? Mir liegt wirklich was an dir und ich möchte das zwischen uns sehr gern vertiefen.«

Wieso fand ich den Moment, als er seine Hand auf meine legte, nur so unangenehm? Ich zog meine Hand bemüht langsam zurück und griff nach meinem Kaffee. »Entschuldige, aber sollten wir uns nicht erst ein bisschen kennenlernen? Ich meine, beim ersten Date rede ich ungern schon über das Vertiefen einer Beziehung, wenn du verstehst. Es ist mir schon peinlich genug, dass ich dich letzte Nacht um Hilfe gebeten habe und du nun so ziemlich alles von mir weißt.«

»Benita, glaubst du allen Ernstes, ich wüsste nicht, dass diese Sache ein Missverständnis war? Hältst du mich wirklich für so oberflächlich? Du denkst doch hoffentlich nicht, dass ich meinen Anwaltsstatus in den Vordergrund schiebe, um dich ins Bett zu bekommen?«

»Ich weiß nicht, was ich glauben soll.«

»Selbst wenn ich so einer wäre, hätte ich vom ersten Augenblick begriffen, dass das bei dir nicht funktionieren würde. Du hast Persönlichkeit und das schätze ich an dir. Du kannst mir vertrauen, Benita. Lass es mich beweisen.«

Nein, ich wusste, dass er nicht von dieser Sorte Mann war. So sehr würde selbst ich mich nicht täuschen. Und doch, ich kannte ihn ja nicht wirklich gut. »Wir sollten nichts überstürzen und uns erst besser kennenlernen. Ich mag dich doch auch, aber ich will nichts übers Knie brechen, verstehst du?«

Er nickte verständnisvoll. »Klar, deshalb schlage ich dir Folgendes vor: Wir machen eine kleine Reise. Nur du und ich. Und ich werde dir zeigen, dass ich ein Gentleman durch und durch bin. Ich habe eine kleine Finka auf Mallorca.« Seine Augen leuchteten und ich sah, wie ernst es ihm war.

Ich wusste nicht, was ich sagen sollte. Ich hatte ja mit allem Möglichen gerechnet, aber niemals mit einer solchen Einladung. Der verlor ja echt keine Zeit. Entweder lag ihm tatsächlich was an mir oder aber er wollte mich eben doch nur flach legen. Obwohl er für Letzteres ganz sicher nicht der Typ war.

»Mallorca?« Meine Frage klang zaghafter als geplant.

Sein sanftes Lächeln weckte ein wohliges Gefühl in mir, mit dem ich schon gar nicht mehr gerechnet hatte.

»Ein Wochenende zum Kennenlernen, ganz ohne Hintergedanken. Ich bin ein gut erzogener Junge. Meine Tante hütet die Finka für mich und freut sich ganz sicher über Besuch. Ich hatte eh vor, sie zu besuchen, also dachte ich, ich frag dich einfach, ob du Lust hast, mich zu begleiten? Natürlich nur, wenn du es einrichten kannst.« Sein Blick wurde ganz weich, als er leise hinzufügte: »Ich habe diesen Gedanken übrigens seit unserer ersten Begegnung.«

Jacqueline trat an unseren Tisch und stellte die Teller auf ihr Tablett. »Sie ham ja kaum watt jejessen, hat's nich jeschmeckt?«

»Ich fand's lecker«, beruhigte ich sie. »Es war aber zu viel, danke. Könnt' ich ein Wasser bekommen? Ohne Gas?«

»Bringen Sie mir bitte auch noch eine Flasche.« Patrick stellte seine leere Flasche aufs Tablett.

»Kommt sofort.«

Wieder legte er seine Hand auf meine und diesmal ließ ich ihn gewähren. Hatte ich ihm Unrecht getan? Eine halbe Stunde vorher glaubte ich noch, er sei ein selbstverliebter, arroganter Snob. Er war ganz sicher ein Gentleman und im Grunde war er der perfekte Kandidat für mich. Ein rechtschaffener Anwalt mit eigener Kanzlei, wohlerzogen, gut aussehend, charmant und was das Wichtigste war, unverheiratet – nahm ich zumindest an –, also all das, wonach ich mich gesehnt hatte. Ich zögerte dennoch mit einer Antwort. Ein Restrisiko blieb, immerhin war er ein Mann. Und wieso sollte ausgerechnet ich mal Glück haben? Auf der anderen Seite, ein gemeinsames Wochenende wäre perfekt, um sich kennenzulernen. Und Max? Schon wieder diese Zweifel, dieser Entscheidungsdruck.

»Du bist doch nicht verheiratet?«, platzte es aus mir heraus.

Patrick lachte jetzt laut auf. »Wie kommst du denn darauf?«

»Na ja, weil mir so was normalerweise nicht passiert. Also, wo ist der Haken?«

»Es gibt keinen, versprochen.«

»Ich überleg es mir, okay?«

»Ich fliege am kommenden Freitag. Wenn du mir bis Mittwoch Bescheid gibst, dann kann ich dein Ticket mitbuchen.«

»Okay, ich komme am Mittwoch einen Kaffee bei dir abholen und werde dich meine Entscheidung wissen lassen.« Ich schaute auf die Uhr. »So leid es mir tut, Patrick, aber ich muss schon wieder los. Ich habe ja noch eine Verabredung.«

»Ja, du erwähntest es am Rande. Aber hey, ich bin erwachsen, ich kann damit umgehen.« Patrick zahlte und wir verabredeten uns für Mittwoch.

»Es war ein schönes Essen, auch wenn es anfangs nicht danach aussah. Ich bin sehr glücklich darüber, dass du mich besuchen willst und hoffe, dass du mich begleitest.«

Ich brachte ihn zu seinem Auto und bevor er einstieg, bot er mir an, mich nach Hause zu fahren.

»Nein, das ist lieb, aber nicht nötig. Ich will noch bei Chris vorbei. Der wohnt hier um die Ecke.« Ich brauchte unbedingt seinen Rat in der Mallorca-Sache.

Die Lichter eines weißen BMWs blitzten auf, als Patrick auf den Knopf auf der Fernbedienung. Klar, dass er nicht mit einem Trabbi um die Ecke kam. Er war schließlich Anwalt.

»Wow, was 'n cooler Schlitten.«

Patrick zuckte mit den Schultern. »Ist doch nur ein Auto.« Er drehte sich zu mir um und nahm meine Hände. »Wir sehen uns am Mittwoch. Ich freu mich«, flüsterte er und zog mich ein Stück näher zu sich heran.

Meine Knie wurden zittrig. Auf keinen Fall wirst du ihn küssen, Benita!

»Ich mich auch«, erwiderte ich leise und ging vorsichtshalber einen Meter auf Abstand.

Er sah mich enttäuscht an.

»Also bis Mittwoch, mach's gut.« Ich ging, ohne mich noch einmal umzuschauen. Als ich um die Ecke bog, fiel die Anspannung von mir ab. Auf die Frage, ob eine Frau gleichzeitig in zwei Männer verschossen sein konnte, kannte ich nun die Antwort. So was kommt vor und bei mir schlug das Schicksal zu. Es war nie anders.

Alle gehen querfeldein, nur Benita latscht außen rum. Oder anders gesagt: Zehntausend Leute sitzen in einem Stadion und Benita kriegt den Ball an den Kopf. So war es immer. Ich glaube, als der liebe Gott das Glück verteilt hat, war ich wohl gerade auf'm Klo. Ohne Umweg eilte ich zu Chris.

»Alles okay mit dir, Beni?«

»Nicht wirklich.« Ich erzählte ihm von dem Essen mit Patrick und dass ich von Max und unserem Kinoabend gesprochen hatte.

Chris hörte sich alles geduldig an. Hin und wieder kam zwischendrin ein »Hm« oder »Aha« von ihm.

»Oh Gott, Chris, ich bin total durch den Wind. Da ist das Ding mit Max, verstehst du? Der Typ ist so cool. Und auf der anderen Seite Patrick … Ich bin total verknallt und das in beide Männer.«

»Wie bitte? Das geht? Ich meine, in den einen verknallt zu sein und den anderen ganz nett zu finden, ja. Bist du sicher, dass du in beide verliebt bist?«

»Ich fürchte ja. Ich weiß selber, dass das total idiotisch ist. Und mir ist klar, dass ich mich für einen entscheiden muss.«

»Benita, die Sache hat einen Haken, einen ganz gewaltigen sogar«, warf Chris ein.

»Ach ja und welchen?«

»Du sagst, dass du in beide verliebt bist. Dass es dem Anwalt wohl ähnlich geht, liegt klar auf der Hand. Aber Engelchen, du hast keinen Schimmer, wie es um Max' Gefühle dir gegenüber bestellt ist.«

Chris hatte recht. Ich hatte tatsächlich keinen Schimmer, ob Max sich auch für mich interessierte. »Da sagst du was, Chris. Was mach ich denn, wenn Max das alles aus einem ganz anderen Blickwinkel betrachtet? Ich mach mich zum Vollhorst und bekomme es nicht mal mit.«

»Na, na, Engelchen, so ganz schwarz solltest du das nicht sehen. Immerhin hat er dich ins Kino eingeladen.«

»Eingeladen ist vielleicht ein bisschen übertrieben. Er hat gefragt, ob ich den Film auch schauen möchte. Wahrscheinlich hat er keinen anderen Doofi gefunden, der bereit war, sich eine so olle Schnulze reinzuziehen.«

»Egal wie du es auch drehst und wendest, letztlich wirst du eine Entscheidung treffen müssen, Benilein.«

»Da ist noch was, was ich dir erzählen muss, Chris.«

»Na sag schon, noch schlimmer kann's nicht werden.«

»Er will mit mir übers Wochenende nach Mallorca. Seine Tante wohnt dort und die will er besuchen.«

»Wer?« Doch Chris beantwortete diese Frage gleich selbst. »Natürlich der Anwalt! Benita, du kennst den Mann vielleicht zehn Stunden. Findest du das nicht etwas übereilt?«

»Ich hab ja noch nicht zugesagt, aber ich war dicht dran. Deshalb bin ich auch gleich zu dir gekommen. Was soll ich denn jetzt tun? Ich fahre am Mittwoch nach Golm, um ihm zu sagen, ob ich jetzt mitfliege oder nicht. Ich muss mich nur noch entscheiden.«

Chris stand auf, ging hinüber zu seiner Bar und holte eine Flasche Red Lable und zwei Gläser. »Du machst mich fertig. Ich brauche jetzt einen und du?«

»Ja, ich auch. Seit wann hast du Whisky im Haus?«

»Hat Holger mitgebracht.«

Ich starrte ihn mit weit aufgerissenen Augen an. »Holger war hier?«

»Ja, aber dazu später mehr. Jetzt müssen wir uns um dein Problem kümmern.« Er goss ein und reichte mir mein Glas. Ich kippte den Whisky mit einem Schluck hinunter und schüttelte mich. Brennend lief er die Kehle hinab und verbreitete ein warmes Gefühl in meinem Bauch.

»Benita …«, begann Chris, nachdem auch er sein Glas geleert und sich ebenso geschüttelt hatte, »… wovon machst du deine Entscheidung abhängig? Oh nein, sag es mir nicht, mir schwant Übles. Du willst abwarten, wie sich der Kinoabend mit Max entwickelt.«

Chris kannte mich besser als sonst wer. Ich schämte mich fast für meine Berechenbarkeit, aber er hatte verdammt recht mit dem, was er sagte. Ja, ich hatte zwei Eisen im Feuer und ja, ich konnte mich nicht entscheiden, welches ich nun zu Ende schmieden wollte. Ich empfand für beide Männer etwas, allerdings war ich mir nur bei einem sicher, dass er ebenso fühlte. Beide konnte ich nicht haben, also musste ich früher oder später eine Entscheidung treffen.

Chris kippte einen weiteren Drink in sich hinein. Ich verzichtete, da ich nicht volltrunken im Kino ankommen wollte.

»Sorry Engelchen, aber wenn ich es nicht besser wüsste, würde ich meinen, dass deine Synapsen La-Ola-Wellen vollführen und du dann völlig neben der Kappe bist, wann immer einer dieser beiden Kerle dir seine Aufwartung macht.«

Ich wusste, dass ich die Moralpredigt über mich ergehen lassen musste, wagte trotzdem einen Einwand. »Aber …«

»… nix aber. Lass mich ein Fazit ziehen.« Er schenkte sich noch einen ein und ich merkte, dass er zusehend betrunkener wurde. »Unser Traummann-Ding ging voll in die Hose. Du hast ein paar Typen kennengelernt. Am Ende sind es aber zwei, in die du dich verliebt hast. Mein lieber Scholli, die passionierte Jägerin gönnt sich keine Pause, was.« Er wollte zum wiederholten Mal nachschenken, doch ich nahm ihm die Flasche aus der Hand. So kannte ich ihn gar nicht. Er trank sonst nicht und schon gar nicht so starkes Zeugs.

»Hör auf, den Fusel in dich hineinzuschütten!«

»Du kannst die beiden Kerle nicht gegeneinander ausspielen!« Chris fühlte sich durch meine Handlungsweise offenbar persönlich angegriffen.

»Gegeneinander ausspielen? Du spinnst doch!« Ich sprang auf und schaute ihn von oben herab an.

»Und wie nennst du es dann, dass du dem Anwalt erzählt hast, dass du heute Abend mit seinem Rivalen ins Kino gehst? Wolltest du seine Reaktion darauf testen?«

Ich dachte über Chris' Worte kurz nach. Wollte ich das unbewusst tatsächlich? Wollte ich dadurch in Erfahrung bringen, wie sehr Patrick an mir interessiert war? Nein, das war es nicht. Vielmehr war es mein Manko, dass ich in gewissen Situationen erst redete und dann dachte.

»Du müsstest mich besser kennen, Chris. Ich wollte ehrlich sein. Mit offenen Karten spielen.«

»Du bist dir hoffentlich im Klaren darüber, dass das kein guter Schachzug war. Am Ende laufen sie dir beide davon. Okay, es ist nun mal nicht zu ändern. Geh mit Max ins Kino und finde heraus, was er für dich empfindet. Ist es dasselbe wie bei dir, dann …«, er sah mich an und zuckte mit den Schultern.

»Ja, was dann? Dann bin ich noch immer keinen Schritt weiter.«

»Doch, zumindest weißt du dann, was Sache mit Max ist. Obwohl es einfacher wäre, wenn er nicht dasselbe wie du empfände.«

Der Gedanke daran endete als verknotetes Knäuel in meinem Magen und verursachte Bauchschmerzen. »Okay, ich werde Patrick zusagen und mit ihm nach Malle fliegen. Was soll schon passieren? Verknallt bin ich eh und wer weiß, vielleicht vergesse ich Max ja.«

»Ha, Wunschdenken, mein Kleines. Spätestens, wenn er dir wieder über den Weg läuft, was ja rein zufällig ziemlich oft passiert, flattern die Schmetterlinge wieder los in deinem Bauch. Ich kenn dich.«

Mit einem kreisenden Gedankenkarussell lief ich Runden im Wohnzimmer. »Dann schieß ich beide in den Wind.«

»Das wirst du schön bleiben lassen. Geh mit Max ins Kino und danach entscheidest du, was du mit dem Anwalt machen willst. Wenn du mit nach Malle möchtest, dann mach's, wenn nicht, dann nicht. Lass dein Herz entscheiden. Wer weiß, vielleicht erledigt sich dein Problem dann ganz von alleine.«

Mir rauchte der Kopf vom hin- und herdenken, deshalb wechselte ich kurzerhand das Thema. »Nun verrate du mir aber, was es mit dir und Holger auf sich hat?«

Chris beherrschte es auf wunderbare Weise, augenblicklich umzuschwenken, sowohl im Text als auch in Gestik und Mimik. »Hach Engelchen, stell dir vor, auch ich bin verliebt. Der einzige Unterschied zu dir ist, dass es bei mir nur ein Kerl ist, der mir den Kopf verdreht hat, aber das ganz gehörig. Und wir sind schon einen Schritt weiter.«

»Wie weiter, habt ihr schon …«

»Nein, wo denkst du hin? So schnell geht es auch bei einer Schwulette nicht. Er war hier und wir haben einen schönen Abend verbracht. Wir haben gemeinsam gekocht und sind gerade dabei uns kennenzulernen. Holger war lange allein und das, weil er es so wollte.«

»Ach ja, warum?«

»Vor drei Jahren ist sein damaliger Partner gestorben und er brauchte Zeit, das zu überwinden.«

»Oh Gott, hat er gesagt, woran sein Partner gestorben ist?«

Chris schaute mich jetzt etwas besorgt an. »Aids. Und bevor du jetzt fragst, ja, Holger ist ebenfalls HIV-positiv.«

Das musste ich jetzt erstmal schlucken. Ich wusste, dass Chris verantwortungsbewusst genug war, sich zu schützen, aber dennoch blieb immer ein Restzweifel. Was womöglich daran lag, dass man sich mit dieser Krankheit, wie mit so vielen anderen Krankheiten nicht auseinandersetzte. Warum auch, solange man selber oder ein Familienmitglied, guter Freund oder jemand, der einem sonst wie nahe stand, nicht betroffen war. Wenn Chris oder einem anderen, der mir nahe stand, etwas passieren würde, das könnte ich nicht verkraften.

»Tja, Engelchen, so ist das. Und dennoch bin ich verliebt in Holger und ich denke, dass diese Krankheit mich nicht davon abhalten kann, es
mit ihm zu versuchen.«

»Und da rede noch einer von meinem Problemen. Tut mir leid, Chris.«

»Das muss dir doch nicht leidtun. Du konntest das ja nicht wissen. Ich weiß es ja auch erst seit ein paar Tagen.«

Innerlich aufgewühlt rutschte ich neben ihm auf die Couch. »Doch, ich schäm mich. Ich komme immer nur mit meinem Scheiß zu dir. So gut wie nie frage ich, wie es dir geht. So war es immer in unserer Freundschaft. Du warst immer für mich und meine Probleme da. Ich bin so ein Egoist. Ich weiß, dass du verantwortungsbewusst genug bist, Chris, aber dennoch bitte ich dich, vorsichtig zu sein. Du weißt, wie ich das meine. Ich freue mich für dich, ganz ehrlich. Und ich werde in Zukunft einiges anders machen, was unsere Freundschaft betrifft. Ich werde mehr für dich da sein.«

Chris nahm liebevoll meine Hände, wie er es schon so oft getan hatte. »Benilein, jetzt hör auf zu spinnen. So wie es ist, ist es gut. Ich will's gar nicht anders. Ich habe mich all die Jahre immer wie ein großer Bruder oder eine große Schwester, hi, hi, gefühlt. Ich muss doch auf dich aufpassen. Und das, was du mir gibst, das kann man mit keinem Gold der Welt aufwiegen. Wir lieben uns auf unsere Art und das ist stärker als alles andere auf der Welt. Und jetzt geh ins Kino und zeig diesem Max, was er verpasst, wenn er weiterhin den Coolen spielt.«

Viertel vor neun kam ich im Kino an. Es war recht voll, vor allem viele jüngere Kinobesucher konnte ich ausmachen. Das wunderte mich schon, wenn man bedachte, dass Casablanca ein Film von 1942 war. Ich konnte Max in dem Gedränge nicht sofort finden, also drängelte ich mich durch das Foyer. Schließlich entdeckte ich ihn an einem der Stehtische in Begleitung einer Rothaarigen. Ich zögerte, stellte mich ein wenig abseits und beobachtete die beiden. Während sie sich unterhielten, machten sie einen vertrauten Eindruck. Sie lachte ziemlich laut und immer wieder berührte sie ihn dabei an der Schulter. Ich spürte, wie wütend mich das machte. Gerade als ich beschloss, den Rückzug anzutreten, drehte sich Max um und unsere Blicke trafen sich. Er sagte etwas zu der Rothaarigen, sie blickte in meine Richtung und nickte. Dann kam er auf mich zu ... und das Kribbeln war sofort wieder da.

»Schön, dass du es einrichten konntest. Du hast hoffentlich noch keine Karte gekauft? Das habe ich nämlich schon getan. Bist eingeladen.« Er lächelte mich an und ich schmolz dahin.

»Nein, hatte ich noch nicht. Vielen Dank.«

»Wir stehen da drüben. Ich wollte noch was zu trinken und Knabberzeug besorgen, bevor es losgeht. Was willst du?«

Schwups war ich wieder die Alte. Na toll, wenn ich geahnt hätte, dass der Kinoabend so verläuft, hätte ich gar nicht erst zugesagt. Ich hatte gehofft, allein mit Max zu sein, stattdessen war die Andere auch dabei. Wer war sie wohl? Bei meinem Glück vermutlich seine Freundin.

»Hey, was willste trinken?« Max holte mich aus meinem Jammertal.

»Hm, ach so, ja ein Bier und 'ne kleine Tonne Popcorn, bitte. Soll ich dir Geld geben?«

»Lass stecken. Kannst ja Flo schon mal Gesellschaft leisten, ich komm gleich nach.«

»Flo?«

»Ja, eigentlich Florentine. Ist 'ne Kommilitonin von mir. Studiert Geschichte. Sie ist okay.«

Na bravo, dachte ich. Florentine war bemerkenswert hübsch. Sie hatte ihr langes rotes Haar zu einem dicken Zopf geflochten, den sie über der rechten Schulter trug. Allerdings hatte sie ihren Pony fürchterlich kurz geschnitten. War wohl heutzutage in, aber ich fand es einfach nur blöde. So wie sie aussah, hatte sie wahrscheinlich den IQ einer Tütensuppe. Nein, keine voreiligen Schlüsse ziehen. Immerhin hatte ich das Patrick vor nicht allzu langer Zeit vorgeworfen. Wahrscheinlich war Florentine total nett und ganz sicher nicht dumm. Sonst wäre Max sicher nicht mit ihr befreundet. Trotzdem, dieser Ponny sah irgendwie Panne aus.

Ich erinnerte mich daran, dass ich als Kind auch mal einen viel zu kurzen Pony hatte. Aber nicht, weil mir das gefiel, sondern weil sich eine riesige Kaugummiblase nach dem Zerplatzen in meinem Haar so verklebt hatte, dass meine Mutter die Kaugummireste mit samt Pony abschneiden musste. Am liebsten wäre ich damals so lange zu Hause geblieben, bis er wieder nachgewachsen war, aber es gab kein Pardon und ich musste mich den Hänseleien aussetzen. Zum Glück war Chris damals da, um mich zu trösten und mich damit aufzumuntern, dass das ganz sicher mal modern würde. Wie recht er doch hatte.

Ich straffte die Schultern und steuerte auf sie zu.

»Hallo, du musst Benita sein«, begrüßte sie mich freundlich und gab mir die Hand. »Max hat von dir erzählt. Ich bin Flo.«

»Hi. Ja, ich bin Benita. Max holt Getränke und Popcorn«, erwiderte ich steif. Oh Mann, jetzt bin ich schon wie die Leute mit Stock im Arsch.

»Stehst du auch auf Casablanca?«

Was für eine blöde Frage, sonst wäre ich ja wohl nicht hier. Benita, reiß dich zusammen, benimm dich wie eine Erwachsene, oh wie ich dieses Wort verabscheute, und betreibe friedliche Konversation. »Ja, ich mag den Film und es wundert mich, dass so viel Jungvolk hier ist.«

»Ich glaub, die meisten von denen ziehen sich wohl eher den neusten Vampir-Kitsch rein.« Sie deutete auf ein riesiges Plakat, das mitten im Foyer von der Decke hing und einen gut aussehenden jungen Kerl zeigte, der gerade dabei war, eine blutjunge Schönheit zu küssen, deren unübersehbar spitze Vampirzähne sich wohl gleich voller Innbrunst in seinen Hals bohren würden. »Ich kann dem nichts abgewinnen. Schüchternes Kleinstadtjüngelchen verliebt sich in gut aussehende Schnitte, doch die Liebe steht unter keinen guten Stern, weil sie in Wirklichkeit ein Vampir ist. Irgendwann findet er es heraus, aber er ist bereits tief in ihrem Bann gefangen und kann sie nicht in die Wüste schicken. Werden sie es am

Ende schaffen, den Wirren ihrer Liebe zu trotzen?« »Ja klar, die Streifen kommen derzeit super an«, erwiderte ich beiläufig. Ich hatte eigentlich keine große Lust auf weiteren Smalltalk, aber ich musste zugeben, dass ich diese Art der Interpretation sehr amüsant und treffend fand und konnte mir ein Lachen nicht verkneifen. Florentine machte es mir nicht leicht, sie nicht zu mögen. Und das ärgerte mich noch mehr, denn wenn ich sie sympathisch fand, dann tat Max das sicher noch mehr. Besagter kam gerade mit vollen Armen zurück zum Tisch.

»Komm her, ich helfe dir«, bot Flo an und nahm ihm die Getränke und eine kleine Schachtel Popcorn ab.

»Ich habe für uns zwei einen großen Eimer Popcorn genommen. Das geht doch klar?« Fragend schaute er mich an.

»Ja klar, wieso nicht.«

»Ihr habt euch sicher schon bekannt gemacht.« Sein Lächeln konnte meine Verärgerung binnen Sekunden in Luft auflösen, obwohl er eine andere Frau zu unserem Date mitgebracht hatte. War es überhaupt ein Date? So langsam kam ich ins Zweifeln. Warum konnte Max nicht genau solche eindeutigen Aussagen treffen wie Patrick. Bei ihm wusste ich immer, woran ich war.

Max gab mir mein Bier und hielt seines hoch. »Auf einen schönen Kinoabend«, prostete er uns zu und stieß erst gegen meine und dann gegen Florentines Flasche.

In diesem Moment ertönte der erste Gong.

»Das ist unser Zeichen, lasst uns gehen.« Florentine nahm ihr Popcorn und ging vor in Richtung Kinosaal.

Als ich zögerte, drückte Max mir den großen Popcorneimer in den Arm. »Na los, komm schon!«

»Ich komme.« Zugegeben, ich war enttäuscht, aber ich wollte nicht, dass Max mir das ansah.

Er saß zwischen mir und Florentine und es drängte sich mir die Frage auf, ob Max vielleicht einer war, der nichts anbrennen ließ. So cool, wie er immer tat, wusste er mit Sicherheit, wie er auf Frauen wirkte. Sollte ich womöglich eine weitere Trophäe in seiner Sammlung werden?

Der zweite Gong ertönte, die letzten Kinobesucher strömten in den Saal und suchten ihre Plätze. Dann wurde das Licht langsam gedimmt, bis es schließlich dunkel war.

»Immer diese elend lange Werbung vor dem Hauptfilm. Das nervt tierisch.« Florentine stopfte sich Popcorn in den Mund.

Der große Popcorneimer stand auf Max' Schoß. Ich musste grinsen, weil ich an die Szene aus dem Film *La Boum –Die Fete* denken musste, in dem sich der Typ auch eine Schachtel Popcorn mit einem Mädel geteilt hatte. Allerdings war diese unten offen und er hatte seinen besten Freund hindurchgeschoben.

»Wieso grinst du so?« Max folgte meinem Blick auf die Popcorntonne und lachte los, ohne sich um die möglichen Reaktionen der anderen Zuschauer zu kümmern. »Keine Panik, der Boden ist völlig unversehrt.«

War ich froh über die Dunkelheit, so konnte man nicht sehen, dass mein Kopf in diesem Augenblick wie eine Leuchtboje strahlte.

Florentine beugte sich vor. »Was ist, ich will mitlachen.«

Im Schein der hellen Werbung, die gerade über die Leinwand flimmerte, sah ich, wie Max mir zuzwinkerte. Dann wandte er sich an Florentine. »Nichts von Bedeutung, Flo.«

Plötzlich spürte ich seine Hand auf meiner und ein wohliger Schauer durchströmte meinen gesamten Körper. Ich stand so unter Anspannung, dass ich befürchtete, nicht viel vom Film mitzubekommen. In diesem Augenblick hätte ich alles gegeben, um mit ihm alleine zu sein. Ich wagte nicht, meine Hand wegzunehmen, denn ich wollte diesen Moment nicht zerstören. Vor meinen geistigen Augen spulte sich mein eigener Casablanca-Film ab. In den Hauptrollen wir zwei. Gott, ich wollte diesen Kerl.

Der Film begann und Max ließ mich los, um nach seinem Bier zu greifen. Meine Hand blieb an Ort und Stelle, da ich hoffte, dass er seine wieder drauflegte. Ich wartete vergebens.

Der Filmabend verlief ohne jedes weitere Knistern zwischen uns. Hin und wieder blickte ich verstohlen nach rechts, um zu prüfen, ob er nicht vielleicht mit ihr Händchen hielt. Ich wusste, wie albern das war, aber ich konnte nichts dagegen tun. Ich war eifersüchtig auf diese rothaarige Hexe. Ganz sicher völlig grundlos, aber ich konnte das Gefühl nicht abstellen. Sie war in meinen Augen 'ne Rivalin und was erschwerend hinzukam, sie war um einiges jünger als ich und sah verdammt gut aus. Ich bemerkte zum Glück nichts Auffälliges zwischen den beiden, was mich einigermaßen milde stimmte. Dennoch fragte ich mich, weshalb er sie mitgebracht hatte.

Als das Licht wieder anging, war Max cool und lässig wie sonst. »So Mädels, der Abend ist noch jung, was stellen wir jetzt an?«

»Also auf mich müsst ihr verzichten. Ich schreibe morgen 'ne wichtige Klausur. Da muss ich fit sein.« Von diesem Augenblick an war sie mir sehr sympathisch.

»Oh, das ist aber schade. Ich dachte, wir gehen noch einen Absacker trinken«, hörte ich mich heucheln und hätte mir am liebsten selber eine dafür gescheuert. Bitte sag nein, hämmerte es in meinem Kopf.

»Nee, ich bin draußen.«

Bingo!

»Bist du mit dem Auto hier?«, fragte mich Max.

»Ja, es steht auf dem Kinoparkplatz. Ich kann euch gern fahren«, bot ich gönnerhaft an, denn mein Abend schien gerettet.

»Soll'n wir dich bringen, Flo?«

»Ich nehm ein Taxi, dank dir.« Sie drückte Max einen Kuss auf die Wange, winkte mir zu und weg war sie.

»Da waren's nur noch zwei«, bemerkte Max.

»Und was machen wir jetzt?« Erwartungsvoll schaute ich ihn an, doch er überließ es mir, einen Vorschlag zu machen. Einen kurzen Moment lang war ich in Versuchung, ihn zu mir nach Hause zu bitten. Ganz dumme Idee, dachte ich und verkniff es mir.

Nun übernahm er doch das Zepter: »Musst du morgen früh raus oder so?«

Ich schüttelte den Kopf und da war es wieder, das Kribbeln im Bauch.

»Gut, dann komm mit.« Er hakte mich unter und wir gingen zum Kinoparkplatz. »Welcher von denen ist es?«

»Da drüben, der alte Käfer. Was hast du denn vor?«

»Wow, ein Käfer und original mit Brezelfenster. Ist ja krass! Passt zu dir, der Wagen.«

»Wahrscheinlich wegen des Alters, was?« Ich lachte bitter.

»Quatsch, wie kommste denn darauf? Einfach weil er cool ist, wie du eben.«

Er fand mich cool. Ich wusste nicht recht, wie ich das einzuordnen hatte, entschied aber, es als ein gutes Zeichen zu werten. »Danke für die Blumen«, sagte ich und schloss die Beifahrertür auf. »Bitte Platz zu nehmen.«

Er saß tatsächlich in meinem Auto und ich fragte mich, wie dieser Abend wohl enden würde. Ich war nervös wie ein Teenager bei seinem ersten Date. Ich stieg ein und hoffte, dass ich meine Nervosität so weit in den Griff bekam, um meinen Käfer ohne Schrammen heil aus der Parklücke zu befördern. Allein das Anschnallen war schon ein Krampf. Ich bebte innerlich so sehr, dass ich den Schlitz zum Einklicken des Gurtes nicht gleich fand.

»Komm her, ich helfe dir.« Als Max mir den Gurtverschluss aus der Hand nahm und wir uns berührten, verpasste ich ihm einen kleinen elektrischen Schlag. Ruckartig zuckten wir zurück.

»Ups, haste heut Nacht an der Steckdose gelegen?«

»Hm, sorry, liegt sicher an der Seidenbluse. Wo geht's hin?«

»Ich hab noch 'ne Flasche Wein zu Hause, die holen wir erstmal. Weißt du, wo die Lennéstraße ist?«

»Ja, weiß ich. Und dann?«

»Lass dich überraschen.«

Ich war sehr gespannt, was er wohl mitten in der Nacht so vorhatte, ließ mich aber gerne von seiner Begeisterung anstecken.

Als wir vor seinem Wohnhaus standen, war ich beeindruckt. Ein klassischer Altbau im Stil von Peter Joseph Lenné, einem preußischen Gartenkünstler aus dem 19. Jahrhundert. Diese Altbauten waren mit viel Liebe zum Detail restauriert und danach vermietet worden. Ich selber hatte mir hier mal eine der Singlewohnungen angeschaut, aber als ich das Angebot bekam, meine elterliche Wohnung nach dem Umbau wieder zu beziehen, entschied ich mich dafür. Max hatte sich sehr geschmackvoll eingerichtet, was allerdings weniger zu seinem Studentendasein passte. Davon einmal abgesehen, wie er sich das leisten konnte. Er war doch Student. Aber ich verzichtete darauf zu fragen, da es mich im Grunde auch nichts anging.

»Wow, schöne Wohnung hast du da.«

»Ein Erbstück, quasi.«

»Ich wusste gar nicht, dass das Eigentumswohnungen sind?«

»Sind es auch eigentlich nicht. Nur die hier stand zum Verkauf. Ich habe von meinem Onkel ein bisschen was geerbt und es in diese Immobilie investiert. So habe ich nicht ständig das Problem, wie ich die Miete zusammen kriegen soll. Und die Kohle ist ganz gut angelegt.«

Der reiche Onkel also, dachte ich bei mir. Das sah man ihm gar nicht an. Und er ließ es auch nicht raushängen, was ihn für mich noch anziehender machte.

»So, hier ist der edle Tropfen. Wir können los. Oder willst du lieber hier bleiben?«

Das traf mich wie ein Schlag. Alles in mir spielte verrückt, mein Puls stieg auf über Hundert, meine Hände wurden feucht und ich hätte am liebsten *Ja, lass uns hier bleiben!* geschrien. Ein Fläschchen Wein und ein toller Typ, was will Frau mehr?

»Ähm, nee, ich weiß auch nicht. Nee, müssen wir nicht.«

»Gut, dann lass dich überraschen.« Max schob mich freudig aus der Tür. »Wir fahren jetzt zu meinem Lieblingsplatz. Darf ich fahren?«

»Ja klar. Du hast doch einen Führerschein?« Ich war schon etwas überrascht über meine schnelle Antwort, denn sonst lasse ich niemanden meinen geliebten Käfer fahren. Nicht mal Chris durfte das bisher, denn das Auto war mein Heiligtum. Dieser Typ übte auf mich eine magische Kraft aus. Anders konnte es gar nicht sein. Meine Gedanken kreisten nur um Max und diese Nacht und so bemerkte ich nicht, wohin die Fahrt ging. Meine ganze Aufmerksamkeit galt nur ihm.

Als mir bewusst wurde, dass ich ihn anstarrte und wahrscheinlich total blöde dabei grinste, schaute ich nach vorne. Im nächsten Moment spürte ich einen Stich in der Magengegend. Wir standen vor einem Tor … mit zwei Marmorsäulen …

Villa Burgheim … Die Buchstaben auf dem Schild belächelten mich hämisch.

»Ach du Kacke, was …, was wollen wir hier?« Mehr konnte ich nicht sagen, dann fiel mir ein, dass Max nichts von meinem unrühmlichen Erlebnis in diesen Gemäuern wusste und ich riss mich zusammen.

»Bleib locker und wart's ab.« Er holte sein Handy hervor, tippte einige Zahlen in die Tastatur und das Tor öffnete sich.

»Max, das sollten wir besser lassen. Das ist keine gute Idee. Lass uns zurückfahren. Bitte. Mir ist nicht wohl dabei.« Das war es in der Tat nicht. Schließlich hatte ich an diesem Ort keine guten Erinnerungen. Na ja, ein paar schon, aber die wollte ich ganz schnell vergessen.

Max ließ sich nicht beirren. Er sah mich an und grinste. »Ein bisschen mehr Vertrauen, wenn ich bitten darf. Wir tun nichts Ungesetzliches.

Ich schwöre.« Er fuhr langsam den Kiesweg hinunter bis zur Villa. Dort stellte er den Motor ab. Alles war still. Nur in der ersten Etage brannten vereinzelt noch Lichter.

»Max, ich weiß, dass du hier arbeitest. Aber ich glaube nicht, dass Frau von Burgheim es für gut heißt, wenn ihr Gärtner hier nachts über die Anlage schleicht, noch dazu in Begleitung und mit 'ner Flasche Wein«, flüsterte ich. Ich kam mir vor wie eine Diebin.

Er nahm meine Hand, zog mich zu sich heran und küsste mich auf die Wange. Von da an war mir alles egal. Ich würde mit ihm sogar den Safe knacken, wenn er es von mir verlangte. Ganz wie Bonnie und Clyde.

Leise huschten wir durch den Garten bis hin zu den Gewächshäusern, die dicht am Waldrand standen. Ich hatte sie damals bereits gesehen und wohl recht mit meinem Gedanken, dass sie ihr Grünzeug hier selber zogen. Im fahlen Mondlicht konnte ich drei gleichgroße Glashäuser ausmachen, und etwas abseits im Hintergrund stand noch ein Kleineres. Dort führte er mich hin, schloss auf und schob mich hinein. Feuchtwarme Luft stieß mir entgegen und ein angenehmer Geruch stieg mir in die Nase. Eine Mischung aus Erde und Blütenduft.

»Riechst du das? Hach, ich liebe diesen Duft. Warte hier.« Kurz nachdem Max verschwunden war, ging das Licht an und ich stand in einem Meer aus Rosenblüten.

Für einen Moment war ich sprachlos, dann flüsterte ich voller Ehrfurcht: »Wow …, das ist wunderschön. Hast du die alle gezogen?«

»Die meisten. Aber die hier hinten …« Er führte mich in den hinteren Teil des Gewächshauses, wo in einer Ecke eine gemütliche Sitzgruppe stand, von der aus man die gesamte Blütenpracht betrachteten konnte. Direkt gegenüber der Bank wuchs freistehend ein wunderschöner, mit flammenfarbenen Blüten übersäter Rosenbusch. »… da ist mein ganzer Stolz. Ich habe sechs Jahre gebraucht und das ist das Ergebnis. Ist sie nicht eine Pracht?«

»Wow, Max, die ist wunderschön! Und diese Farben … fast so, als würden sie brennen.« Ich ging ein Stück näher heran und steckte meine Nase in eine der Blüten. »Und wie die duftet. Himmlisch! Ich hab zwar nicht so die Ahnung von Rosen, aber ich glaube, da ist dir etwas ganz Besonderes geglückt. Hat sie schon einen Namen?«

Ich hörte, wie der Korken aus der Flasche ploppte. Dann ertönte Gerede aus einem alten Kofferradio.

Max kam mit zwei Gläsern zu mir herüber und reichte mir eins.
»Nein, einen Namen hat sie noch nicht. Ich habe noch nichts Passendes gefunden.«

»Diese Rose hat einen außergewöhnlichen Namen verdient. Da sollte man nichts überstürzen.«

Wir stießen an.

»Auf deine Rose.«

Wir standen da und schauten uns an. Die Stimmung war zum Zerreißen gespannt und Pe Werner sang in diesen Augenblick hinein: »… dieses Kribbeln im Bauch kennst du doch auch, wenn man glaubt, fast überzuschäumen vor Glück …«

Ich überlegte nicht eine Sekunde, als ich langsam auf ihn zuging, ohne meinen Blick abzuwenden. Ein magisches Band zog mich zu ihm hin, mein Herz raste und meine Hände waren feucht. Max war schlagartig nicht mehr so cool, wie er sich sonst gerne gab. Gerade als er schüchtern seinen Arm um meine Taille legte und sich unsere Lippen beinahe berührten, hörten wir, wie die Tür geöffnet wurde. Hektisch fuhr er herum.

»Hallo, wer ist denn da?«, durchbrach eine grelle Stimme die Situation. Die Baronin!

Rasch drückte ich mich in die hinterste Ecke.

»Keine Panik, Tante Berni, ich bin's, Max. Ich wollte nur noch mal nach meiner Rose sehen. Ich bin gleich wieder weg.«

Tante Berni? Ich glaubte, mich verhört zu haben.

»Um diese Zeit, spinnst du! Schleich dich nicht immer so hier rein, du weißt, wie ich das hasse. Und vergiss nicht, das Licht ausmachen, wenn du gehst.«

»Ja, mach ich, versprochen. Gute Nacht.«

»Gute Nacht«, raunte sie missmutig und ihre Schritte entfernten sich. »Dieser Bengel«, hörte ich sie noch schimpfen, dann klappte die Tür wieder zu.

Ich war froh, dass sie nicht nach hinten gekommen war. Es wäre mir schon arg peinlich gewesen. Aber ich war auch verärgert, denn der schöne Moment war futsch.

Max hatte sich wieder in den Coolen verwandelt. »Hey, warum haste dich denn da in der Ecke versteckt?«

»Ich wusste ja nicht, dass ihr verwandt seid.«

»Und, stört's dich?« Er nahm die Flasche hoch. »Noch Wein?«

»Nein danke, ich muss ja noch fahren. Warum hast du das denn nicht gleich gesagt?«

»Was?«

»Na, dass sie deine Tante ist.«

»Wieso hätte ich das tun sollen?« Lässig setzte er sich auf die kleine Bank und ich fühlte mich nicht eingeladen, mich neben ihm niederzulassen, also wählte ich einen der Stühle, die vor dem Tisch standen.

»Na ja, dann hätte ich weniger Adrenalin ausgestoßen, als wir hier so heimlich übers Gelände gehuscht sind.«

»Ich fand's ganz spannend so«, grinste er.

Ich war ziemlich angesäuert. Nicht nur, weil er mir verheimlicht hatte, dass er der Neffe der Baronin war, nein, auch weil die schöne Stimmung von eben total im Arsch war. Nichts wäre romantischer gewesen, als ein inniger Kuss in dieser Atmosphäre. Da musste diese borniere Kuh reinplatzen und alles kaputt machen.

»Spannend? Na ja, wie man's nimmt«, erwiderte ich. So richtig böse war ich ihm nicht, denn es hatte bisher keinen Grund gegeben, mir das zu erzählen. Ich nahm all meinen Mut zusammen, um eine andere Angelegenheit zu klären, die dabei war, sich in mir festzufressen. »Sag mal, diese Florentine, kennst du sie schon länger?«

»Ja, Flo und ich sind seit der Schulzeit so was wie beste Freunde.«

»Und seid ihr ein Paar?« Ich wollte diese Frage gar nicht stellen, ich wusste auch nicht, wieso ich es dennoch tat. Deshalb setzte ich schnell 'ne Entschuldigung nach: »Sorry, das geht mich nichts an.«

»Brauchst dich nicht zu entschuldigen. Zwischen Flo und mir ist mal kurz was gelaufen, doch dann stellte sie fest, dass sie eher auf Frauen steht. So ist das halt.« Von Wehmut war nichts in seiner Stimme zu hören, demnach hatte er diese Abfuhr überwunden.

Jetzt mochte ich Flo richtig gut leiden. Sie war 'ne Lesbe, also keine Gefahr für mich. Das fand ich richtig gut. »Ist ja komisch …«, begann ich, ließ das Satzende jedoch offen.

»Was ist daran komisch?«

»Na, weil mein bester Freund Chris schwul ist. Diese Gemeinsamkeit zwischen uns, das find ich komisch.«

Wir saßen noch eine gute Stunde da, er trank den Wein und wir unterhielten uns über Gott und die Welt. Irgendwann gegen drei Uhr nachts erklärte ich, dass ich todmüde wäre und nach Hause wollte. Ich hatte zwar gehofft, dass sich noch einmal so ein schöner Moment wie der vor der Störung ergeben würde, aber Fehlanzeige. Es war zwar nett, aber mehr nicht. Das kribbelige Gefühl in meinem Bauch blieb jedoch beständig bei mir. Ich setzte Max zu Hause ab und war mehr als enttäuscht, dass er zum Abschied doch nur einen feuchten Händedruck für mich übrig hatte.

Vergiss es, Benita, sinnierte ich in meinem Bett. Dein Interesse an ihm ist größer, als seins an dir. Schlag ihn dir aus dem Kopf. Noch in dieser Nacht beschloss ich, Patricks Einladung nach Malle anzunehmen.

Am nächsten Morgen fühlte ich mich immer noch beschissen. Es wollte mir nicht gelingen, die Bilder der letzten Nacht aus dem Kopf zu bekommen. Diese Florentine, die ich erst dann nett fand, als ich erfuhr, dass sie lesbisch war. Wie er im Kino seine Hand auf meine legte, seine Lippen fast an meinen und sein Arm um meiner Taille … Alles war perfekt und die Nacht versprach, sich mit einem Happy End zu verabschieden. Bis das Schicksal mir wieder mal einen Strich durch die Rechnung machte. Musste diese alte Schnepfe auch ausgerechnet im schönsten Augenblick hereinplatzen?

Maulig stieg ich aus dem Bett und schlurfte in mein Badezimmer. Ich hoffte, die Gedanken an Max mit einer kalten Dusche wegspülen zu können. Es gelang nicht wirklich, doch dann holte mich das Klingeln meines Telefons in die Realität zurück.

»Hallo Mama, was gibt's so früh?«

»Benilein, ich wollte dich zum Frühstück einladen. Christoph habe ich auch Bescheid gesagt, er bringt die Brötchen mit.«

Frühstück bei meiner Mutter und dann auch noch so förmlich? Mit Chris? Das ließ mich aufhorchen. »Ist was passiert?«

»Nein, keine Spur. Komm einfach, sobald du fertig bist.«

»Okay, dann bis gleich.«

Im Auflegen hörte ich noch ihre Stimme etwas ergänzen. »Ach, ich bat Christoph, dich doch gleich einzusammeln, wenn er vom Bäcker kommt. Ich hoffe, das ist in Ordnung.«

Vermutlich wollte sie sichergehen, dass ich auch wirklich zum Frühstück auftauchte. Nun, sie kannte mich eben gut. Ich hatte tatsächlich keine große Lust, aber Alfredo würde ja bald wieder zurückfliegen und ich wollte sowieso noch einige Sachen mit ihm besprechen.

»Ja, passt schon, bis dann.«

Keine Minute später klingelte es und ich betätigte den Türsummer. Dann öffnete ich die Wohnungstür und ließ sie einen Spalt offen.

»Hu, hu. Ich bin's«, hörte ich Chris kurz darauf im Flur flöten.

»Küche«, rief ich.

»Hi Benilein. Alles fit? Wie war der Abend?« Er drückte mir ein Küsschen auf die Wange und setzte sich.

»Geht so und bei dir?«

Chris rutschte auf dem Stuhl hin und her. Ich wusste genau, wie gespannt er auf meinen Bericht vom gestrigen Abend wartete, doch ich brauchte Zeit. Es war schon schwer genug, daran zu denken, was wieder mal alles schief gelaufen war. Ich holte die Dose mit den Kaffeepads aus dem Schrank und füllte die Maschine mit frischem Wasser.

»Willste auch einen Kaffee, bevor wir fahren?«

»Ach ja, wieso nicht? Und nun erzähl schon! Wie ist es gelaufen?«

Ich schaute ihn an und verzog mein Gesicht.

»Ach Beni, jetzt lass dir nicht alles aus der Nase ziehen.«

Ich erzählte ihm vom Dilemma mit Max.

»Das Timing der Baronin war schon immer etwas daneben.« Chris streichelte mitfühlend meinen Rücken. »Und jetzt?«

»Was jetzt? Nix. Nachdem dieser Moment zerstört war, war Max wieder so unnahbar wie vorher. Es war, als hätte jemand einen Schalter in seinem Kopf umgelegt. Erst ist er voll romantisch und es hat die ganze Zeit geknistert zwischen uns, und dann einfach peng und aus. Keine Regung, kein Annäherungsversuch mehr, nichts. Neutral wie eh und je. Als sei ich ein Kumpel, mit dem er nachts im Gewächshaus 'ne Flasche Wein geköpft hat. Wir haben uns danach nur noch unterhalten. Und deshalb habe ich beschlossen, mit Patrick zu fliegen.«

»Also jetzt doch der Anwalt?«, fragte Chris verwundert.

»Ja, ich denke schon. Max hat ja offenbar keinerlei Interesse an mir.«

»So würd ich das jetzt aber nicht auffassen, Engelchen. Immerhin habt ihr euch fast geküsst. Ich denke, er ist vielleicht nur etwas unbeholfen was das angeht. Wahrscheinlich ist das so 'ne Art Schutzpanzer.«

»Ach hör schon auf, Chris. Ich habe es deutlich gespürt. Er empfindet nicht wirklich etwas für mich. Ganz sicher waren es nur der Wein und die Atmosphäre. Das muss ich so akzeptieren. Auch wenn ich's mir anders gewünscht hätte«, gab ich kleinlaut zu.

»Und der Anwalt soll's jetzt richten? Na wenn du da mal nicht auf dem falschen Dampfer bist.«

»Ich mag Patrick, wenn auch nicht so wie Max, aber vielleicht entwickelt sich das ja noch. Immerhin kennen wir uns ja noch gar nicht richtig.« Ich hörte zwar meine Worte, mochte aber nicht wirklich daran glauben.

»Hä, ich komm da nicht mehr mit. Mit Max stehst du kurz vor dem ersten Kuss und nur weil Bernadette gestört hat und ihr danach nicht sofort wieder übereinander hergefallen seid, glaubst du, dass er nichts von dir will, und fällst mal eben die Entscheidung, nun doch mit dem Anwalt nach Malle zu fliegen, weil sich da ja vielleicht doch was entwickeln könnte?« Empört schüttelte er den Kopf. »Sag mal Beni, du weißt schon, dass du dem Anwalt Hoffnungen machst, die du wahrscheinlich nicht erfüllen wirst? Versteh mich nicht falsch, aber ganz offensichtlich bist du in diesen Max total verknallt. Meinst du, dass der Anwalt als dein Notnagel das ändern kann?«

»Meine Entscheidung steht. Ich werde Patrick noch heute sagen, dass ich ihn begleiten werde.«

Chris seufzte. »Na ja, auch wenn ich dir das nicht abnehme, so respektiere ich deine Entscheidung natürlich.«

Um nicht weiter über meinen Entschluss nachdenken zu müssen, kramte ich die neueste Neuigkeit hervor. »Wusstest du, dass Max der Neffe der Baronin ist?«

»Du machst Witze.« Chris' riss vor Staunen die Augen weit auf und stellte seine Tasse vorsichtshalber auf den Tisch, damit der Kaffee nicht heraus schwappte.

»Kein Witz. Er ist tatsächlich ihr Neffe. Die Gewächshäuser auf dem Grundstück der Villa gehören ihm. Blumen und Gärtnern sind seine Hobbies. Er hat sogar eine eigene Rose gezüchtet. Sie hat noch keinen Namen, sieht aber wunderschön aus. Er wohnt in der Lennéstraße in einer Eigentumswohnung. Ich war erst sehr überrascht, dass sich ein Student das leisten kann, aber er erzählte mir dann, dass er das Geld dafür geerbt und es in diese Wohnung investiert hat.«

»Wow, das ist ja was. Bernadette hat ihn nie erwähnt, und er war mir auch nicht wirklich aufgefallen, wenn ich dort war. Tja, ist ja jetzt auch wursch. Max ist Geschichte.«

»Ganz recht, das ist er«, bestätigte ich. Diese Erkenntnis würde die nächsten Wochen noch ganz gehörig an mir nagen, das spürte ich. »Lass uns los, sonst denkt meine Mutter noch, ich hätte dich bequatscht, doch hier zu bleiben.«

Eine halbe Stunde später trafen wir bei meiner Mutter ein. Ich wunderte mich schon ein wenig, dass die beiden sich so fein gemacht hatten. Alfredo trug einen Anzug, was man bei ihm nur selten sah, und auch meine Mutter hatte sich zurecht gemacht. Chris stand grinsend neben mir.

»Okay, was ist hier los? Was wisst ihr was, was ich noch nicht weiß?«, fragte ich, nachdem ich den festlich gedeckten Tisch sah.

Alfredo warf meiner Mutter einen liebevollen Blick zu und auf ihrem Gesicht zeichnete sich ein glückliches Lächeln ab. »Benita, gestern war eine wundervolle Tag. Ganz morgen in der Frühe, iche habe mein Herz angefasst und habe Liebe erklärt an deine Mama. Und hat sie gesagt, sie empfinden el amor für alte Alfredo und wird fliegen mit nach España.«

»Was?! Das ist ja …, also ich weiß gar nicht, was ich sagen soll.«

»Wie wär es mit einem *Herzlichen Glückwunsch, Mama*?«, schlug Chris vor.

»Na das nenn ich mal 'ne Überraschung. Herzlichen Glückwunsch ihr beiden.« Ich fiel erst meiner Mutter und dann Alfredo um den Hals. Eine schönere Nachricht hätte ich an diesem Tag kaum bekommen können. Dann wandte ich mich an meinen besten Freund. »Und du hast davon gewusst?«

Er nickte verstohlen.

»Seit gestern Nachmittag«, bemerkte meine Mutter und strahlte wieder mit der Sonne um die Wette.

Irritiert schaute ich Chris an. »Wie hast du es geschafft, deinen Mund zu halten?«

»Manchmal wachsen wir über uns hinaus, Benilein.«

Ich konnte ihm gar nicht böse sein, denn das verdiente meine absolute Anerkennung. Ich war überglücklich, weil ich nun wusste, dass meine Mutter gut aufgehoben war und mit Alfredo einen tollen Mann gefunden hatte, der sie ganz sicher für den Rest ihres Lebens auf Händen tragen würde. Ein leichter Stich fuhr mir dennoch ins Herz und der Gedanke, ob auch ich bald mein Glück finden würde, schlich sich wieder in mein Bewusstsein. Aber dieser Tag gehörte den beiden, deshalb verscheuchte ich meine Gedanken fürs Erste.

Wir saßen gemütlich beieinander und sprachen davon, wie wir den Umzug meiner Mutter nach Spanien organisieren würden.

»Du fliegst also schon am Mittwoch mit?« Auch wenn ich ihr dieses Glück gönnte, war ich mit einem Mal sehr traurig. Es war schon eigenartig. Zwei Jahre lang hatte ich darauf hingearbeitet, dass meine Mutter mit Alfredo nach Spanien ging, doch nun war es soweit und ich wurde wehmütig. Aber der Umzug war gut für sie, vieles würde einfacher für sie, sie war dort mit Alfredo zusammen und das milde Klima würde ihr auch gut bekommen.

»Und weil wir gerade so schön dabei sind …«, begann ich und ließ die Katze aus dem Sack. »Ich werde am Freitag ebenfalls nach Spanien fliegen.«

Meine Mutter sah mich fragend an.

»Ich habe dir doch von Patrick erzählt, Mama.«

»Der Anwalt?« Sie zog die Augenbrauen nach oben.

»Er hat mich übers Wochenende auf seine Finka eingeladen und ich werde die Einladung annehmen.«

»Findest du das nicht etwas überstürzt? Du kennst ihn doch noch gar nicht richtig.«

»Mama, ich bin erwachsen und weiß, was ich tue.«

»Bella Monika, du musst lasse deine Kind ziehen. Isse Benita gute 149 Frau, wisse was gut für sie. Wie Mama.« Er drückte meiner Mutter einen dicken Kuss auf die Wange.

Chris sprengte als erster die Frühstücksrunde. »So ihr Turteltäubchen, ich muss los. Ich hab noch eine Verabredung.«

»Holger?«, grinste ich.

»Holger?« Diesmal war es meine Mutter, die als Einzige nicht wusste, worum es ging.

Chris winkte ab. »Ach Mama Monika, das ist eine etwas längere Geschichte, die ich dir ein anderes Mal erzähle. Benilein, soll ich dich mit zurück nehmen?«

»'ne lass nur, ich wollte eh noch mit Alfredo reden. Du weißt doch, jobtechnisch. Ich fahre mit der Straßenbahn. Ist ja nicht so weit. Ich ruf dich später an, wenn's okay ist.«

Chris wollte sich gerade in Bewegung setzen, doch meine Mutter war schneller und zog ihn wieder zurück auf seinen Stuhl. »So einfach kommst du mir nicht davon, mein Lieber. Du zählst ja quasi zur Familie, also raus damit. Ich will alles haarklein wissen?«

Chris stand wieder auf. »So gern ich auch noch mit euch plaudern würde, so ungern möchte ich Holger warten lassen.« Er legte seinen Arm um mich. »Du kannst ihnen die Geschichte erzählen, wo ich Holger kennengelernt habe, Engelchen. Du kennst den Ort ja auch sehr gut. Und vergiss nicht den Teil mit der Happy-End-Massage.« Er zwinkerte mir zu. Ich spürte, wie mir das Blut in die Wangen schoss und warf ihm einen vernichtenden Blick zu.

Alfredo spuckte seinen Kaffee über den Tisch. »Happy-End-Massage? So wie Thai-Chickas machen? Ah, meinte sicher deine One-Night-Stand mit diese Viktor.« Alfredos Geplapper ließ die Situation noch ein wenig mehr hochkochen. Ich schaute zu meiner Mutter und schluckte den riesigen Kloß runter, der meine Kehle abzuschnüren drohte. Gott, war das peinlich und dieser kleine Schwuli würde sich gleich aus dem Staub machen und es genießen, mich schwitzen zu wissen. Ich schwor mir, ihm das heimzuzahlen.

»Was?«, meine Mutter starrte erst Alfredo, dann Chris und schließlich mich an.

»Ich bin weg. Macht's gut. Ich ruf dich an, Engelchen. Hab dich lieb …« Chris eilte davon, die Haustür fiel ins Schloss.

Du mich auch, dachte ich wütend. Alle Blicke ruhten nun auf mir. Na bravo, jetzt hieß es Einfallsreichtum zu besitzen.

»Es geht mich ja nichts an, aber meinst du nicht, dass du für derlei Aktivitäten ein bisschen zu alt bist?«

»Du hast vollkommen recht, Mama. Es geht dich nichts an. Können wir das Thema wechseln, bitte.« Ich dachte nicht im Traum daran, meiner Mutter davon zu erzählen. Alles musste sie nun auch nicht wissen. Außerdem war ich nicht sonderlich stolz darauf. Obwohl, wenn ich mir die Nacht mit Viktor in Erinnerung rufe, so muss ich zugeben, dass es eine sehr prickelnde Erfahrung war, die ich nicht missen möchte. Still genießen war die eine Sache, darüber reden, eine andere. Und Letzteres kam für mich nicht in Frage.

»Schon gut, ich bin still. Aber gutheißen muss ich das noch lange nicht. Was man sich da alles holen kann.«

»MAMA!«

»Monika, Bella Donna, lasse sein gut. Isse Benita genug alt, und kann entscheide selber mit Leben, wasse mache.«

»Danke, Alfredo.« Ich beschloss, zum Wesentlichen zu kommen: »Hast du die Liste für mich? Ich werde sie nächste Woche abtelefonieren. Der Wunsch nach einer eigenen Agentur ist zwar noch da, aber wenn sich vielleicht doch was als Angestellte oder Freiberuflerin ergibt, würde ich das erstmal vorziehe.«

Er stand auf und ging in den Flur.

»Sei jetzt nicht sauer auf deine alte Mutter, Beni. Ich mache mir halt immer Sorgen um dich. Egal wie alt du auch bist, so sind Mütter nun mal.«

»Ich bin nicht sauer auf dich, Mama. Ich könnte Chris nur manchmal für seine große Klappe umbringen. Und da sag noch einer, wir Frauen seien schlimm. Hör zu Mama, es gibt Dinge in meinem Leben, die gehen keinen etwas an. Und es wäre schön, wenn du das respektieren könntest. Wenn ich dir was erzählen möchte, dann tue ich das, aber wenn nicht, dann bohre nicht nach und lass gut sein, okay.«

Alfredo kam zurück und übergab mir einen Umschlag. »Sind Nummern von die Telefon viele alte Kollege und Geschäftepartner von mir. Alles sind die gute Grafiker, mit eigene Büro. Sagst du Alfredo hat geschickt, dann alles gut. Und wenn du hast gefunden, dann du kommst Mama und mich sagen. Musst du geben deine Wort.«

»Na klar, dank dir, Alfredo. Und sobald ich von Mallorca zurück bin, helfe ich euch bei den Formalitäten.«

»Mach langsam, Benita. Wir müssen uns erstmal das Grundstück auf La Gomera ansehen. So schnell schießen die Preußen nicht. Bis alles so weit erledigt ist, dass ich Deutschland endgültig den Rücken kehre, dauert es sicher noch ein paar Monate.«

Es wurde noch ein schönes Frühstück. Wir unterhielten uns über Chris und das es jetzt, wo er einen Lebenspartner gefunden hatte, wohl etwas anders zwischen uns werden würde. Überhaupt dachte ich, dass jetzt für uns alle ein neuer Lebensabschnitt begann. Und keiner von uns wusste, was die Zukunft bringen würde. Für meine Mutter und für Chris ganz sicher eine glückliche Zeit. Und für mich? Nun, ich würde es erfahren.

Mit der Bahn zu fahren, war eine gute Idee. So hatte ich Gelegenheit, in Ruhe über alles nachzudenken. Ich war froh, dass meine Mutter sich für Alfredo entschieden hatte. Wenn zwei Menschen sich liebten, sollten sie nicht jeder für sich leben. Dieser Gedanke brachte mich unfreiwillig wieder zurück zu Max. Ich war eben doch zu alt. Wahrscheinlich war er in dieser Nacht auch zu dieser Erkenntnis gelangt.

Schnee von gestern, Benita. Hör auf, dir den Kopf über diesen Kerl zu zerbrechen. Dein wundervoller Anwalt wartet auf dich. Ihr werdet ein so tolles Wochenende verleben, und du wirst dich ganz sicher total verknallen. Du magst ihn ja schließlich auch. Er sieht toll aus, ist gebildet und, was am wichtigsten war, er war alt genug und wusste genau, was er wollte.

»Junges Fräulein, würden sie so nett sein und ihre Tasche von diesem Platz nehmen?« Eine ältere Dame stand vor mir und beanspruchte den Platz neben mir.

»Was? Oh, natürlich, verzeihen Sie. Ich muss eh gleich raus. Bitte schön.« Ich sollte wirklich aufhören, mit mir selber zu reden, dachte ich bei mir.

Am Luisenplatz stieg ich aus. Auch an diesem Tag erwischte mich der Impuls, durch den Park nach Hause zu gehen, doch aufgrund der jüngsten Ereignisse änderte ich kurzfristig meine Meinung und die Richtung.

Ich wollte Max nicht in die Arme laufen, falls er wieder seinen Dienst schob. Überhaupt beschloss ich, ihn ein für alle Mal aus meinem Kopf zu verscheuchen. Und, um das Ganze zu untermauern, zog ich mein Handy aus der Tasche und wählte Patricks Nummer.

»Rechtsanwaltskanzlei Patrick Schubert, was kann ich für Sie tun?«

»Geben Sie mir bitte Herrn Schubert. Sagen Sie ihm, hier ist Benita und das es dringend ist«, sagte ich rasch, bevor diese Chantal mich wieder unliebsam abwimmeln konnte.

»Einen Moment bitte«, zischte sie in den Hörer.

Es ertönte eine grässliche Warteschleifensequenz, in der diese Stimme nach der Musik immer herunterleiert: Please hold the line, bitte warten.

»Benita, was verschafft mir die Ehre?«

Ich erschrak, als Patricks Stimme erklang. »Hi, ähm, ich wollte dir nur schon heute sagen, dass ich deine Einladung gerne annehme.«

Eine Weile war nichts zu hören. Hatte er etwa schon bereut, mich eingeladen zu haben, und suchte jetzt nach der passenden Ausrede, mir das mitzuteilen? Womöglich nahm Chantal meinen Platz ein. Bei meinem Glück würde mich das nicht wundern.

»Patrick? Bist du noch dran?« Ich merkte jetzt erst, dass ich in einem Funkloch steckte. »So 'n Mist.«

Ich ging ein Stück weiter und als die Netzanzeige wieder voll da war, versuchte ich es erneut.

»Rechtsanwaltskanzlei Patrick Schubert, was kann ich für Sie tun?«

»Sorry, wenn ich schon wieder störe. Könnten Sie mich noch mal verbinden, wir wurden eben unterbrochen.«

»Moment.«

Please hold the …

»Benita, du warst eben weg.«

»Funkloch, sorry.«

»Ich freu mich wahnsinnig und kann es kaum noch abwarten. Ich werde sofort die Tickets buchen. Sehen wir uns trotzdem am Mittwoch noch? Ich hab gleich einen Mandanten, deshalb muss ich Schluss machen.«

»Ja, ich komme Mittwoch vorbei. Gegen vier, ist das okay?«

»Patrick, Herr Erbenfeld ist da«, hörte ich Chantals Stimme im Hintergrund. Sie waren also per du … und es machte mir nichts aus.

»Das ist prima. Du sei nicht böse, ich muss. Bis Mittwoch. Ich freu mich.«

»Ja, ich mich …«, setzte ich an, aber da war er schon weg. »… auch«, beendete ich den Satz für mich.

Ich würde also mit ihm nach Mallorca fliegen. Wieso freute ich mich nicht so wirklich darauf? War es vielleicht doch falsch? Nein, keinesfalls. Er mochte mich und ich mochte ihn. Drei Tage mit einem Traummann in Spanien. Und so gar nicht freute ich mich auch nicht. Okay, es kribbelte nicht so in meinem Bauch wie bei Max, aber das würde ganz sicher noch kommen.

Und jetzt hör auf zu grübeln, du blöde Kuh! Nimm es als Geschenk des Himmels an und freu dich gefälligst. Chantal würde ganz sicher keinen Gedanken an so etwas verschwenden. Für den Mittwoch nahm ich mir vor, Patrick nach Chantal zu fragen.

Ich lief über den Luisenplatz und folgte meinem alten Schulweg nach Hause. Beinahe alles hatte sich im Laufe der Zeit verändert, aber die alte Schule, in die ich zehn Jahre gegangen war, kaum. Zumindest die Fassade war gleich geblieben, wenn auch ihr Antlitz nach der Wende frischer wirkte. Ich blieb vor dem großen Metalltor stehen. Wie oft war ich hier hindurch gegangen? Mal mit mehr, mal mit weniger Enthusiasmus. Je älter ich wurde, desto weniger Bock hatte ich auf Schule. Dieses Phänomen hatte sich über Generationen hinweg gehalten. Ehrfürchtig schaute ich an dem Gebäude entlang, das heute ein Gymnasium beherbergte. Ich freute mich, dass es eine Schule geblieben war, denn diese alten Mauern bargen so viel Wissen, das hier über Jahrzehnte gelehrt wurde. Es war ein gutes Gefühl zu sehen, dass manche Dinge aus alter Zeit überlebt hatten. Durch die Mauerstraße bis hin zur Weinbergstraße schlenderte ich auf den Spuren meiner Vergangenheit und musste einmal mehr feststellen, dass ich eine schöne und vor allem behütete Kindheit hatte. Hier wohnte Michael und dort oben Ines. Da war früher die Bäckerei, die so vielen Kindern als Abkürzung in die Gregor-Mendel-Straße diente. Ich weiß noch genau, dass es eigentlich verboten war, durch den Bäckereibetrieb zu gehen, um so den längeren Weg die gesamte Weinbergstraße entlang zu vermeiden. Uns war das einerlei. Wir liebten diese Abkürzung. Und hin und wieder gab es sogar von einem der Mitarbeiter einen noch warmen Pfannkuchen mit auf den Weg. Mit extra viel Marmelade drin, versteht sich. Wenn der Backbetrieb ruhte, war die Tür meist verschlossen, aber manchmal hatten sie vergessen abzuschließen und dann huschten wir immer wieder gern hindurch. Ja, damals war noch alles unbeschwert. Und heute? Heute grübelte ich darüber, ob es richtig war, mit einem fast fremden Mann nach Mallorca zu fliegen.

Gerade als ich meine Haustür aufschloss, machte sich mein Handy mit dem Empfang einer Nachricht bemerkbar. Ich ging hinein, stellte meine Tasche ab und sah nach, wer mir eine SMS geschickt hatte. Sicher meine Mutter oder Chris. Wobei Chris eigentlich, genau wie ich, nicht der Typ fürs SMS-Schreiben war. Er war eine Plaudertasche und würde vermutlich Tage brauchen, um auch nur zwei Sätze zu tippen.

Ich staunte nicht schlecht, als ich den Absender sah. Neben dem kleinen Briefumschlag stand tatsächlich der Name Max. Augenblicklich kribbelte es wieder in meinem Bauch. Ich überlegte kurz, ob ich die Nachricht ungelesen löschen sollte. Das wäre sicher das Beste gewesen, da ich diesen Kerl ja aus meinem Kopf und somit auch von meinem Handy löschen wollte. Aber hey, ich war 'ne Frau, klar, dass ich niemals löschte, ohne nachzusehen.

Heute Abend schon was vor? Wenn nicht, meld dich mal. Gruß Max.

Wollte ich mir das schon wieder antun? Ein Abend voller Hoffen und Bangen darauf, dass wir uns nun doch ein bisschen näher kamen, um hinterher einmal mehr festzustellen, dass er in der Tat nichts weiter als eine lockere Freundschaft wollte?

Nein. Kein weiteres Gefühlschaos mehr. Schluss mit der Nervosität und dem dämlichen Bauchgekribbel. Ich drückte auf Löschen schaltete das Handy aus und ließ mir ein Bad ein.

Zwei Stunden später, ich lag auf der Couch und schmökerte in einem wirklich guten Roman, klopfte es an der Wohnungstür. Das konnte nur ein Nachbar sein. Ohne Schlüssel konnte niemand das Haus betreten. Wahrscheinlich hatte Herr Baltuschack beim Einkauf wieder was vergessen. Das gab es schon mal ganz am Anfang, als ich hier wieder eingezogen war, da hatte er um etwas Zucker gebeten.

»Moment noch«, rief ich, eilte in mein Schlafzimmer und zog meinen Bademantel über.

»Wer ist da?«, fragte ich und schaute durch den Türspion. Da stand tatsächlich Patrick!

Ach du Scheiße! Ich schaute in den großen Wandspiegel, der neben der Garderobe hing. Flodder ist ein Scheißdreck gegen dich, dachte ich. Haare auf halb neun, der Bademantel hatte seine besten Jahre auch schon hinter sich und zwei verschiedene Socken an den Füßen. Fehlten eigentlich nur noch der Zigarrenstummel und die Gummistiefel. Super Outfit, für einen solchen Besucher. So konnte ich ihn auf keinen Fall reinlassen. Allerdings konnte ich ihn auch nicht draußen stehen lassen. Und woher wusste er überhaupt, wo ich wohnte? Und wer hatte ihn ins Haus gelassen?

»Momentchen noch, ich komme gleich. Ich muss mir was anziehen.« Ich hetzte in mein Schlafzimmer und stieß mir dabei den Zeh an der Tür. »Au, so 'n Mistdreck, verfluchter.«

»Alles okay, Benita? Hast du dir weh getan«, hörte ich ihn von draußen rufen.

»Nein, alles okay, ich bin gleich bei dir.«

Mein großer Onkel pochte den Schmerz im Sekundentakt in mein Hirn. Ich zerrte einen Pulli aus meinem Schrank und dabei riss ich den gesamten Stapel mit raus.

»Scheiß verfluchter Klamottenwahn«, wetterte ich und sprang in meine Jeans.

»Ich komm schon«, rief ich und hastete zur Tür. Noch schnell die Haare etwas richten, was vermutlich nix half. Ich sah aus wie ein aufgeplatztes Sofakissen, als ich die Tür endlich öffnete.

Da stand er. In der einen Hand eine Flasche Sekt und in der anderen einen Strauß bunter Blumen. »Ich hatte dich vorhin am Telefon so unfreundlich abgewimmelt, dass wollte ich wieder gut machen.« Er reichte mir die Blumen.

Das war so lieb, wie er dastand, mit den Blumen und dem Sekt. Und was machte ich blöde Gans? Ich starrte ihn an und sagte kein Wort. Ich war nicht fähig, mich auch nur einen Zentimeter zu bewegen.

»Darf ich reinkommen?« Unsicher trat Patrick von einem auf den anderen Fuß.

»Ups, na klar, komm rein. Aber sieh dich nicht um, ich habe hier gerade ein kleines Chaos angestiftet.« Mit dem Fuß kickte ich meine Schlafzimmertür zu. Ich führte ihn ins Wohnzimmer, schoss noch rasch ein Paar schmutzige Socken unter die Couch, hangelte den BH von der Sessellehne. Ich wusste nicht so schnell wohin damit, also stopfte ich ihn mir unter den Pulli. Hauptsache aus seinem Blickfeld.

»Setz dich doch.«

Er startete einen zweiten Versuch, den Blumenstrauß loszuwerden.

»Die sind aber schön. Ich hol eine Vase, damit sie nicht verdursten.«

»Mach das«, sagte er lächelnd und ich sah im Augenwinkel, wie er sich auf das Sofa setze.

Hoffentlich steckt nich noch 'n Schlüppa von dir in der Sofaritze, dachte ich mit Unbehagen. In der Küche suchte ich verzweifelt nach einer Vase. Natürlich hatte ich keine. Wozu auch? Mir schenkte ja eh keiner Blumen. Außer Chris mal zum Geburtstag. Dieser Strauß stand mittlerweile völlig verwelkt in einem großen Bierhumpen, der als Vase herhalten musste. Ich warf das Gestrüpp in die Tonne und schüttete das alte Blumenwasser in den Ausguss. »Boah, watt für 'n Gestank.«

»Du bekommst wohl nicht oft Blumen?«

Ich fuhr herum. Patrick stand in der Tür und schien sich köstlich darüber zu amüsieren, wie ich versuchte, den Bierhumpen einigermaßen zu säubern, um den frischen Strauß reinzustellen.

»Nee, nicht wirklich. Aber zur Not tut's eben auch der Humpen hier. Ich trink Bier eh lieber aus der Flasche, von daher fristet er sein Dasein wenigstens nicht ganz umsonst. Brauchst du was?«

»Zwei Gläser wären gut.«

»Die sind im Wohnzimmerschrank.« Ich zwängte mich mit meinen Blumen an ihm vorbei und für einen Augenblick trafen sich unsere Blicke. Er roch schon echt lecker, das konnte ich nicht leugnen. Überhaupt fand ich, dass er mir heute besonders gut gefiel. Er hatte Stil und war sicher auch ganz romantisch. Mal schauen, was der Abend so bringen würde.

Er nahm auf dem Sofa Platz, ich im Sessel.

Er reichte mir ein Glas und prostete mir zu: »Auf das Wochenende.«

Ich spürte eine gewisse Nervosität in mir aufsteigen. So ein Gefühl, wie beim Zahnarzt im Wartezimmer kurz bevor man aufgerufen wurde.

»Ja Prost!« Ich schüttete den Sekt hinunter, als gäbe es kein Morgen mehr. »Hm, lecker. Krieg ich noch eins?« Ich hielt ihm mein Glas hin. Ein bissel Mut antrinken, das war mein Plan, damit ich nicht so furchtbar unentspannt war. Natürlich wusste ich, dass ich Sekt nicht gut vertrug. Aber ich würde alles unter Kontrolle behalten.

»Trink langsam, es ist genug da, Benita. Und warum bist du so weit weg? Willst du dich nicht zu mir setzen?« Er beugte sich vor und schenkte nach.

Okay, alles klar. Kuscheln auf'm Sofa? Ach Quark. Was du dir da wieder zurechtlegst. Er war ein Gentleman.

»Okay, rutsch rüber.« Nicht ganz so unentspannt, wie ich es vorhatte, setzte ich mich neben ihn. Konversation, das war das Zauberwort. Ich musste eine Unterhaltung in Gang bringen. »Woher wusstest du, wo ich wohne?« Das interessierte mich wirklich. Mein erster Gedanke war Chris, der konnte ja nie seinen Mund halten.

»Es stand in deiner Akte. Schon vergessen? Als Anwalt sollte ich doch wissen, wo meine Mandanten wohnen.«

Ich kam mir ganz schön dämlich vor. »Ja, natürlich. Wie blöde von mir. Da kannst du mal sehen, wie sehr ich diese Erfahrung vergessen wollte.« Klar, der Typ wusste ja so ziemlich alles von mir. »Ich muss dich doch nicht an deine Schweigepflicht erinnern?« Benita, du flirtest mit ihm. Das solltest du nicht.

Ich nippte schnell noch an meinem Glas, dann war ich bereit für meine nächste wichtige Frage: »Sag mal, diese Chantal, deine Sekretärin, ist die eigentlich immer so schnippisch?«

»Ist sie das? Das ist mir bisher noch nicht aufgefallen.«

»Na ja, vielleicht auch nur zu mir. Ich weiß nicht. Sicher mag sie dich.« Er lachte und rutschte ein Stück näher an mich heran.

Noch einmal umspielte sein Parfüm meine Nase. Ich rutsche vorsichtshalber ein Stückchen zurück und dabei passierte es. Der Sekt in meinem Glas schwappte über und landete auf seiner Hose.

»Ach du Schei …benkleister.« Zögerlich, aber mit hektischen Bewegungen begann ich, mit meiner Hand auf seiner Hose rumzureiben.

»Das ist mir so peinlich. Entschuldige bitte. Warte ich hol ein Tuch.« Ich sprang auf, doch er hielt mich am Arm zurück und zog mich wieder auf die Couch.

»Bleib locker. Ist doch nur Sekt.«

Und wie wir da so saßen und uns ansahen und mir alle möglichen Sachen durch den Kopf gingen, die ich wohl noch eben schnell hätte tun können, um ihn trocken zu legen, da war es auch schon geschehen. Wir küssten uns. Wir küssten uns lange und innig und ich spürte seine Hände überall auf meinem Körper. Hin- und hergerissen von meinen Gefühlen sank ich immer tiefer in seine Liebkosungen. Es wäre fantastisch gewesen, wenn ich dazu bereit gewesen wäre mich ihm voll hinzugeben, aber der BH, der lose unter meinem Pulli steckte, ließ alle Alarmglocken in mir bimmeln. Ich wurde zunehmend panischer, aber auch immer gefügiger. Dieser Kerl konnte vielleicht küssen.

Gerade als er mit seiner Hand unter meinen Pulli rutschen wollte, schellte mein Telefon und ich sprang hoch. Ich bebte am ganzen Körper. Dieser Kuss war magisch, dachte ich, aber so ist es besser. Nicht auszudenken, wenn er die Mopsschaukel unter dem Pulli einfach so hervor gezogen hätte. Wahrscheinlich wäre noch so ein Spruch wie *Na, schon mal Vorkehrungen getroffen?* gekommen. Mir war das Ganze so furchtbar peinlich, doch Patrick strahlte. Ganz so, als ob er eben den Jackpot geknackt hätte.

»Ups, Telefon«, stammelte ich und ging mit zittrigen Knien zu meinem Schreibtisch hinüber.

»Wo ist dein Bad?«, fragte Patrick.

»Die Tür neben dem Eingang«, sagte ich und nahm den Hörer ab. Es war Chris. Gott war ich froh, seine Stimme zu hören. Ganz leise sprach ich in die Muschel und schielte immer wieder zur Wohnzimmertür.

»Hallo Chris. Nein, ich habe noch nicht geschlafen. Ich hab Besuch. Patrick ist da.«

»Der Anwalt?«

»Ja, der. Oh Gott, Chris, wir haben uns eben geküsst. Und wenn du nicht angerufen hättest, wäre wer weiß was passiert. Was soll ich denn jetzt tun?«

»Also hat er es drauf.«

»Das kann man wohl sagen.«

»Engelchen, bleib ruhig. Es ist der Traumprinz, mit dem du ein Wochenende verbringen wirst. Dass ihr da vorher schon mal ein bissel rummacht, ist doch super.«

»Ein bissel rummacht? Spinnst du. Das ist es ganz sicher nicht, was ich anstrebe«, widersprach ich vehement. »Jedenfalls nicht so schnell«, schob ich noch hinterher. »Wo bist du?«

»Ich bin noch im Heider, wieso?«

»Bist du allein?«, fragte ich angespannt.

»Benita, was ist los?«

»Bist du allein, oder nicht?«

Im Hintergrund hörte ich Patrick rufen. »Hast du einen Föhn?«

»Was will er mit einem Föhn? Habt ihr etwa schon gemeinsam geduscht?«

»Natürlich nicht, Chris. Ich habe ihm Sekt über die Hose geschüttet.« Ich drehte mich zur Wohnzimmertür. »Oben links im Schrank über dem Spiegel.«

»Warum wundert mich das nicht?« Ich konnte förmlich sehen, wie Chris grinste.

»Chris, bitte, bist du nun allein, oder nicht?«, fragte ich erneut. Ich musste diese Situation hier so schnell wie möglich beenden, ich würde mich sonst vermutlich noch zu Schlimmerem verführen lassen. Er roch ja so gut.

»Nein, ich bin nicht allein, aber du kannst trotzdem herkommen. Deshalb habe ich dich ja angerufen. Irgendwie spürte ich gerade deutlich, dass du mich jetzt ganz dringend brauchst. Das habe ich auch zu Holger gesagt. Und er machte den Vorschlag, bei dir anzuklingeln.«

»Ich liebe dich, bis gleich.«

»Darf ich fragen, wem du solche Geständnisse durch den Hörer zuflüsterst?« Patrick stand dicht hinter mir und schlang beide Arme um meine Taille.

»Meine Mutter. Das war meine Mutter. Ich muss zu ihr. Jetzt. Sie braucht meine Hilfe.« Ich wurschtelte mich aus seiner Umarmung.

»Oh, na ja, wenn das so ist. Ist zwar schade, aber wohl nicht zu ändern.« Er war sichtlich enttäuscht.

»Tut mir echt leid. Nicht böse sein, ja. Wir sehen uns am Mittwoch, okay? Und wir haben ja auch noch das ganze Wochenende.«

Er zog mich an sich heran. »Ich kann am Mittwoch leider nicht, deshalb bin heute hergekommen. Ich wollte dir dein Ticket bringen. Es liegt auf dem Tisch. Der Flieger geht am Freitag um zehn Uhr ab Tegel. Eine Stunde vorher ist Einchecken. Du wirst doch kommen?«, fragte er und streichelte mir übers Gesicht.

»Gewiss doch.«

»Vergiss nicht, wo wir stehen geblieben waren«, flüsterte er und küsste mich, dass mir die Knie erneut weich wurden. Dann war er auch schon weg.

Im Heider fand ich Chris und seine Begleitung in der ruhigen Ecke des Cafés. Es war voll, wie meist um diese Zeit. Hier trafen sich all jene Nachtschwärmer und Paradiesvögel, um noch einen Absacker zu sich zu nehmen. Ein bisschen Bedenken hatte ich schon, Chris und Holger zu stören, aber ich war so aufgewühlt, dass ich dringend mit Chris darüber reden musste.

»Hi Engelchen, das ging aber flott. Holger muss ich dir ja nicht vorstellen. Ihr kennt euch aus der Villa.« Chris zog einen Stuhl für mich vom Nachbartisch herüber.

»Hallo, ja, wir kennen uns von da. Ich bin Benita, Chris' Freundin. Also im platonischen Sinne. Oh sorry, tut mir leid, ich wollte nicht indiskret sein«, fügte ich rasch hinzu.

»Kein Problem, ich weiß schon. Setz dich doch.«

Ein sehr höflicher Mensch und gar nicht so spießig, wie ich ihn in Erinnerung hatte, bemerkte ich und nahm Platz.

Sofort eilte Jacqueline zu uns an den Tisch. »Ups, hallihallo, ick hab Sie janich rinkomm sehen. Iss so viel los, heute Abend. Watt kann ick bring?«

»Ich brauch heute was Starkes. Bringen Sie mir einen doppelten Wodka mit Eis und ...«

»... ohne Zitrone, ick weeß schon.« Jacqueline lächelte stolz und verschwand.

»Bist du mit dem Käfer hier, Engelchen? Dann solltest du nicht trinken.«

»Nein, mit dem Taxi. Ich brauch jetzt den Drink, Chris.« Ich blickte zu Holger, der mich ebenso neugierig musterte wie Chris.

»Erzähl schon. Du brauchst dich nicht zurückzuhalten. Ich habe Holger einen Kurzeinblick in die Situation gegeben.«

»So hast du? Warum überrascht mich das nicht?« Ich überlegte, ob ich das jetzt gut oder schlecht finden sollte, entschied mich aber für Ersteres. Wenn Chris ihm vertraute, tat ich das auch. Ich erzählte also von Patricks Ankunft bis zum Schluss.

»Und wo genau ist jetzt dein Problem, Engelchen? Ich kann da nämlich keins ausmachen. Er stattet dir mit Blumen und Schampus einen Besuch ab, weil er das Ticket vorbeibringen will. Das ist doch lieb von ihm.«

»Ja, aber das wir beinahe übereinander hergefallen sind, war ganz sicher nicht mein Bestreben, Chris. Ich hätte mich fast hinreißen lassen. Er war schon sehr lecker, wie er da so saß. Und er roch so gut. Das Blöde war nur, dass ich vorher in der Hektik meinen BH von der Sessellehne unter meinen Pulli gestopft hatte. Stell dir vor, er hätte das Teil rausgefischt. Ich wär im Boden versunken.«

Beide lachten.

»Das ist nicht witzig, ja.«

»Doch ist es. Und jetzt bist du sauer, weil ich dich mit meinem Anruf daran gehindert habe, den Büstenhalter heimlich zu entfernen?«

»Red nicht so ’n Mist. Du hast doch selber gesagt, dass du das Gefühl hattest, ich bräuchte deine Hilfe. Du hast im richtigen Moment angerufen.«

Holger beugte sich vor und legte seine Arme auf dem Tisch ab. »Also sorry, wenn ich mich einmische, aber hast du nicht vor, mit diesem Mann ein Wochenende zu verbringen? Okay, das mit dem BH wäre, wenn auch witzig, wirklich etwas peinlich, aber hey, du magst ihn doch oder nicht? Meinst du nicht, er hätte darüber hinweggesehen?«, warf Holger ein.

Chris übernahm die Antwort für mich. »Es geht hier gar nicht um diese blöde Mopsschaukel, glaub mir. Es geht um was ganz anderes.«

»Na, jetzt bin ich gespannt, was Professor Dr. Christoph Köster aus dem Psychologieärmel schüttelt«, sagte ich spitz. Ich wusste genau, worauf er hinaus wollte. Und tief in mir drin musste ich ihm ja recht geben, was ich aber äußerlich nicht tat.

Chris drehte sich wieder zu Holger. »Ich hab dir doch von Max erzählt, eurem Gärtner in der Villa, der meiner Benita seit Wochen den Kopf verdreht, aber eben selber nicht so ganz durchschaubar ist, was er eigentlich von ihr will.«

Holger nickte. »Du meinst den Neffen der Chefin.«

»Ja, genau den. Benita glaubt, sie sei zu alt für ihn. Wobei ich aber auch zugeben muss, dass in der Tat zwar sehr süß, aber auch wirklich ein bissel jung ist. Nicht, dass ich mit dem Altersunterschied ein Problem hätte, ich will nur vermeiden, dass Benita sich in was verrennt und hinterher enttäuscht wird.«

»Ah, jetzt verstehe ich. Und der Anwalt hat ganz deutliche Zeichen signalisiert. Den mag sie auch, aber ich glaube, sie fühlt sich zu Max mehr hingezogen. Sonst hätte sie nicht diese Bedenken bei dem Anwalt.«

Kaum zu glauben, die redeten so, als wäre ich gar nicht da. »Hallo? Ich bin anwesend, falls ihr das vergessen habt.«

Holger sah mich beschämt an, dann setzte er ein ernstes Gesicht auf. »Darf ich dir eine Frage stellen, Benita?«

»Nur zu.«

»Was empfindest du wirklich für den Anwalt?«

»Ich find ihn nicht abstoßend, wenn du das meinst. Er ist charmant, sieht gut aus, kann sich ausdrücken und er macht mir den Hof. Frag Chris, er hat ihn gesehen. Ein Mann, wie ihn sich jede Frau erträumt.«

»Und Max?«

Jetzt starrten mich beide an.

Tja, das war die Frage der Fragen. Max verursachte dieses Bauchkribbeln, wie ich es noch nie zuvor erlebt hatte. Und die Tatsache, dass er so unnahbar und unerreichbar für mich war, machte alles nur noch schlimmer. Er war wie eine Süßigkeit, von der man einmal genascht hatte, sie unwiderstehlich fand, aber man genau wusste, dass man keine zweite Chance darauf bekommen würde. Und doch verzehrte man sich nach ihr.

»Ist Geschichte für mich. Ich bin fest entschlossen, es mit Patrick zu versuchen. Wahrscheinlich habe ich nur kalte Füße bekommen, weil es schon so lange her ist, dass sich ein Mann für mich interessiert hat, also jetzt ernsthaft.« Ich fühlte mich schon ein bisschen besser, auch wenn ich wusste, dass ich mir gerade selber etwas vormachte. Doch es funktionierte.

Jacqueline brachte den Wodka, den ich auf ex runterkippte. »So, das habe ich gebraucht.« Ich stand auf. Augenblicklich spürte ich, wie der Alkohol in meinem Kopf zu wirken begann.

»Was jetzt? Das war's? Willste schon wieder gehen?«

»Ganz recht. Ich danke euch. Ihr habt mir die Augen geöffnet. Ihr seid spitze. Jacqueline, würden Sie mir ein Taxi rufen?«

»Klar, mach ick.«

Holger und Chris wechselten fragende Blicke.

»Wir haben zwar nicht viel getan, aber wenn es dir geholfen hat, umso besser. Wann geht dein Flieger?«, fragte Chris.

»Freitag zehn Uhr. Ich treffe mich eine Stunde vorher mit Patrick. Und was macht ihr?«

»Wir werden Potsdam erkunden. Holger ist noch nicht sehr lange hier und ich wollte ihn ein wenig herumführen. Hier gibt es ja viel zu entdecken.«

»Sehen wir uns noch, bevor ich fliege?«

»Wir telefonieren, okay.«

Ich verstand.

»Ihr Taxi is da«, rief Jacqueline.

»Gut, dann euch beiden eine schöne Zeit.« Ich umarmte Chris und flüsterte ihm ins Ohr: »Ich freu mich für dich.« Und das tat ich wirklich.

»Dito«, erwiderte er und küsste mich auf die Stirn, wie er es immer tat.

Hach, ich hätte heulen können. Irgendwie kam das Ganze einem Abschied gleich. Was natürlich blödsinnig war, da wir uns ja spätestens nach meinem Trip nach Mallorca wiedersahen. Es war wohl der Wodka, der mir das Hirn vernebelte. »Tschüss Holger und sei lieb zu meinem Chris, sonst zieh ich dir die Ohren lang.«

Holger lächelte nur.

Ich drückte Jacqueline fünf Euro in die Hand und ging nach draußen. Und wem lief ich direkt in die Arme? Na klar! Max und diese Florentine aus dem Kino wollten gerade ins Heider, als ich hinausging. Mein Herz machte einen Salto und ich war schlagartig nüchtern.

»Hi, hast meine Simse nicht bekommen?«, fragte er.

Für einen Bruchteil einer Sekunde wäre ich fast schwach geworden, doch dann besann ich mich. »Hallo Max, Flo. Schön dich zu sehen. Doch, ich hab sie bekommen, aber ich war heute schon anderweitig verabredet. Tut mir leid. Vielleicht ein anderes Mal«, sagte ich eilig und war froh, nicht gestottert zu haben. Rasch stieg ich in das Taxi.

»Gregor-Mendel-Straße«, wies ich den Fahrer an. Der Wagen rollte los und ich schaute durchs Heckfenster. Max stand reglos da und blickte dem Taxi hinterher.

Ich fühlte mich einerseits furchtbar, weil ich ihn so abserviert hatte, andererseits auch wieder nicht. Immerhin war ich nicht unhöflich oder so was. Aber verdammt cool, wie ich fand.

Erstens kommt es anders und zweitens als man denkt!

Die folgenden Tage verbrachte ich mit Wohnung aufräumen und allerlei anderem Kram. Patrick hatte ja keine Zeit und so nutze ich diesen Umstand, um mal wieder klar Schiff zu machen. Mittwochnachmittag brachte ich dann meine Mutter und Alfredo zum Flughafen nach Tegel. Die Verabschiedung war schon sehr emotional für mich. Wusste ich doch, dass meine Mutter sich endgültig für Alfredo, ergo für ein Leben in Spanien entschieden hatte. Natürlich war das kein Abschied für immer, aber ich war nun mal nah am Wasser gebaut und Abschiedsszenen brachten mich immer zum Weinen.

Am späten Abend klingelte mein Telefon und ich ertappte mich dabei, wie ich hoffte, Max' Stimme zu hören. Doch es war Patrick, der mir schnell noch eine gute Nacht wünschen wollte. Ich konnte nicht sagen, dass ich enttäuscht war, eher verärgert darüber, dass Max im Gegensatz zu mir, dem Ganzen wohl weniger Bedeutung beimaß. Patrick und ich redeten noch ziemlich lange und allmählich stieg auch meine Spannung auf unser Wochenende. Jetzt war ich wohl wieder in einer Beziehung. Das, was ich so sehr wollte, war eingetreten. Noch war es nur ein kleines zartes Pflänzchen, aber schon bald würde es wachsen. Ich ließ es auf mich zukommen.

Am Donnerstag packte ich meine Sachen und stand einmal mehr vor meinem Kleiderschrank, ohne zu wissen, was ich mitnehmen sollte. Also beschloss ich kurzer Hand, noch ein paar sexy Teile zu kaufen. Ein lockerer Stadtbummel, ein Kaffee im Bistro am Luisenplatz und zum Abend gönnte ich mir ein Essen beim Chinesen. Es tat gut, mal allein zu sein und den Kopf frei zu bekommen. Von ganz frei konnte allerdings nicht die Rede sein, denn immer wieder kramte ich mein Handy aus der Tasche, um zu sehen, ob er sich wohl doch gemeldet hatte. Aber jedes Mal nur Enttäuschung. So sollte es wohl sein. Ich musste Max aus meinem Leben und aus meinen Gedanken streichen. Sicher würde man sich hier und da über den Weg laufen, immerhin wohnten wir in derselben Stadt. Mit der Zeit würde ich damit ganz sicher umgehen können. Der krönende Abschluss dieses Abends war die Begegnung mit Feuchtenbeiner und seiner Frau. Wahrscheinlich wollte er seine Angebetete schick zum Essen ausführen. Er tat so, als kannte er mich nicht, was mir durchaus recht war. Purzelchen, so nannte er seine Frau, fand es gar nicht erbaulich, so nahe an der Toilettentür sitzen zu müssen, und rügte ihn für diese dilettantische Platzreservierung so lautstark, dass es das ganze Restaurant mitbekam. Feuchtenbeiner saß nur da und stammelte immer wieder ein »Es tut mir wirklich leid, Purzelchen.«

Dieser Schleimbeutel stand bei seiner Frau unter dem Pantoffel, das ließ mich den Abend genießen. Als ich zum Klo musste, grinste ich ihn im Vorbeigehen lasziv an, was ihn erneut bei Purzelchen in Erklärungsnot brachte.

Dann war der Freitag da. Pünktlich um sieben klingelte mein Wecker. »Mallorca, ich komme!«

Nach einer ausgiebigen Dusche und einer schnellen Tasse Kaffee ließ ich mir ein Taxi kommen, was mich zum Flughafen fuhr. Mein Handy klingelte.

Es war Chris. »Engelchen, ich wollte dir noch rasch ein tolles Wochenende wünschen. Lass dich verwöhnen und genieß die Zeit. Und Engelchen ...«

»Ja, was?«

»... tu nichts, was ich nicht auch tun würde.«

Ich musste lächeln. »Keine Bange, ich pass auf mich auf. Wieso bist du eigentlich schon auf?«

»Ich will gleich mit Holger frühstücken gehen und dann machen wir Sightseeing durch die Stadt. Heute ist Kaiserwetter angesagt, das wollen wir nutzen.«

»Na, da wünsch ich euch viel Vergnügen. Ich knuddel dich. Wir sehen uns Montag.«

Das Taxi hielt direkt vor dem Flughafeneingang. Nachdem ich dem Fahrer das Geld gegeben hatte und er mir mit meinem Gepäck behilflich war, musste ich mich erstmal orientieren. Ich war nervös, das ließ sich auch nicht abstellen. Ein Flugzeug war nicht unbedingt eins meiner Lieblingsfortbewegungsmittel. Ich bekam vor einem Flug regelmäßig Bauchschmerzen und meine Verdauung spielte dann auch meist verrückt. Ein lautes Bauchgrummeln untermalte meine Stimmung.

»Benita«, hörte ich Patrick rufen, der vor dem Eingang stand und eine Zigarette rauchte. Oh weh, ein Raucher, schoss es mir durch den Kopf.

Aber gestern und die Male davor hatte er doch weder geraucht, noch nach Qualm gerochen. Zur Erinnerung, ich hasste Qualm in jeglicher Form.

Als ich auf ihn zulief, machte er die Zigarette aus.

»Ich freu mich, dass du gekommen bist. Ich hatte noch Zweifel, aber nun bist du da und wir machen uns ein schönes Wochenende.«

Er wollte mir einen Kuss geben, doch ich wich zurück.

»Was ist denn? Was hast du?«

»Rauchst du schon immer?«, fragte ich ihn und rümpfte die Nase.

»Oh, das. Nein eigentlich nicht. Nur wenn ich fliegen muss. Ich habe Flugangst und da qualme ich vorher schnell eine, um die Nervosität vor dem Flug im Zaum zu halten. Ich lasse es bleiben, wenn es dich stört, okay.« Und um mir zu zeigen, wie ernst es ihm war, warf er das Päckchen Zigaretten in den Abfalleimer.

»Willkommen im Club«, sagte ich.

Patrick schaute mich fragend an.

»Ich fliege auch nicht sonderlich gern. So können wir im Flieger ja gemeinsam um die Wette zittern.« Ich gab ihm einen Kuss auf die Wange, um ihm das Gefühl zu geben, dass ich ihn nicht abstoßend fand.

Dann wurde auch schon unser Flug aufgerufen. Immer noch ein wenig unsicher, ob es das Richtige war, was ich hier tat, lud ich mein Gepäck auf den Wagen, den Patrick bereits besorgt hatte, und folgte ihm zur Gepäckabfertigung.

Plötzlich stieß Patrick mich an: »Hey, das bist du. Hast du vergessen den Herd abzustellen?«, fragte Patrick und schaute mich verwundert an.

Ich wusste nicht, was er meinte und schüttelte verwirrt den Kopf.

Dann wiederholte sich die Durchsage, die ich völlig überhört hatte: »Frau Benita Duehr wird zur Information in Terminal 2 gebeten. Benita Duehr, please come to information desk in terminal 2.«

Ich konnte mir keinen Reim darauf machen. Ein ungutes Gefühl überkam mich und tausende Schreckensszenarien zogen vor meinem inneren Auge vorbei.

»Du solltest besser hingehen, Benita. Soll ich dich begleiten?«

»Wie du willst«, überließ ich ihm die Entscheidung, lief durchs Flughafengebäude und suchte die Info an Terminal 2, was gar nicht so einfach war. Als ich den Infostand schließlich fand, stockte mir fast der Atem.

»Max? Was machst du denn hier?«, mehr brachte ich nicht hervor, denn ein Feuerwerk explodierte in diesem Augenblick in meinem Bauch. Er stand völlig lässig angelehnt an diesen Infotresen und hielt eine seiner flammenden Rosen in der Hand. »Dein schwuler Kumpel war so nett, mir zu sagen, wo ich dich finde. Ich dachte, wir sollten ihr noch einen Namen geben, bevor du dich ins Wochenende aufmachst. Und da du – neben mir natürlich – der erste Mensch warst, der ihre prächtigen Blüten zu Gesicht bekam, wollte ich das nicht ohne dich tun.«

Ein Gänseschauer jagte mir den Rücken runter. Ich stand nur da. Alles rings um mich herum verschwamm. Der Flughafen, die vielen Leute, Patrick …

»Benita, wer ist das?«, hörte ich ihn fragen, doch ich beachtete ihn nicht. Ich hatte nur noch Augen für Max, der mir lächelnd seine Rose entgegen hielt. Ich nahm sie an mich und roch an ihr. Der Duft war herrlich.

»Eine Taufe? Jetzt hier? Hast du denn mittlerweile einen Namen?«, fragte ich mit belegter Stimme.

»Ich dachte da an *Benita*.«

Ich hörte die Worte aus Max' Mund, sie klangen wie Musik in meinen Ohren und ich verlor mich in seinem Blick. Dann nahm Max zärtlich mein Gesicht in seine Hände und beugte sich zu mir herunter.

»Hast du wirklich geglaubt, ich lasse dich mit dem Anwalt nach Malle fliegen?«, flüsterte er.

Von diesem Augenblick an wusste ich, dass ich ihn gleich küssen würde. Und dieses Mal ließ ich keine Störungen zu.

Ende